Franjo Terhart

Der Säbel des Franzosen

Mord am Niederrhein

Mercator

Text: Franjo Terhart
Lektorat: Susanne Schulten
Korrektorat: Susanne Nagels

Bibliografische Information der Deutschen Bibliothek
Die Deutsche Bibliothek verzeichnet diese Publikation in der Deutschen Nationalbibliografie; detaillierte bibliografische Daten sind im Internet über http://dnb.ddb.de abrufbar.

© Copyright 2012 by GERT WOHLFARTH GmbH

Verlag Fachtechnik + Mercator-Verlag, Duisburg
www.mercator-verlag.de

Umschlaggestaltung: Typometris GmbH, Münster
Layout: Sabine Ernat
Druck: CPI – Ebner & Spiegel, Ulm
ISBN 978-3-87463-509-7

Inhalt

Ein tödlicher Besucher im Museum	9
Der Antiquar und sein Tarot	13
Ein Riesenschreck – das war's mit den Garnelen	20
Detlef, der gespannte Flitzebogen	32
Ein Kommissar riecht Ärger	36
Van den Boom atmet auf	40
Drei Männer und ein Säbel	45
Vluyn kocht	51
Eine Beerdigung und ein Einbruch	59
Der verliebte Träumer	68
Ein Glas Vogelbeerschnaps mit Folgen	73
Der Tod des Tüftlers	85
Eine Museumsleiterin verliert die Nerven	92
Konditorei und Krankenhaus	101
Ein Neapolitaner auf der B 9	109
Der Detektiv und die Yogini	115
Ein Rätsel für den Kommissar, ein Lichtblick für den Antiquar	124

Madonna mia!	131
Auch ein blindes Huhn …	136
Der Dorfsheriff hat etwas mitzuteilen	138
Pech für Giovanni de Santis	143
Van den Boom baut Mist	145
Ein Mörder zieht den Kopf ein	152
Magie und Mafia	155
Die liebe Familie	161
Van den Boom kommt auf den Punkt	164
Der Klompenkönig	171
Eine ereignisreiche Nacht auf Lenterkamps Hof	179
Jimmy Fonds zitiert aus der Bibel	191
Der unsichtbare Dritte	199
Van den Boom und das rätselhafte Pergament	201
Schallers Apfelpause	211
Der Lauscher im Café	215
Theodor Fontane findet die Franzosen gar nicht gut	220

Kleinlützum rastet aus	230
Van den Boom geht ein Licht auf	233
Eine Verhaftung am Morgen	238
Der Geruch der Gefahr	245
Frau Kuckelmann zeigt die Zähne	249
Die Segnungen des World Wide Web	256
Van den Boom hat's kapiert	261
Gesagt, getan	269
Schicht am Schacht	275
Ein Detektiv tappt im Dunkeln	279
Aphrodite kümmert sich	285
Die Liebesgabe	290
Nachwort	297

Für Patrick Balay – den ehemaligen Bürgermeister von Mouvaux – der viel zu früh von uns ging

„22. Mai 1852: Auf Vluyner Kirmes, welche am 6.7. und 8. Juni ist, schlachte ich einen ausgezeichneten, dicken, fetten Ochsen vom 1000 Pfund. J. Koppel"
„5. Juni 1852: Auf Vluyner Kirmes, welche am 6.7. und 8. Juni ist, schlachte ich einen ausgezeichneten, dicken, fetten Ochsen vom 999 5/4 Pfund Johann Mevissen, Metzger
(Der Grafschafter)"

Ein tödlicher Besucher im Museum

Entschlossen stieß der Mann im dunklen Mantel die Fahrertür seines schwarzen Sportwagens auf und verließ das Auto. Es war Mittwoch, der 11. Januar 2012. Im Gehen verriegelte er den Zweisitzer mit der Fernsteuerung. Dabei glitt sein Blick prüfend durch den oberen Teil der Pastoratsstraße und endete jenseits der Niederrheinallee am „Istanbul Grill Zwei". Ein süffisantes Lächeln zeigte sich kurz auf seinem glatt rasierten Gesicht. Anscheinend gab es nichts, was ihn beunruhigen musste. Also näherte er sich mit schnellen Schritten dem roten Backsteingebäude auf der anderen Straßenseite. Eilig nahm er zwei Stufen, um kurz darauf vor der Eingangstür der Kulturhalle in Vluyn zu stehen. Der Mann war schlank und sportlich. Er trug teure, schwarze Lederslipper, eine graue Stoffhose mit Bügelfalte, einen ungewöhnlich langen schwarzen Mantel und elegante Lederhandschuhe. Sein schwarzes, nach hinten gekämmtes Haar wirkte frisch gegelt. Er blickte durch die dicken Scheiben der Tür in den dahinter liegenden

Eingangsbereich. Niemand war zu sehen. Nur rechts von der Tür, sieben, acht Meter vom Eingang entfernt, hockten an Tischen ein paar Besucher des Kultur-Cafés, auch „Kuca" genannt, – fast alle in Gespräche vertieft – bei Wein und Bier. Der Mann umschloss den roten Griff der schweren Holztür, zog diese auf und betrat das Gebäude. Drei Schritte weiter öffnete er die zweite Tür und eilte danach an der leeren Garderobe vorbei zur dritten. Diese war vor vielen Jahren einmal der ursprüngliche Eingang des Kulturhauses gewesen.

Über eine steinerne Treppe ging es hinauf zum Museum im ersten Stock. Niemand begegnete ihm. Der Mann wusste, dass die ortsgeschichtliche Sammlung an diesem Abend noch zehn Minuten lang für Besucher geöffnet sein würde. Als er am Fahrstuhl vorbeikam, stand er einen Moment lang still und lauschte. Prüfend suchten seine Augen den Raum hinter der Wand ab, die durch viele gleich große Scheiben unterbrochen war. So konnte man gut ins Museum hineinsehen. Er lächelte böse. Wie ein Raubtier auf Beutejagd lauerte er nun unmittelbar vor dem Eingang – alle Sinne angespannt. Leise öffnete er die Tür und schlüpfte anschließend in den halbdunklen Raum hinein. Immer noch war niemand zu sehen. Man hatte ihm gesagt, dass es hier eine Aufsicht gab. Warum sie jetzt nicht da war, interessierte ihn wenig. Dann bewegte sich sein Blick suchend durch den Raum und an den verschiedenen Ausstellungsstücken und Glasvitrinen entlang. Zielsicher schritt er an der eisernen Kirchdachshenne von 1715 – eine Vluyner Besonderheit – und dem Schützensilber vorbei, dessen älteste Stücke fast 400 Jahre alt waren. Aber das kostbare Silber interessierte den Mann nicht. Er hatte nun das Objekt seiner Begierde fest im Blick. Nur wegen ihm war er an diesem Abend nach Vluyn ins Museum gekommen. Es handelte sich dabei um einen alten Offizierssäbel aus der Zeit um 1804 – damals hatten die Franzosen unter Napoleon den Niederrhein annektiert. Entschlossen nahm der Mann die altertümliche Waffe aus ihrer Halterung an der Wand. Er wog sie kurz prüfend in seinen Händen und zog danach die scharfe Klinge aus der Scheide. In diesem Augenblick spürte er, dass sich ihm von hinten jemand näherte. „Madonna!", murmelten seine schmalen Lippen. Trotzdem blieb er äußerlich ruhig und wandte sich auch nicht um. Dann hörte er noch deutlicher Schritte. Eine Frauenstimme quäkte aufgebracht: „Das dürfen Sie nicht anfassen, junger Mann! Und abnehmen schon gar nicht!"

Wortlos drehte er sich um und schwang aus der Drehung heraus den Säbel kraftvoll gegen den Hals der Frau, die empört und mit hochrotem Kopf, aber leider Gottes in einem richtigen, weil tödlichen Abstand vor ihm stand. Sie schien kaum zu realisieren, was ihr geschah. Ungläubig, ja fassungslos starrte die Abendaufsicht in das unbewegte Gesicht ihres Mörders. Das Letzte, was sie im Leben sah, war die eiserne Henne der alten Vluyner Kirche, auf die jetzt ihr Schädel zuflog. Dann brach ihr geköpfter Körper zwischen Hochrad und Schützensilber zusammen. Ohne einen Blick auf die Leiche und den zwei Meter entfernt liegenden Kopf zu werfen, schritt ihr Mörder daran vorbei, wobei er die blutige Klinge langsam wieder zurück in die Scheide steckte. Blut spritzte schwallartig aus dem toten Leib heraus und breitete sich in einer großen Lache auf dem Parkett aus. Der Mann verließ das Museum, ohne sich noch einmal umzudrehen, und stieg fast gemächlich die Treppe zum Ausgang hinunter. Den Säbel des Offiziers aus der Franzosenzeit trug er dabei unter seinem Mantel verborgen. Kurz darauf fiel die schwere Holztür der Kulturhalle hinter ihm zu. Niemand von den lachenden und schwatzenden Gästen im Kuca und auch keiner der Autofahrer auf der Niederrheinallee sah den stummen, tödlichen Besucher an diesem Abend kommen oder gehen.

Der Antiquar und sein Tarot

Zu selben Zeit, knapp drei Kilometer entfernt, rekelte sich Leo van den Boom gemütlich auf seiner Couch, gähnte gelangweilt und betätigte dabei die Fernbedienung seines Fernsehers. Wie immer um diese Tageszeit interessierten „Boomi", wie er von vielen Menschen in Vluyn genannt wurde, die „Heute"-Nachrichten um 17 Uhr: In einem bayerischen Gericht hatte der Angeklagte einen jungen Staatsanwalt erschossen. Die Polizei rätselte, wie er die geladene Waffe ins Justizgebäude hatte hineinschmuggeln können. Ein Parteiforscher erklärte in einem anderen Bericht, warum Christian Wulff seiner Meinung nach Staatsoberhaupt bleiben würde. Die Bildzeitung brachte Frank-Walter Steinmeier als möglichen Nachfolger des Präsidenten ins Gespräch.

Boomi gähnte einmal mehr demonstrativ und schaltete dann den Fernseher leiser. Er musste an den jungen Staatsanwalt in Dachau denken. Was für ein Drama. Da steht er, jung, dynamisch, im schicken Armani-Anzug, ein aufstrebendes Talent im Gerichtssaal, fest entschlossen, in spätestens drei Jahren dem piefigen Dachau fürs weltgewandte München den Rücken zu kehren. Der junge Staatsanwalt geißelt in seinem Schlussplädoyer in bekannt scharfer Rhetorik die zahlreichen Vergehen des Angeklagten: Er sei unbelehrbar und uneinsichtig. Er sei schon mehrmals auffällig geworden. Er pfeife auf die Justiz. Deshalb müsse nun endlich ein klares Exempel statuiert werden. Der Jurist fühlt sich vollkommen sicher an diesem Ort, nichtsahnend, während der Angeklagte eine Waffe aus seiner Hosentasche zieht, auf den Richter und ihn selbst feuert. Peng! Blattschuss. *Absolute Sicherheit gibt es auf der Welt nirgendwo*, dachte Boomi resigniert. *Nicht einmal vor Gericht!* Er sah im Geiste beide Männer ganz genau vor sich: den jungen Staatsanwalt und den gewalttätigen Angeklagten. Boomi sprang auf und folgte einer plötzlichen Eingebung. In seinen Filzpantoffeln schlurfte er zum Schreibtisch, der neben der Tür zum Garten stand. Dort zog er ein leeres Blatt unter einem Stapel Bücher hervor, griff nach einem Kuli und ging zurück zur Couch.

Auf das Blatt schrieb er die Zahlen eins bis neun und darunter alle Buchstaben des Alphabets:

1 2 3 4 5 6 7 8 9
A B C D E F G H I
J K L M N O P Q R
S T U V W X Y Z

Boomi sah sich als Experte für Numerologie und das nicht weniger geheimnisvolle Tarot. Etwas ungewöhnlich, aber er hatte die Liebe zur Divination von seiner Großmutter geerbt. Die alte Marlene Essers war schon seit vier Jahren tot. Ihr Leben lang hatte diese Frau Hilfesuchenden die Karten gelegt und ihnen die Zukunft geweissagt. Sogar ihren eigenen Tod hatte sie auf den Tag genau prophezeit. Boomi setzte die spirituelle Arbeit seiner geliebten Oma mit anderen Mitteln fort. Der wahre Charakter eines Menschen wurde dem Kenner der Numerologie in Verbindung mit dem Tarot durch den jeweiligen Namen offenbart. „Dann wollen wir mal sehen", sagte Boomi laut und begann zu schreiben.

Mark. So hieß der junge Staatsanwalt. Den jeweiligen Zahlwert der einzelnen Buchstaben fand er in seiner Tabelle: M = 4, A = 1, R = 9 und K = 2. Addiert ergab das die Zahl 16. „Hah!", entfuhr es Boomi. „Da haben wir es ja schon." Im Tarot war die sechzehnte Karte innerhalb der Großen Arkana „Der Turm". Dieser wiederum stand für drastische Veränderungen, Zusammenbruch des Egos, Auseinandersetzungen und stürmische Zeiten. Jeder Mensch sollte sein Schicksal als Chance betrachten. Deshalb erhielt er in seinem Leben immer mal wieder die Möglichkeit, sich selbst und vor allem seine charakterlichen Fehler und Schwächen zu erkennen. Damit er sich ein für alle Mal ändern konnte. Doch offenbar hatte der junge Staatsanwalt alle ihm bislang gegebenen Chancen ungenutzt verstreichen lassen. Jetzt war mit 31 Jahren das Maß voll gewesen. Und sein Mörder?

„Udo" lautete sein Name. Das ergibt numerologisch gedeutet den Wert 13. Die dreizehnte Karte im Tarot ist „Der Tod". *Was für ein passendes Zusammenspiel zweier Menschen*, dachte Boomi bewundernd. Denn die Weisheit der Zahlen und Karten behielt wieder einmal recht. *Oma, da hast du mir was Tolles beigebracht!*

Ihm fiel plötzlich ein, dass er für Judith unbedingt den Artikel für die Mitglieder-Infopost fertigschreiben musste. Leo van den Boom war Antiquar, Spezialist für bestimmte esoterische Angelegenheiten und Heimatforscher in einer Person. In seiner Eigenschaft als Heimatforscher hatte ihn Judith Kuckelmann, die schöne schwarzhaarige Leiterin des ortsgeschichtlichen Museums in Vluyn, um einen Beitrag für die nächste Ausgabe der Infopost gebeten. Darin ging es um die „Ansichten vom Niederrhein", zu Papier gebracht von dem berühmten Reiseschriftsteller Georg Forster, der die Region in den Jahren vor 1790 besucht hatte. Mit einem kleinen Seufzer setzte sich Boomi an seinen Laptop. *Für Judith mache ich doch alles, selbst wenn ich heute Abend überhaupt keine Lust habe, mir was aus den Fingern zu saugen,* durchfuhr es ihn.

„Alle Mannspersonen, die uns begegneten", schreibt Forster, „waren wohlgewachsen und von einer bestimmteren, ausdrucksvolleren Gesichtsbildung. Die Weiber hatten nicht die eckigen, hervorstehenden Backenknochen, die in den oberen Rheingegenden und weiter hinauf im Reiche so charakteristisch sind. Manche, die wir sahen, hätten einem flämischen Maler zu Nymphen und Göttinnen sitzen können."

Seine Gedanken schweiften schon bald zu Judith ab. Über seinem kleinen Schreibtisch hatte Boomi einen gerahmten Spruch des französischen Schriftstellers Paul Valéry an der Wand hängen: „Wer nicht liebt, ist für sich allein einsam. Wer liebt, ist zu zweit einsam." Das war so sarkastisch gemeint, wie es sich anhörte. Boomi bezog diesen Spruch immer auf seine Situation mit Judith. Er liebte Judith, liebte sie wie verrückt, hätte sich aber niemals im Leben getraut, ihr das zu gestehen. Sie ahnte nicht einmal, wie es um ihn stand, wie er sich quälte. Judith und er waren Freunde, mehr nicht. So jedenfalls wirkten sie auf Außenstehende. Boomi litt, litt furchtbar, aber die Angst, sie könnte ihn ablehnen, war stärker. So ließ er sich immer wieder durch Valérys Spruch trösten. Einsam für sich war er, klar, aber immerhin waren er und Judith seit Jahren ziemlich beste Freunde! Das musste genügen, auch wenn er sich insgeheim etwas viel Schöneres ersehnte.

Zudem war es am Niederrhein schon immer unangenehm gewesen, von der Angebeteten verschmäht zu werden. Noch vor wenigen Jahrzehnten hätten einem dann die Nachbarn einen Korb mit einer heraushängenden Strohpuppe aufs Hausdach stellen können: Sichtbar für alle hatte der Unglückliche „einen Korb bekommen".

Judith Kuckelmann war eine schlanke, junge Frau von knapp 34 Jahren und seit zwei Jahren engagierte Leiterin des Museums in der Kulturhalle. Im Gegensatz zu ihrem Vorgänger, dem verstorbenen Wilhelm Hochkamer, hatte sie von Anfang an neue Akzente für die Arbeit des Museumsvereins gesetzt. Ein verbessertes Ausstellungskonzept, aber auch kleinere Kulturveranstaltungen mit Dichtern, Musikern oder historischen Vorträgen von Fachleuten, bei denen niemand einschlief, hatten die Attraktivität des kleinen Museums um 100 Prozent gesteigert. Schulklassen kamen zu Führungen vorbei, und die Presse berichtete gerne und ausführlich über neue sowie laufende Projekte. Die alte Infopost für Mitglieder wurde redaktionell entstaubt. Dabei hatte Judith auch Boomi gefragt, ob er nicht hin und wieder mit frischen Beiträgen mit dazu beitragen wollte. Hierfür war sie eigens zu ihm nach Vluynbusch in die Thompskate gekommen. Das hatte ihm ungemein geschmeichelt.

Als sie in den mit alten Möbeln, Bücherregalen mit ausgewählten literarischen Werken der Region und schönen Ölbildern ausgestatteten Wohnraum mit seinem großen, offenen Kamin in der Mitte kam, begannen Judiths Augen zu leuchten wie bei einem Kind, das zum ersten Mal den geschmückten Christbaum sieht. Boomi hatte sie schon vorher schön wie eine Elfe gefunden, aber jetzt verliebte er sich Hals über Kopf in sie. Er hätte sich jedoch eher die Zunge abgebissen, als ihr das zu gestehen. Und ihr Name „Judith"? Einfach nur genial, strahlte der Mann innerlich. Die Zahlen ergaben nämlich addiert 27.

Weil die Großen Arkana bei 21 endeten, musste man bei größeren Zahlen die Quersumme bilden, also: 9. Die neunte Karte im Tarot war „Der Eremit". Boomi ergab ebenfalls den Zahlenwert 27. Also stand für sie beide dieselbe Karte im Tarot. Der Eremit symbolisierte die Suche nach dem eigenen Lebensweg, Weisheit und Reifezeit, aber auch für Distanz und Abgeschiedenheit. Beides war sowohl ihm als auch seiner Angebeteten eigen. Sich füreinander zu öffnen war ein Prozess, der hart und schwierig zugleich schien. Aber bekanntlich stirbt die Hoffnung ja zuletzt.

Boomi versuchte, sich erneut auf seinen Artikel zu konzentrieren. Der musste schließlich heute noch fertig werden. Fast hilfesuchend schaute er dabei zu seinen Regalen mit den antiquarischen Büchern – die meisten hatten mit der Region zu tun. Ob ihm von dort ein toller Einfall geschenkt werden konnte? Sein Leben als Antiquar in einer Kleinstadt verlief recht einsam, was Kundschaft anging. Hin und wieder kamen Leute vorbei, selten auch Besucher, die etwas kaufen wollten. Aber die meisten, die bei ihm hereinschneiten, waren bloß neugierig, das alte hübsche Haus mal von innen kennenzulernen: „Ach, und in der Mitte steht der tolle Kamin. Wie hübsch! Nett haben Sie es hier!"

Vom Verkauf seiner Bücher, seinen kostbaren Regionalia, konnte Boomi also nicht wirklich leben. Eine kleine Erbschaft, mit der er sparsam umging, hielt ihn im Großen und Ganzen über Wasser. Zudem blieb er bescheiden, was seinen persönlichen Lebensstil anging – Verschwendung war ihm verhasst. Boomi seufzte und wandte sich wieder seinem Artikel zu. Hätte er gewusst, was für eine beispiellos brutale Szene sich nur kurze Zeit zuvor im Museum abgespielt hatte – es hätte ihn leichenblass vom Stuhl gehauen.

Ein Riesenschreck – das war's mit den Garnelen

Am nächsten Tag gegen Mittag fuhr Boomi wie jeden Donnerstag in letzter Zeit zu einem kleinen Restaurant in Rayen. Wie gewohnt legte man ihm eine kleine, feine Mittagskarte vor, deren kulinarische Angebote er schon vor Längerem schätzen gelernt hatte. Das „Achterath's", an einer Weggabelung nach Kamp-Lintfort und Rheurdt gelegen, war eine feine Speise-Adresse für den verwöhnten Gaumen. Das Restaurant hob sich wohltuend vom üblichen niederrheinischen Speisenangebot ab – mit z. B. „Himmel und Äd", „Panhas", „Rübenkraut auf süßem Stuten, anbei mit Fisternölleken im Schnapsglas" und anderen Unverfrorenheiten –, auch wenn Boomi die einzelnen Gänge der Menüs mitunter für etwas zu schmal hielt. Aber so war sie nun mal, die neue, moderne Küche im Reich von Donken, Kendeln und Kullen. „Nicht fressen, sondern genießen!", lasen viele Vluyner erschrocken auf der schnörkellosen Speisekarte des „Achterath's". Sie hatten eigentlich das weithin gerühmte XXL-Restaurant besuchen wollen, das sich nur einen Kilometer weiter am Wegesrand ausbreitete. Da gab es keine Teller, sondern riesige Platten … und Fressrekorde.

Wer den Antiquar und Heimatforscher von oben bis unten betrachtete, hätte allerdings denken können, dass – sagen wir einmal – *Essen* für ihn kein wirkliches Fremdwort war. Boomi war augenscheinlich ein wenig übergewichtig; er ging halt ungern zu Fuß. Bei van Rechtern in Neukirchen, der einzigen Druckerei im Ort, hatte sich Boomi sogar Kärtchen drucken lassen. Manchmal verteilte er diese großzügig in bestimmten Kreisen wie beispielsweise dem engagierten Vluyner Lauftreff. Darauf stand in knallroten Lettern: „Kann mir mal jemand verraten, warum ich gehen soll, wenn ich fahren kann?" Aber er ahnte, dass Judith dicke Männer nicht leiden mochte, und deshalb versuchte er, schlanker zu werden – wie auch immer.

Ursprünglich hatte Boomi katholischer Priester werden wollen, so wie seinerzeit Bodo Balthasar, der Vorgänger des jetzigen Bürgermeisters Christian-Alexander Londong. Boomi und Bodo Balthasar hatten sich vor Monaten bei ein paar Gläsern Bier in der „Kellerkamer" über ihren alten Berufswunsch ausgetauscht und dabei ein paar Gemeinsamkeiten entdeckt. Bodo Balthasar, jung und tatkräftig, war neben seiner jahrelangen Erfahrung in der Stadtverwaltung ein begnadeter Marathonläufer und Paraglider. Letztere Fähigkeiten konnten einem Bürgermeister vom Schlage Balthasars nur allzu nützlich sein. Zum einen war es immer gut, wenn man bei Ratssitzungen einen längeren Atem hatte als alle anderen, zum anderen bedeutete die Gabe, sich über den anwesenden Rat im Ratssaal hinweg jederzeit durch die Lüfte davonmachen zu können, ein außergewöhnliches Alleinstellungsmerkmal. So etwas musste man als Bürgermeister erst mal können!

Zudem konnte es eine tolle Erfahrung sein, sich spontan in die Lage versetzt zu sehen, den Ratsmitgliedern von oben herab auf die hohlen Köpfe spucken zu können. Das alles wissend, schien die politisch entscheidende Mehrheit des Rates klug beraten gewesen zu sein, als sie dem Amtsinhaber seiner Ansicht nach zu lange und allzu zögerlich eine erfolgreiche Wiederwahl in Aussicht stellte. Und so schied Bodo Balthasar mit knapp 54 Jahren mit vollen Rentenbezügen aus dem Berufsleben aus und wurde darin später nur noch von Christian Wulff mit seinen 52 Jahren übertroffen.

Boomi betrat das Restaurant, wurde von der Bedienung hinter der Theke artig gegrüßt und suchte sich danach rechts vom Eingang einen Tisch aus. Wenig später tippte er auf das erste Menü der Wochenkarte und bestellte dazu ein alkoholfreies Weizenbier. War er mit dem Wagen unterwegs, trank er nicht. Das Restaurant schickte einem am Anfang jeden Schmauses immer einen warmen „Gruß aus der Küche". Das konnten mal dreieinhalb Nudelflügelchen aus Vollkorn sein, belegt mit einem daumennagelgroßen Stück Räucherlachs an einem zwei Fingerhut großen Tässchen mit Brühe, mal ein krosses Baguettescheibchen, belegt mit Dillkraut überm Frischkäse an Cherrytomate mit aufgespießter Sardelle. Jedes Mal ein Gaumengenuss, jedes Mal ein Hauch Pariser Ritz im Ortsteil Rayen. Heute kamen Garnelenschenkelchen im fetten Reisbett, garniert mit etwas Currycreme an drei Lauchzwiebelstückchen. Der hohle Zahn war schon mal gefüllt.

Während Boomi den Currygeschmack über seine verkümmerten Geschmacksknospen rutschen ließ, hörte er mit einem Ohr zu, was am Nebentisch gesprochen wurde. Dort hatte sich kurz zuvor Anwalt Gernot Nietsche aus Neukirchen zusammen mit zwei Mitgliedern des örtlichen Werberings niedergelassen. Während die Herren noch eifrig die Karte studierten, erzählte der Anwalt kopfschüttelnd vom entsetzlichen Blutbad im Museum.

„Und die arme Frau wurde doch tatsächlich enthauptet. Das muss man sich mal vorstellen. Hier, bei uns, in Vluyn. Als wären wir neuerdings Austragungsort für Kill-Bill-Gemetzel à la Hollywood!"

„Ja, fruchtbare Tat", knurrte der Dicke neben ihm. „Entsetzlich. Ich glaube, ich nehme das Steak. Aber bitte nur Medium. Oder doch besser den Fischteller mit Salat? Sonst schickt mich meine Frau wieder die Halde rauf und runter." Er lachte fettig und zeigte dabei auf seinen gut sichtbaren Bauch.

Boomi war wie elektrisiert. Was war das eben? Im Museum war ein Mord geschehen? Im Museum seiner Judith war jemand getötet worden? Er glaubte, nicht richtig gehört zu haben. Und kannte man die Frau, der das widerfahren war? In Sorge, es könnte sich dabei um seine Liebste handeln, wandte sich Boomi bleich und innerlich aufgewühlt dem Trio am Nebentisch zu: „Entschuldigung, Herr Nietsche, ich habe nicht wirklich zuhören wollen, aber dennoch mitbekommen, dass im Museum in Vluyn jemand ermordet worden ist? Enthauptet?"

„Ja, mit einem Säbel", antwortete der Anwalt und musterte neugierig den aufgeregten Boomi.

„Aber, aber wann ist das denn passiert? Ich habe nichts davon mitbekommen." Boomi schien langsam seine Fassung zu verlieren.

„Gestern spätabends. Ich habe es heute Morgen von meinem Doc erfahren. Die arme Frau. Ihr Mörder hat sie eiskalt niedergemacht. Einfach so!"

„Und wer ist die Tote? Kennen Sie ihren Namen?", krächzte Boomi. Er klang verzweifelt.

Nietsche schüttelte den Kopf. „Keine Ahnung. Jemand vom Museum. Jedenfalls eine Frau."

Boomi starrte ihn an. *Typisch Anwalt*, dachte er, *weiß was, aber hüllt sich in Schweigen.*

„Jung oder Alt? Nun sagen Sie schon!"

Nietsche schüttelte den Kopf. „Weiß ich wirklich nicht." Er zögerte. „Jung, glaube ich ..."

Boomi war aufgesprungen. Seine Gabel polterte auf den Boden. Mit zitternden Händen griff er nach seiner Jacke und raste zur Tür. Die Bedienung kam mit der Vorspeise aus der Küche, einem gebratenen Lachsstückchen auf einer Kinderhandvoll Gratin. Boomi würdigte die junge Frau keines Blickes, vom Essen ganz zu schweigen. Die Tür des Restaurants schloss sich abrupt hinter ihm, als die Bedienung gerade die Vorspeise an seinem Platz absetzte. „Und nu?", hauchte sie ratlos.

Boomi hatte in diesem Moment für seine Umgebung weder Augen noch Ohren. Für ihn gab es nur ein Ziel: so schnell wie möglich zur Kulturhalle! Er jagte die Geldernsche Straße entlang, überfuhr die rote Ampel auf der Lintforter, als er rechts abbog, und schoss unbeeindruckt vom wilden Gehupe hinter ihm in Richtung Vluyn davon. Wenig später ging es in die Tersteegenstraße, über den blöden Kreisel in den Springenweg und an dessen Ende rechts hinein in die Niederrheinallee. 100 Meter weiter vor der Apotheke war noch ein Parkplatz frei. Toll! Wäre das nicht der Fall gewesen, hätte Boomi seinen Wagen auch auf der Fahrbahn abgestellt. Er sprang aus dem Auto, sprintete über die Straße und hechtete in die Kulturhalle hinein.

„Halt, halt, halt, junger Mann. Dies ist ein Tat …", hörte er einen Mann rufen. Boomi achtete nicht auf ihn. Er schoss die Stufen zum Museum hoch. „Sie dürfen hier nicht einfach so rein", schrie der Andere aufgebracht hinter ihm her. „Bleiben Sie sofort stehen! Dies ist ein Tatort, hören Sie! Sind Sie taub?"

Boomi war taub, taub wie ein Mehlwurm. Doch an der Museumstür stoppte ihn ein zweiter, deutlich energischerer Mensch – anscheinend ein Polizist. Er hielt den zappelnden und keuchenden Boomi mit seinen kräftigen Armen fest. „Halt! Nicht so, junger Mann! Wer sind Sie? Was wollen Sie hier?"

Boomi, außer Atem, starrte ihn an, als hätte er ein fremdes und eher unschönes Insekt vor sich. „Lassen Sie mich verdammt noch mal los. Ich will bloß wissen, ob es ihr gut geht!"

„Kennen Sie den Typ?", drang die dunkle, eher unaufgeregte Stimme des Beamten, der ihn am Schlafittchen hatte, an sein Ohr. Die Frage galt der Frau, die mit verheulten Augen vor ihm stand – Judith. Sie sah aus wie ein Häufchen Elend. Doch Boomi starrte die Liebe seines Lebens erleichtert an. „Dem Himmel sei Dank. Ich dachte schon …"

„Was dachten Sie?", fragte ihn der Kommissar barsch, der offenbar mit der Untersuchung des Mordfalls beschäftigt war und alles andere als freundlich wirkte. „Darf ich mal Ihren Namen erfahren? Sie platzen hier rein wie ein durchgedrehtes Flusspferd. Überhören unsere strikten Aufforderungen stehenzubleiben. Wer sind Sie? Was haben Sie hier zu suchen?"

Boomi antwortete nicht. Er hatte nur Augen für Judith. Sie war Gott sei Dank unversehrt, und ihr hübscher Kopf mit dem langen dunklen Haar saß wie gewohnt an der vertrauten Stelle.

„Das ist Leo van den Boom", beeilte sich Judith zu sagen. „Er ist ein Freund des Hauses, äh, ich meine, ein wichtiger Mitarbeiter."

Wie wohltuend das aus ihrem Munde klang, wie hübsch das ihre schönen Lippen geformt hatten. *Ein wichtiger Mitarbeiter*, dachte Boomi verzückt. Ihm ging Forsters Vergleich der niederrheinschen Frauen mit Nymphen und anderen überirdischen Schönheiten durch den Kopf. Dabei fiel sein Blick auf die helle Kreidezeichnung am Boden. Ein menschlicher Körper war dort in Umrissen dargestellt. Allerdings ohne … Eine zweite Zeichnung am Boden in unmittelbarer Nähe ergänzte brutal, was dem Körper fehlte. Große, dunkle Flecken getrockneten Blutes zeugten von der schrecklichen Mordtat. Judith eilte zu Boomi und drückte ihm kurz die Hand. „Ach Leo, es ist alles so schrecklich und fruchtbar", schluchzte sie auf. „Gut, dass du da bist.

Wilhelmine Bongards wurde ..." Ihre Stimme erstickte in den Tränen, die ihr erneut in die Augen schossen. Sie vergrub ihr Gesicht in den Händen. Er hätte sie so gern in die Arme genommen. „Die alte Wilhelmine", stieß er entsetzt hervor.

„So ist es", bestätigte der Kommissar ernst. „Frau Bongards wurde enthauptet. Eine Brutalität, die ich nicht nachvollziehen kann. An einer fast 70-Jährigen."

„Was hat sie denn verbrochen?"

„Nichts", meinte der Kommissar. „Sie hat sich vermutlich nur dem Dieb in den Weg gestellt. War einfach zur falschen Zeit am falschen Ort." Er spitzte die Lippen.

„Dieb?" Boomi meinte, nicht richtig gehört zu haben.

„Ja, Dieb. Es wurde ein alter Säbel gestohlen. Mit dieser Waffe ist zuvor Frau Bongards getötet worden. Das ist ganz ungewöhnlich. Ein Fall, wie es ihn höchstens in Actionfilmen gibt. Aber wir sind doch hier in Vluyn und nicht in Hollywood, oder?"

„Was denn für ein Säbel?", wollte Boomi wissen.

Judith hatte sich wieder etwas gefangen und antwortete: „Der Säbel, der vor längerer Zeit gefunden wurde, hier, auf einem Dachboden in Vluyn. Ein Säbel aus der Franzosenzeit. Von einem Offizier, der sich damals offenbar dort versteckt hatte."

„Das ist ja eine ungewöhnliche, ja fast schon komische Geschichte!", entfuhr es Boomi. Er hielt inne. „Wobei der Mord natürlich furchtbar ist." Sein Interesse war geweckt. Er liebte Rätsel in jeder Form, aber dieses war zudem mit einem schrecklichen Mord verbunden: „Wer macht denn so etwas?"

„Das wüsste ich auch ganz gern", meinte der Kommissar und musterte Boomi neugierig. „Hört sich alles an wie aus einem Horrorfilm. Wer weiß? Vielleicht gibt es ja im Ort ein paar Durchgeknallte. Ein paar Satansanbeter. Diese irren Typen verfallen mitunter auf die perversesten Ideen. Werfen vorher total mieses Zeug ein und fühlen sich danach stark wie die Hölle. Haben Sie vielleicht von solchen Leuten im Ort gehört, Herr van den Boom?"

Boomi zuckte zusammen. „Nein. Absolut nicht. Es gibt ein paar besonders Gläubige im Ort, die sich regelmäßig in einem bestimmten Ortsteil versammeln, Nieper Versammlungschristen. Sie stellen religiöse Gebote und Verbote über alles, und ihr Glaube ist einfach strenger, als gut tut. Aber Satansanbeter oder Rauschgiftsüchtige sind bestimmt nicht darunter."

„Ach, nein, wie schade!", knurrte der Polizist. „Hätten wir den Fall doch in Null Komma nix gelöst." Er lachte böse. „Aber nun – nichts als Arbeit."

In zwei Jahren werde ich pensioniert, dachte er. Dann würde er mit seiner Lore im Wohnmobil durch Spanien fahren, verflixte Fälle wie dieser hier würden ein für allemal der Vergangenheit angehören, und Schaller, der glücklose Kollege, dem es noch nicht einmal gelungen war, einen alles andere als trainierten Mann auf der Museumstreppe auszubremsen – der verrückte Schaller, zweiter Mann und Mädchen für alles im Duisburger Morddezernat – bliebe ihm dann auch erspart. Er räusperte sich und fragte: „Wo waren Sie denn gestern Abend so gegen 20 Uhr, Herr van den Boom?"

„Ich?" Boomi musste schlucken. Was war das denn für eine Frage? „Sie denken doch wohl nicht …?"

„Beantworten Sie einfach meine Frage, mehr nicht!", fiel ihm der Kommissar scharf ins Wort und spitzte die Lippen.

„Bei mir zu Hause."

„Zeugen?"

„Nein."

„Tja!", kommentierte der Beamte achselzuckend. Er musterte Boomi eindringlich, und schien dabei irgendetwas Krauses zu überlegen. Dann hellte sich sein Gesicht urplötzlich auf. Er reichte Boomi seine Hand. „Übrigens, ich heiße Theo Otto Kleinlützum. Stecke Ihnen jetzt mal mein Kärtchen zu. Sie wissen ja, wenn Ihnen noch was Wichtiges einfällt, vielleicht kennen Sie doch einen geheimen Satansanbeter? Rufen Sie mich einfach im Kommissariat in Duisburg an. Nur keine Scheu. Keine falsche Bescheidenheit. Jeder kleinste Hinweis, oft vermutet man es gar nicht, kann wichtig für uns sein."

Aus den Tiefen seines fleckigen Mantels fischte er eine leicht zerknitterte Visitenkarte heraus und überreichte sie dem verdutzten Boomi. Dann wandte er sich noch einmal Judith zu: „Sie hören von uns, Frau Kuckelmann. Spätestens in ein paar Tagen. Tja, fürs Erste war es das von unserer Seite." Und mit Blick auf die Spuren am Boden: „Sie dürfen das hier erst wegmachen, wenn wir es Ihnen erlauben. Verstanden?" Er klang so streng wie ein Vater, der darauf besteht, dass sein Kind die Hausaufgaben ordnungsgemäß erledigt.

Boomi mochte diesen Kerl aus Duisburg nicht. Grußlos verließ Kleinlützum den Raum, und Boomi hoffte, dass er nicht vergaß, seinen Kollegen – den, der versucht hatte, Boomi aufzuhalten – einzusammeln. Boomi und Judith blieben allein mit sich und jeder Menge wirrer Gedanken.

Walter Scherb, der Pächter der Kulturhalle, kam ihnen später im Treppenhaus entgegen. „Mein Gott, was für ein Tag!", rief er entnervt. „Endlich, endlich sind sie jetzt alle weg. Den ganzen Morgen über hat die Presse die Kulturhalle und mein Kuca belagert. Es war nicht zum Aushalten. Flawius, Klarens und die kleine Meurs, diese ganze Haute Volaute der schreibenden Zunft hat sich hier eingefunden. Dazu das Fernsehen: RTL, WDR, Sat 1, Duisburger Kanal und wie sie alle heißen. Alle haben sie in meinem Kuca gehockt und einen Kaffee nach dem anderen getrunken. Und ich konnte denen noch nicht mal viel erzählen. Was für ein Tag, sage ich euch!"

Judith sagte zu Boomi: „Ich habe Angst, nach dem, was hier geschehen ist. Schreckliche Angst. Wer weiß, was dem Täter noch alles einfällt?"

Daraufhin hätte er sie in den Arm nehmen sollen. Er hätte zulassen können, dass sie ihren Kopf an seine Schulter lehnte. Er hätte ihr tröstende Worte sagen müssen. Stattdessen stammelte er nur: „Ich habe dir heute Vormittag den gewünschten Artikel über Forster gemailt."

Judith blickte ihn an, als sei er ein Fremder – also ein typischer Mann vom Niederrhein, einer, bei dem nicht einmal seine Mutter jemals gewusst hätte, wie es in ihm aussah.

Detlef, der gespannte Flitzebogen

Thompskate bestand aus nur wenigen Räumen: Das Herzstück bildete ein großer, fast rechteckiger Wohnraum mit einem offenen Kamin fast genau in der Mitte des Erdgeschosses. Außerdem waren hier neben dem Eingangsbereich mit der Tür für Überzwerge noch das mit blauen holländischen Fliesen gestaltete Bad und die Toilette untergebracht, und es gab eine winzige Küchenzeile. Eine schmale Stiege führte knarrend unters niedrige Dach. Hier oben gab es Platz für ein großes Bett, einige niedrige Bücherregale und einen wurmstichigen Schrank aus der Gründerzeit. Durch den alten, dunklen Bretterboden konnte man an mehreren Stellen hinunter in den Wohnraum blicken. Ein Garten mit verschiedenen Sträuchern und kleinen Kräuterbeeten umgab die alte Kate, deren Fassade nicht wenige Besucher an ein Hexenhäuschen denken ließ.

Als Kind hatte Boomi Angst vor dem Haus gehabt, aber seine Oma hatte ihn davon befreit – Wilhelmine Essers, eine knorrige alte Dame mit herbem Humor, die er sehr geliebt hatte. Vor vier Jahren war sie gestorben, und er hatte die denkmalgeschützte Kate von ihr geerbt. In einer Ecke seines Wohnzimmers lehnte noch immer das dunkle alte Holzbrett an der Wand mit dem Spruch: „Das ist das Beste auf der Welt, dass der Tod nimmt kein Geld. Sonst würden all die reichen Gesellen die ärmeren vor die Türe stellen."

Ein solches Totenbrett wurde in der Gegend früher am Haus des Verstorbenen aufgestellt. Oma Essers hatte es sich auch so gewünscht. Selbstverständlich erfüllte ihr Boomi diesen letzten Wunsch. Ihr Leichnam wurde in der kleinen Vluyner Friedhofskapelle aufgebahrt, und direkt neben dem Sarg stand das Brett. Ein noch älteres Totenbrett gab es im Museum. Soweit Boomi wusste, waren diese beiden Bretter die letzten noch existierenden Exemplare am ganzen Niederrhein.

Wilhelmine Essers war eine Frau vom Lande gewesen. Nun war sie bereits seit einigen Jahren tot, und Boomi bedauerte das noch immer. Bei manchen Alten am Niederrhein gab es noch die Vorstellung, sie hätten im Jenseits Häuser, ganz wie ihre irdischen Wohnstätten, nur würde der Putz dort niemals schmutzig und auch die Fensterscheiben nicht. Die Wäsche müsste nicht gebügelt werden, und das Leuchten der Häuser wäre schon von Weitem zu sehen. Hin und wieder, so sagte Oma Essers damals, käme ein Gutsherr vorbei, ein Anwalt oder ein Steuerbeamter, um einen Bissen Brot zu erbetteln, „auf dass offenbar werde, wie Gott den Gerechten vom Sünder scheidet".

Boomi blinzelte durchs Fenster nach draußen. Jenseits des kniehohen, halb verwitterten Jägerzauns lief Detlef – stadtbekannt und deshalb auch von den Einheimischen „Flitzebogen" genannt – in seiner Detlef-typischen Art über die Straße. Detlef war geistig behindert und lebte im Männerwohnheim an der Drünstraße in Neukirchen. Den ganzen Tag über machte er nichts anderes als von Neukirchen nach Vluyn und wieder zurück zu spazieren. Ohne besonderes Ziel oder dass er einen Anlass gehabt hätte. Dabei bog er beim Gehen seinen Oberkörper so stark nach hinten, dass er von der Seite aussah wie ein gespannter Flitzebogen. Thompskate lag eigentlich nicht an seinem täglichen Weg und Boomi fragte sich, was Detlef wohl bewogen haben konnte, einen Umweg über Vluynbusch zu nehmen. Detlef blieb mitten auf der Straße stehen und schien seinen Mantel zu ordnen. Dabei wurde kurz ein länglich gebogener Gegenstand sichtbar. Boomi erstarrte. Was da einen Moment lang im Sonnenlicht aufblitzte, war eindeutig zu identifizieren. *Der Säbel? Ja. Der alte Franzosensäbel? Ja!* Den Säbel, Mordinstrument und Diebesgut zugleich, trug Flitzebogen lässig unter seinem Trenchcoat verborgen. Boomi glaubte seinen Augen nicht zu trauen. Nun war der silbern schimmernde Gegenstand wieder vom Stoff verdeckt. Aber er hatte sich nicht geirrt. Das war der Säbel gewesen, ganz klar. Alle möglichen Gedanken schossen ihm durch den Kopf. Wie kam Detlef zu diesem Ding unter seinem Mantel? Bedeutete das am Ende, dass Flitzebogen der Mörder war? Boomi starrte sprachlos auf die Straße, wo Flitzebogen in seiner unverwechselbaren Art längst weitergeschlurft war.

Ich muss den Kommissar anrufen, dachte er hektisch. *Ich muss ihm sofort sagen, was ich gesehen habe. Flitzebogen ist der Mörder. Ganz klar. Er ist ein verkappter Samurai. Er sieht harmlos aus, aber er ist eben Flitzebogen. Ein Krieger in Vluyn. Ein Ninja. Er schlägt zu, wenn es keiner erwartet. Und nun hat Detlef die alte Bongards niedergemetzelt. Ganz klar. Die Waffe an seinem Körper beweist es.*

Boomi war schon dabei, die Duisburger Nummer des arroganten Polizisten einzugeben, als er innehielt. Was, wenn Detlef zwar den Säbel mit sich führte, aber gar nicht der Mörder war? Das war letztlich die wahrscheinlichere Möglichkeit, denn Boomi konnte sich nach allem, was mittlerweile über den Ablauf und die Ausführung der Tat durch die Presse bekannt geworden war, eigentlich nicht vorstellen, dass ein an Parkinson leidender Flitzebogen …

Was, wenn Detlef das Stück irgendwo gefunden, oder besser noch, wenn er mit angesehen hätte, wie es der Mörder weggeworfen hatte? Dann gab es doch einen Zeugen. Einen etwas schwierigen zwar, aber es gab einen wichtigen Augenzeugen. Er konnte den Mörder beschreiben. Ohne zu überlegen, eilte Boomi zur Tür. Er musste diesem Detlev unbedingt nach, musste ihn befragen, bevor es … Den Kommissar konnte er ja später noch anrufen. Jetzt war erst einmal wichtig, dass er Flitzbogen einholte. „Denn es ist immer gut, den Bullen einen Schritt voraus zu sein", zitierte er mannhaft Bruce Willis in „Stirb langsam 3". Man wusste ja nie, was die Gesetzeshüter im Nachhinein so alles verschlampten.

Ein Kommissar riecht Ärger

Kleinlützum gähnte ausgiebig. Der Kommissar saß hinter dem Schreibtisch im zweiten Stock des Duisburger Polizeipräsidiums und war sichtlich unzufrieden. Lange Zeit hielt er beide Arme weit nach vorn gestreckt, so als wollte er etwas Unsichtbares abwehren oder erst gar nicht an sich herankommen lassen. Kleinlützum war frustriert, weil er überhaupt keine Lust auf diesen Fall in Vluyn hatte. *Ich rieche Ärger, gewaltigen Ärger*, dachte er sorgenvoll. Drogen, Fahrraddiebstahl und Einbrüche – so etwas passte zu Neukirchen-Vluyn. Nicht aber dieser Mord! Wie die Spurensicherung und sein scharfer Verstand mittlerweile herausgefunden hatten, war die Enthauptung von einem absoluten Profi durchgeführt worden. Doch abgesehen davon war diese eiskalt verübte Tat vor dem unbestreitbaren Hintergrund geschehen, dass man diesem Säbel aus der Zeit Napoleons höchstens einen Marktwert von 500 bis 1.000 Euro (und zwar in Liebhaberkreisen) zusprechen konnte. Das passte doch hinten und vorne nicht zusammen. Wer tötete auf so bestialische Weise für einen eher läppischen Betrag? Oder besser gefragt, wer beauftragte einen Killer, der nicht weniger kostete als der Säbel selbst? Kleinlützum schüttelte verächtlich den Kopf. Entweder war da einer völlig durchgeknallt oder aber ... *er* war völlig durchgeknallt.

Die Ermordete selbst war eher ein Zufallsopfer – soviel hatten seine ersten Ermittlungen ergeben. Aber wer weiß, vielleicht steckte ja erheblich mehr dahinter als zunächst vermutet? Nun, das sagte ihm seine Erfahrung aus vielen Jahren kriminalistischer Arbeit: Ganz klar, es musste erheblich mehr dahinterstecken! Und genau das war Kleinlützums großes Problem. Genau das bedeutete nämlich viel, viel Arbeit und einen erheblichen personellen Aufwand. Und was würde am Ende herauskommen? Dass die bis dato unbescholtene Vluynerin Wilhelmine Bongards wichtiger Bestandteil in einem sagenhaften Kriminalfall war? Dass sich hinter diesem stets rosigen, pausbäckigen Müllerinnengesicht eine Teufelin versteckte, die es nötig machte, einen teuren Killer auf sie anzusetzen? Also der Ehemann? Kleinlützum stieß hörbar die Luft aus. Nun, wie es sich auch immer verhielt, dieser Mord sorgte bei ihm und auch bei seinen Vorgesetzten für erhebliche Magenschmerzen, denn er passte von seiner ganzen Anlage her überhaupt nicht zu Vluyn, nicht zu Neukirchen – oder auch beiden zusammen: Es passte nicht zu Neukirchen-Vluyn.

Die beiden einzigen Morde der letzten 50 Jahre waren Sexualdelikte (einmal 1985 und dann 1987) gewesen. In einen Fall hatte Kleinlützum bereits Tage später den Hausmeister einer Schule verhaften können, im anderen wurde knapp eine Woche nach der Tat der Bruder des Mädchens verhaftet. Diese beiden Mordfälle waren also typisch für Neukirchen-Vluyn, und sie waren vor verdammt langer Zeit geschehen. Danach nichts Vergleichbares mehr. Schlägereien, Körperverletzungen, Diebstähle, Wohnungseinbrüche, das waren typische Delikte für den gesamten Niederrhein. Was sich aber jetzt im Museum abgespielt hatte, war so dermaßen neben der Spur, war so anders als alles, was man kriminalstatistisch für eine Stadt dieser Größenordnung prognostizieren konnte, dass es einem erfahrenen Kriminalbeamten wie Kleinlützum dicke Schweißperlen auf die Stirn treiben und mit Angst und Sorge erfüllen musste. *Vollkommen untypisch!*, schimpfte er in Gedanken. Der Vergleich mit Actionszenen aus Hollywoodstreifen war gar nicht so abwegig gewesen. „Da hat diese hübsche Museumsleiterin aber ihren süßen Mund nicht mehr zugekriegt", sagte er laut. Zum Glück war er jetzt allein im Büro, denn seine Kollegen hätten sich über den sonst so ruhigen, ja beinahe abgebrüht wirkenden Chef ziemlich gewundert. Und dann noch dieser Schwachkopf van den Boom. Hatte anscheinend geglaubt, es könnte seine Hübsche erwischt haben. Ach, der Ärmste! Dachte wohl, er würde ihren Kopf finden. Was lief da wohl zwischen den beiden? Egal! Die Durchführung der Bluttat sprach für einen professionellen Killer, wie sie haufenweise vom organisierten Verbrechen engagiert wurden. Aber was hatte die Mafia in diesem kleinen Vluyner Museum zu suchen? Welches Interesse konnte sie an einem alten Offizierssäbel haben?

Kleinlützum stöhnte laut und zog die Arme wieder an sich. „Und das fünf Jahre vor meiner Pensionierung", zürnte er. Hätte dieses blöde Stück Metall nicht erst nach dem 30. Juni 2017 geklaut werden können? Aber wie sagte doch der bekannte Philosoph und Querdenker Karl Theodor zu Guttenberg so schön: „Das Leben ist kein Ponyhof."

Kleinlützum stöhnte erneut. Er war richtig frustriert. Er war sauer. Er hatte keine Lust auf Stress. Jetzt musste er sich erst einmal ablenken. Er griff zum Telefonhörer und bestellte sich für die Mittagspause beim Pizzaservice um die Ecke – nicht wie üblich eine kleine oder mittlere, nein, diesmal bitte richtig, und mit ganz viel Käse drauf – eine riesige, fetttriefende Quattro Stagioni.

Van den Boom atmet auf

Boomi war mit Leib und Seele Vluyner. Hier war er aufgewachsen und zur Schule gegangen, hier hatte er seine Arbeit als Antiquar und Heimatforscher gefunden, hier würde er einst sterben und begraben werden wollen. Boomi liebte es von ganzem Herzen, in Vluyn zu leben. *Was soll ich in Neukirchen?*, dachte er oft. *Ich kann es mir vorstellen – auf meiner Terrasse.*

Wer in Vluyn wohnte, war erfolgreich und schön. So jedenfalls die Meinung derer, die hier geboren und aufgewachsen waren und ihren Platz im Leben gefunden hatten. Eines war doch klar wie Kloßbrühe: Wer in Vluyn wohnte, hatte es geschafft. Wer in Neukirchen wohnte, hatte es nicht geschafft, in Vluyn zu wohnen. Deshalb hatte Boomi vor seiner Thompskate im Littardweg ein Schild aufgestellt, von ihm selbst entworfen und beschriftet. Ein unübersehbarer Wegweiser, der von seinem Grundstück wegzeigte und für alle diejenigen im Universum gedacht war, die glaubten, sie müssten unbedingt auch den anderen Teil der Stadt kennenlernen: „Neukirchen 9,6 Lichtjahre."

Andererseits gab es immer noch viele Neukirchener, die davon überzeugt waren, dass alle Vluyner einen Buckel hatten. Männer wie Frauen, Jungens wie Mädels. Zwar hatten sie bei ihren kurzen Ausflügen in den Westen der Stadt – sei es zur Kulturhalle oder … oder eben zur Kulturhalle – dort niemals einen missgebildeten Vluyner entdecken können, nicht den kleinsten *Osel*, aber das Gerücht mit dem Buckel hielt sich in Neukirchen nach wie vor und wog schwer, auch weil es bereits mehrere 100 Jahre alt war.

Boomi entdeckte Detlev am Straßenrand, wo er in sich versunken auf einem Holzstamm kauerte. Er schien Boomi, der sich ihm Schritt für Schritt näherte, gar nicht zu bemerken. Der war zwar fest davon überzeugt, dass Flitzebogen keine Gefahr für ihn bedeutete, aber es erschien ihm allemal sicherer, sich dem Mann behutsam zu nähern und ihn dann mit ruhiger Stimme behutsam anzusprechen.

„Hallo Detlev!", sagte er sanft wie der böse Wolf im Märchen. „Mich kennst du doch? Hm? Ich bin der Boomi, der dich beim Konzert mit den Gitarrenfritzen in der Vluyner Kirche hat zugucken lassen. Hm? Mich kennst du doch, oder?"

Diese Veranstaltung war Ende Oktober 2011 gewesen. Boomis bester Freund, Gero van Leyen, war der Kulturbeauftragte der Stadt. Van Leyen organisierte alle zwei Jahre auch die Gitarrenkonzerte für die Kulturstiftung der Sparkasse. Er war nicht bei allen Menschen in der Stadt beliebt, weil seine künstlerischen Ansprüche weit über das Niveau vieler Neukirchener und Vluyner hinausgingen. Gero hatte ihm einmal erzählt, dass er, als er hier vor 20 Jahren angefangen hatte, von einem Bürger mit den Worten empfangen wurde: „Vor nicht allzu langer Zeit machte man sich bei uns im Dorf noch verdächtig, wenn man Abitur hatte."

Wie dem auch sei, jedenfalls schien Flitzebogen die anspruchsvolle Gitarrenmusik zu lieben. Zwar stand er nur vor der halb geöffneten Kirchentür, aber er machte schon bei den Proben zum Rhythmus der Musik merkwürdige Verrenkungen mit dem Oberkörper. Für den Eintritt hatte er nicht einen leisen Euro in der Tasche. Woher auch? Trotzdem ließ ihn Boomi, der Gero beim Kartenabriss aushalf, in die Kirche hinein. Und das zahlte sich jetzt aus.

Flitzebogen blickte auf, starrte Boomi an, und allmählich schien ihm zu dämmern, wer da vor ihm stand. „Ja, Musik, Kirche, schöööön."

Boomi erschien es sinnvoll, gleich mit der Tür ins Haus zu fallen: „Was hast du denn da unter deinem Mantel Hübsches verborgen? Hm?"

Detlev zuckte zusammen, als hätte ihn eine Hornisse gestochen. Erst blickte er sich argwöhnisch nach allen Seiten um. Dann presste er beide Arme entschlossen gegen seine Brust. „Hab gefunden. Meins, meins, meins. Gib nich ab. Gib nich ab." Er stampfte wie zur Bestätigung wütend mit dem rechten Fuß auf den Boden. „Gib nich ab. Gib nich ab mein, meins, mein."

„Ja, ja, ist ja schon gut", suchte Boomi ihn zu beschwichtigen. „Aber zeigen kannst du es mir doch mal. Im Museum wurde nämlich ein Säbel gestohlen."

„Ich nicht stehlen. Nicht stehlen. Nicht wahr. Nicht stehlen. Nicht wahr." Er schrie, als hinge sein Leben davon ab. *Wie gut, dass ich in der Pampa wohne*, dachte Boomi erleichtert. Hier würde ihn keiner hören. Ruhig wie eine Mutter, die ihrem Kind noch ein Löffelchen nahrhaften Breis in den Mund stopfen will, sagte er: „Pst. Beruhige dich. Sei ganz ruhig. Es geschieht dir nichts. Ich glaube dir ja, Detlev. Du bist kein Dieb. Du darfst es behalten. Aber zeigen kannst du mir deinen Fund, oder?"

„Nich wegnehmen?"

„Nein. Nich wegnehmen. Bin doch dein Freund. Denk an Kirche und Musik. Hab ich dich auch gelassen. Hm?"

Detlev nickte brav. „Du gut zu Detlev." Ganz langsam öffnete Flitzebogen nun seinen hellen Trenchcoat, der für die Jahreszeit viel zu dünn war. Dann zog er auf einmal den Säbel heraus. Erschrocken sprang Boomi einen Schritt zurück.

„Mein Knüppel", schrie Detlev aufgebracht. „Hab gefunden. Ganz toller Knüppel. Geb nich ab. Geb nich ab."

„Wo gefunden?"

„Wald."

„Welcher Wald?"

„Vluyn. An Straße. Schloss."

Boomi wusste augenblicklich, was er meinte. Es konnte sich nur um die alte Leyenburg handeln. Sie lag an der Straße nach Schaephuysen. „Jemanden gesehen?"

„Mann. Schwarzes Auto. Wegworfen. Schnell dann wegfahren."

Alles klar!, dachte Boomi erleichtert. Flitzebogen hatte also zufällig den Mörder gesehen. Aber warum warf der seinen wertvollen Fund gleich wieder in die Büsche, nachdem er dafür sogar getötet hatte? Das war doch völlig irre. Plötzlich sprang Detlev auf, schrie dabei irgendetwas Unverständliches, schob Boomi grob zur Seite, schleuderte danach den Säbel weit von sich und lief wie von der Tarantel gestochen davon. Die Straße hinunter Richtung Bloemersheim wie ein Flitzebogen, den Oberkörper dabei weit nach hinten gebogen. Er beachtete seinen Fund nicht mehr. Boomi starrte auf den Säbel im Gras und holte langsam sein Handy aus der Tasche. Dabei fiel ihm das Kärtchen von Theo Otto Kleinlützum auf den Boden. Während er die Visitenkarte aufhob, drückte er langsam die Rufnummer des Kommissars in die Tastatur.

Drei Männer und ein Säbel

Nicht einmal eine halbe Stunde später waren der Kommissar und sein eher wortkarger Kollege Schaller, der mit seinen hervortretenden Augen ein bisschen so aussah wie ein Karpfen auf Saunagang, zur Stelle. „Rühren Sie nichts an. Wir kommen sofort!", hatte Kleinlützum Boomi zuletzt am Telefon ins Ohr gebrüllt. Das hätte ihm Warnung genug sein müssen für alles, was danach kam. Jetzt standen die drei Männer wie Friedhofsbesucher um den Säbel herum, der zu ihren Füßen lag. Irgendwie abfällig deutete der Kommissar mit seinem rechten Bein auf die Mordwaffe, wobei er gleichzeitig Boomi ihm gegenüber fixierte: „Sie sind sich also absolut sicher, dass dies das gestohlene Stück aus dem Museum ist?" Es klang, als wollte er nicht wahrhaben, dass es sich genau so verhielt.

„Absolut sicher. In Vluyn tauchen eher selten Säbel am Wegesrand auf."

Schaller musterte den Antiquar mit einem Blick, als habe er soeben erfahren, dass sein neuer Golf vorm Präsidium gestohlen worden wäre. Der Mann, dessen Augen im Moment auf nachgerade rekordverdächtige Weise hervorquollen, schien an allem zu leiden, was ihm im Leben begegnete. Ohnehin wäre Schaller nicht Kriminalbeamter, sondern viel lieber Bäcker geworden, wie es sich seine Mutter für ihn immer gewünscht hatte. Es war der Vater gewesen, der ihn zur Polizei gedrängt hatte, weil solche Jobs nun mal absolut krisensicher sind: „Verbrechen geschehen immer, mein Sohn. Aber wenn die Leute morgen kein Brot mehr kaufen, was machste dann?" Gegen diese Logik war Schaller machtlos gewesen.

„Woher wissen Sie eigentlich so genau, dass dies die gesuchte Tatwaffe ist?", bohrte der Kommissar nach. „Haben Sie das Ding vielleicht am Ende selbst dort hingelegt?"

Das war mehr als unverschämt. Das war eine bodenlose Frechheit. Kleinlützum verdächtigte Boomi nicht wirklich der Tat. Der Kommissar provozierte eben gern, weil er sich davon interessante Reaktionen versprach. Doch Boomi blieb wider Erwarten gelassen.

„Auch wenn ich mich wiederhole: Ich habe den Säbel vorhin beim Spaziergang entdeckt. Dafür, dass er in unmittelbarer Nähe meines Hauses liegt, kann ich nichts. Das ist Zufall."

„Ich glaube nicht an Zufälle", erwiderte Kleinlützum. Von Detlev, dem „Flitzebogen", wollte Boomi den beiden Beamten lieber nichts erzählen. Er wusste, dass es nicht gut war, wichtige Beobachtungen zurückzuhalten, aber er wollte Flitzebogen den gewiss unangenehmen Besuch der beiden Herren im Heim ersparen. Das hätte den armen Kerl furchtbar durcheinandergebracht. Wenn Flitzebogen richtig Pech hatte, würde ihn der Kommissar der Öffentlichkeit als durchgedrehten Täter präsentieren, der sich an seine grausame Tat kaum mehr erinnerte – einfach deshalb, weil er damit diesen immer seltsamer werdenden Fall schnell abschließen konnte.

„Ach, das ist ja interessant", unterbrach Kleinlützum überrascht seinen Gedankengang. „Sie wohnen sozusagen um die Ecke? Das war mir gar nicht bekannt. Ausgerechnet hier neben Ihrer Bleibe entsorgt der Täter sein Mordinstrument? Und das soll Zufall sein?"

Er hielt inne, um sich vor seinem geistigen Auge, den Stadtplan von Neukirchen-Vluyn und dabei die genaue Lage des Museums in Bezug zur Fundstelle zu vergegenwärtigen. Dabei verzog er missbilligend die Lippen. Etwas schien ihn daran zu stören. „Merkwürdig. Ausgesprochen merkwürdig, finde ich."

„Was denn?", fragte Schaller neugierig. Offenbar reagierte er damit auf ein geheimes Zeichen. Immer wenn sein Vorgesetzter zweimal hintereinander „merkwürdig" sagte, durfte er sich auch melden. Boomi verzog das Gesicht. Am liebsten wäre er zurück ins Haus gegangen. Hätte er den Kommissar doch niemals angerufen. Hätte doch ein anderer den dämlichen Säbel gefunden. Meinetwegen erst in Monaten. Oder am besten nie.

„Wirklich ausgesprochen komisch", fuhr Kleinlützum nach weiterem Nachdenken fort. Er zeigte mit seinem rechten Arm in die Richtung, in der auch Schloss Bloemersheim lag. „Also, wenn ich mich richtig erinnere, liegt die Kulturhalle mit dem Museum doch dort. Wir aber befinden uns hier." Er deutete mit seinen Händen zu Boden. Schaller schaute tatsächlich nach unten.

„Wenn man nun flieht, nach dem Mord in der Kulturhalle, also von dort flieht, fährt man entweder in Richtung Autobahn A 40 oder in Richtung Rheurdt oder in Richtung A 57, also in Richtung Moers. Richtig?"

Boomi schwieg. Er ahnte, worauf Kleinlützum hinauswollte. Im Prinzip hatte der Mann sogar recht, denn die Waffe gehörte nun mal nicht an diese Stelle. Schaller spitzte die Lippen, als dächte er nun auch intensiv nach. Kleinlützum brachte es auf den Punkt: „Wenn das alles so ist, welcher Täter fährt dann von der Kulturhalle aus in den hintersten Winkel von Rayen? Das ist doch hier wie eine Sackgasse. Man kommt ja aufgrund der Wege und Straßen gar nicht schnell genug weg. Man will doch aus Vluyn raus. Nach einer Bluttat wie dieser. Warum entsorgt der Mörder seine Waffe ausgerechnet an dieser Stelle und nicht in Vluyn selbst oder an der Autobahn, wenn er sie schon unbedingt loswerden will? Kann mir das mal jemand erklären?"

„Das stimmt", ergänzte Schaller. „Das stimmt haargenau. Warum liegt uns der Säbel zu Füßen, wenn der Täter ihn doch auch ein paar Meter weiter hätte im Wald vergraben können? Wo wir ihn niemals gefunden hätten. Niemals im Leben!"

Der letzte Satz klang fast triumphierend. Schaller hatte die größte Verstandesleistung der letzten Monate, wenn nicht Jahre, vollbracht. Kleinlützum nickte ihn bestätigend zu.

„Gut! Sehr gut, Kollege! Kluger Gedanke. Und dabei ist noch immer nicht die Frage geklärt, warum er den Säbel erst klaut, dafür sogar einen Mord begeht – um dann sein Diebesgut nur wenig später wegzuwerfen. Was soll das alles? Und genau das bringt mich auf eine wichtige Sache." Überraschend wandte er sich erneut Boomi zu.

„Haben Sie die Waffe wirklich nicht angefasst? Können Sie das hundertprozentig ausschließen?"

Boomi nickte: „Ja, kann ich. Hundertprozentig."

Der Kommissar musterte sein Gegenüber abschätzend. „Gut, gut. Wie Sie meinen, junger Mann. Ich nehme das mal zu Protokoll."

An Schaller gewandt, brummte er: „Such gründlich die Umgebung um die Fundstelle herum ab, ob da noch was Brauchbares für uns dabei ist. Zigarettenkippen, andere Stummel und so. Aber pack zuvor den Säbel für die KTU sorgfältig ein. Die Jungs werden wahrscheinlich Fingerabdrücke daran finden. Was mich wiederum zu Ihnen bringt, van den Boom. Sie melden sich noch heute Nachmittag unverzüglich im Präsidium. Die Adresse finden Sie auf meinem Kärtchen."

„Warum?", fragte Boomi erstaunt und auch ein wenig verärgert. „Was soll das? Ich habe Ihnen alles gesagt, was ich weiß."

„Was das soll? Was das soll? Muss ich Ihnen das wirklich noch sagen, Mann? Wegen Ihrer Fingerabdrücke natürlich", polterte Kleinlützum los. „Wegen Ihrer Fingerabdrücke, warum denn sonst? Die haben wir nämlich nicht in unserer Kartei gespeichert. Was ein Fehler ist, wie ich jetzt meine."

Boomi blickte den Kommissar so verwundert an, als habe ihm dieser eben erklärt, er käme aus dem Weltall. Der Beamte registrierte seinen ungläubigen Blick und machte eine beschwichtigende Handbewegung. „Alles klar. Nur keine Sorge, Herr van den Boom. Wir befinden uns im grünen Bereich, oder? Haben Sie nicht vorhin ausgesagt, Sie hätten den Säbel niemals angefasst?"

Boomi schwieg. Er wollte einfach nicht begreifen, dass ihn der unverschämte Kerl mit dieser Sache überhaupt in Verbindung brachte. Der Kommissar wertete Boomis Schweigen als Zustimmung und wandte sich mit kühler Miene von ihm ab.

„Wir wollen nämlich nur die Bösen fangen, die anderen lassen wir gerne laufen", stieß Schaller etwas zu hastig hervor und grinste dümmlich, um zu signalisieren, dass er das als Scherz gemeint hatte. „Mann, ein Scheeerz!"

Aber Boomi war bei diesen beiden Typen längst nicht mehr zum Lachen.

Vluyn kocht

Vier Tage später lud die Kripo Duisburg zu einer Pressekonferenz im großen Saal der Kulturhalle ein. Nachdem seit Tagen in Vluyn und Umgebung unzählige Gerüchte über den Tathergang (das Mordopfer wäre vorher missbraucht worden), den Mörder (ein Erpresser aus dem Umfeld des Opfers), den Säbel (auf ihm laste ein uralter Fluch) und vor allem das unschuldige Opfer Wilhelmine Bongards (sie habe die Tat provoziert) die Runde gemacht hatten und die Presse selbst die Spekulationen durch immer neue Vermutungen angeheizt hatte, organisierte man auf Bitten der Stadtspitze einen „klärenden Informationsabend", wie es hieß. Alle Bürger waren dazu eingeladen, so weit der Stuhlvorrat reichte. Der Saal, in dem sonst bekannte Kabarettisten wie Konrad Beikircher oder Volker Pispers unsere Gesellschaft und vor allem die Politik durch den sprichwörtlichen Kakao zogen, was immer viele Zuschauern anlockte, platzte fast aus den Nähten. Nicht alle, die kamen, hatten einen Platz gefunden. So waren die Türen des Saals offen geblieben, damit auch noch die Leute im Kuca zumindest akustisch mitbekommen konnten, was drinnen gesagt wurde.

Auf der Bühne saßen an zwei Tischen Kommissar Kleinlützum, sein karpfenäugiger Kollege Schaller, Hans-Herbert Gentjens, Pressesprecher der Stadt, und der smarte Bürgermeister Christian-Alexander Londong. Fragen an die Polizei sollten ausschließlich die anwesenden Vertreter der lokalen und überregionalen

Presse stellen dürfen. Es zeigte sich aber schnell, dass das nicht funktionieren würde. Zu aufgeheizt war die Stimmung bei der Bevölkerung, von der sich an diesem Abend ein repräsentativer Teil im Saal eingefunden hatte. Wie immer bei brutalen Morden mit einem noch nicht gefassten, also frei herumlaufenden Täter, sorgten sich Eltern um ihre Kinder, wollten Frauen nachts nicht mehr allein auf die Straße hinausgehen – und bestimmte Stimmungsmacher fürchteten lauthals um die allgemeine Sicherheit, weil ohnehin Polizeikräfte im Land eher abgebaut als zum Schutz der Bevölkerung verstärkt würden. Auch Boomi, Judith Kuckelmann und Kulturmacher Gero van Leyen waren anwesend.

Nachdem Bürgermeister Londong alle Anwesenden begrüßt hatte, stellte Helga Klarens von der WAZ in Moers die erste Frage: „Herr Kleinlützum. Können Sie uns den aktuellen Sachstand im Fall Bongards mitteilen? Was ist mit dem Säbel, den Sie gefunden haben sollen?"

Kleinlützum mochte naturgemäß diese Art Veranstaltungen überhaupt nicht. Er hasste dergleichen, und er konnte nur hoffen, dass er sich nicht lange damit würde aufhalten müssen. Hätte er zu diesem Zeitpunkt geahnt, dass es nicht bei dieser einen Pressekonferenz bleiben würde – er hätte vermutlich vorzeitig den Dienst quittiert. Sein Vorgesetzter Dr. Brackschneider hatte ihm den Termin aufgezwungen, nachdem Bürgermeister Londong im Präsidium mächtig Druck gemacht hatte. „Die Bürger haben ein Recht auf Transparenz. Spekulationen schießen ins Kraut. Ich erwarte, dass die Behörde die nötige Aufklärung gibt."

Kleinlützum blickte kurz prüfend die Stuhlreihen entlang, die sich von unterhalb der Bühne bis weit hinten unter die Empore erstreckten. Dann räusperte er sich kurz, fixierte die schwarz gelockte Journalistin in der ersten Reihe und antwortete eher monoton: „Ja, ja, ja, wir haben die Mordwaffe im Ortsteil Rayen gefunden. Das ist korrekt. Sie wurde eingehend auf Spuren untersucht."

Ein Raunen ging durch den Saal. Dass man die Tatwaffe gefunden hatte, war bislang eher eine Vermutung gewesen.

„Aber dann muss der Täter ja einer aus der Stadt sein", rief ein Bürger aufgebracht in den Saal. Für einen Augenblick entstand Unruhe. Pressesprecher Gentjens bat eindringlich um Ruhe, damit Kommissar Kleinlützum fortfahren konnte. Es wurde wieder still.

„Keineswegs. Das ist eine eher haltlose Annahme. Sie entbehrt jeglicher Objektivität. Kommen wir zu den Fakten: das Blut am Säbel. Wir haben Rückstände davon entdeckt und analysiert. Zweifelsfrei stammen sie von der ermordeten Wilhelmine Bongards", klärte der Kommissar die Anwesenden auf.

„Gibt es Fingerabdrücke?", fragte daraufhin der Vertreter der Rheinischen Post.

Kleinlützum nickte zustimmend: „Ja, Fingerabdrücke gibt es. Jede Menge sogar. Wir konnten sie auf dem Griff des Säbels, auf der Klinge und an der Säbelscheide nachweisen. Sie gehören einem einzigen Individuum.

Sie können vom Täter stammen, müssen aber nicht. Es kann auch jemand vom Museum sein, der sie darauf hinterlassen hat. Das prüfen wir gerade."

Hätte Kleinlützum in diesem Moment Boomis Gesicht sehen können, wären ihm sofort die hektischen roten Flecken aufgefallen, die auf den Wangen des Antiquars aufflammten. Die bekam Boomi immer, wenn er sich unsicher fühlte und wenn er sich bei irgendetwas ertappt fühlte.

Boomi, der mit dem Kulturmacher und der Museumsleiterin ganz hinten unter der Empore saß, lief es bei der Erwähnung der Fingerabdrücke heiß und kalt den Rücken hinunter. Ihm wurde klar, dass sie nur von Flitzebogen stammen konnten, der zwar mit seinen Fingern auf der Waffe herumgepatscht, mit dem Mord aber absolut nichts zu tun hatte. Zwar war er selbst mittlerweile im Duisburger Präsidium gewesen und hatte sich, wie von Kleinlützum gefordert, die Fingerabdrücke abnehmen lassen, aber selbstverständlich konnte man diese nicht an der Tatwaffe nachweisen. Judith stieß ihn in die Seite. „Was ist los mit dir? Du guckst, als hätte man dir eben dein Portemonnaie gestohlen. Auf deiner Stirn sitzen dicke Schweißperlen. Macht dir wieder der Bluthochdruck zu schaffen?"

Boomi hatte Judith vor einiger Zeit erzählt, dass sein Blutdruck nicht normal war. Der Arzt hatte ihm deswegen einen Senker verschrieben, aber ihm auch zu Sport, Joggen, schnellem Gehen und dergleichen geraten. Das allerdings lehnte Boomi kategorisch ab.

„Es ist nur die Hitze im Saal! Die vielen Menschen",

flüsterte er ihr ins Ohr. Was für ein Gefühl, ihr so nahe kommen zu dürfen. Wie angenehm sie roch. Er hoffte nur, dass Judith nicht weiter in ihn drang. Bei ihr bestand die Gefahr, dass er sich verplapperte.

„Wo genau wurde der Säbel gefunden?", fragte der Chef der RP.

„In der Nähe eines Waldstücks an der Geldernschen Straße. Ein aufmerksamer Bürger dieser Stadt hat uns informiert."

Gut, dass er mich nicht namentlich outet, dachte Boomi zufrieden.

„Und was sagt Ihre internationale Fingerabdruck-Datei über den möglichen Täter?", wollte der Mann vom WDR-Studio Duisburg wissen. „Ist er gespeichert?"

„Nichts. Wir haben keinen Eintrag."

Der Journalist vom WDR machte sich dazu eine Notiz.

Erneut entstand Unruhe im Saal. Menschen redeten hektisch durcheinander, riefen anderen ihre Vermutungen zu, manche abstrus oder sogar völlig abwegig. Da meldete sich plötzlich der zweite Vorsitzende des Heimat- und Verkehrsvereins Vluyn zu Wort.

„Herr Kleinlützum. Viele im Ort vermuten, dass Frau Bongards irgendwie in den ganzen Fall verwickelt ist; man spricht in diesem Zusammenhang von einer Erpressung – also, ich glaube das nicht, nur dass das klar ist, aber kann es nicht sein, dass der Täter aus Neukirchen-Vluyn kommt? Dass es tatsächlich um Erpressung, Rache oder dergleichen geht?"

Nun überschlugen sich die Anwesenden wieder mit

lautstark geäußerten neuen Mutmaßungen. Der Mann von der Stadt musste mehrmals um Ruhe bitten. Dann wandte er sich in fast flehentlichem Tonfall an den Kommissar. „Teilen Sie bitte den Menschen hier mit, wie die Sachlage ist. Die Gerüchte schießen, wie Sie sehen, wirklich ins Kraut. Es gibt mittlerweile sogar heillose Verdächtigungen. Sagen Sie den Leuten, was die Polizei als gesichert erkannt hat. Ich bitte Sie darum!"

Kleinlützum fühlte sich nun genötigt aufzustehen. Er griff nach dem Mikro und brüllte: „Ruhe! Bitte Ruhe im Saal! Ich werde Ihnen genau erklären, was wir wissen!" Es dauert eine Weile, bis er sich durchsetzen konnte. In der Zwischenzeit versuchte auch Bürgermeister Londong, die Menge zu beruhigen.

Dann sprach Kleinlützum: „Mir ist bewusst, wie ungewöhnlich dieser Mord für Ihre Stadt, ja selbst für den ganzen Niederrhein ist. Die Umstände sind mehr als mysteriös. Opfer, Täter und Tatmotiv stehen in einem seltsamen Verhältnis zueinander. Was hat der eine mit der anderen zu tun? Was ist der Grund für den Diebstahl? Was der Grund für das beinahe schon achtlose Wegwerfen der Tatwaffe?"

Kleinlützum griff zum Wasserglas hinter sich auf dem Tisch und trank es halb leer, bevor er fortfuhr: „Was ich Ihnen jetzt mitteile, entspricht haargenau unserem momentanen Erkenntnisstand. Dieser Mord wurde äußerst professionell durchgeführt. Das war ein hundertprozentiger Profi, der das getan hat. Das war kein Racheakt, das war kein Auftragsmord, das war ein hinterhältiger, feiger Mord, durchgeführt von jemandem, der das sicherlich nicht zum ersten Mal in seinem Leben gemacht hat. Frau Bongards hat nach unserer Erkenntnis nichts, absolut gar nichts im Rahmen einer möglichen Tatverstrickung damit zu tun. Sie ist ein unschuldiges Opfer. Wäre jemand anderes als sie im Museum gewesen, wäre vermutlich diese Person diesem brutalen Täter in die Hände gefallen. Wir wissen nicht, worum es dem Verbrecher eigentlich ging. Bis zum Fund des Säbels vermuteten wir, dass es allein der Diebstahl desselben gewesen ist. Das scheint nicht zu stimmen. Es bleibt unklar, weshalb der Täter die Mordwaffe später entsorgt hat, unklar auch, warum ausgerechnet in Rayen. Der Fall ist noch lange nicht gelöst, aber Sie sollten sich vor Verdächtigungen hüten. Ich versichere Ihnen: Wir werden den Mord aufklären. Wir werden den Täter finden, aber das kann noch eine ganze Weile dauern …"

Er redete weiter, machte seine Sache letztlich ganz gut, wie Boomi fand. Nur Idioten, wie es sie leider Gottes in jeder Stadt gab, hätten auch weiterhin Wilhelmine Bongards eine Mitschuld an dem Mord gegeben. Eines allerdings wurde auch den Zuhörern in der Kulturhalle deutlich: Niemand, weder die Polizei noch die Stadtspitze, hatte auch nur die geringste Ahnung, worum es bei diesem Fall eigentlich ging. Am Ende sprach Kleinlützum gar von einem Irren, der das alles auch veranstaltet haben könnte. Und die perfekte Enthauptung? „Lucky Punch, glücklicher Zufall", brummte Kleinlützum und zog dabei hilflos die Achseln hoch. Diese Vermutung vor den Menschen zu äußern war wiederum nicht gut, denn es nährte die Vorstellung von einem im Verborgenen arbeitenden Killer, den es immer noch gab und der erneut zuschlagen würde, wenn ihm danach war. Höchste Zeit also, dass die Polizei ihre Arbeit machte und diesen Irren fasste.

Der Tod schleicht sich an dich heran, und du landest plötzlich wie ein Insekt an einer Windschutzscheibe. Peng!

Eine Beerdigung und ein Einbruch

Beerdigungen sind niemals fröhlich. Beerdigungen sind traurig, meistens sogar furchtbar traurig, und das umso mehr, wenn der Betroffene, in diesem Fall die Betroffene, gewaltsam zu Tode gekommen ist. Wilhelmine Bongards war in ihrem 70. Lebensjahr auf grausamste Weise ermordet worden. Ja, man durfte mit Fug und Recht behaupten, so wie Wilhelmine war zuvor noch kein Vluyner ums Leben gekommen. Auch kein Neukirchener. Das hatte Konsequenzen. Beinahe hatte es den Anschein, als ob ganz Vluyn Wilhelmines Beerdigung unter keinen Umständen verpassen wollte. Fast alle waren auf den Beinen. Man musste einfach kommen. Spätere Vorwürfe, man wäre eben nicht dabei gewesen, als Wilhelmine im Sarg liegend, mit ihrem Kopf auf der Brust, ins Erdreich hinuntergelassen wurde, wollte man sich ersparen. Selbstverständlich war der Sarg verschlossen gewesen, aber die Phantasie der Anwesenden arbeitete kräftig und schuf blutige Bilder.

Alle schienen da zu sein. Folglich kam es, wie es kommen musste: Der kleine Vluyner Friedhof, idyllisch zwischen Grundschule und Supermarkt gelegen, konnte die Menge der Lebenden kaum fassen. Er wirkte wie geflutet. Alles, was Beine hatte, war herbeigeeilt, selbst der Kommissar aus Duisburg mit seinen Leuten, die alles andere als ein trauriges Gesicht machten. Sie waren in erster Linie dienstlich hier, und das merkte man ihnen auch an.

Mehr oder weniger unauffällig wurden Fotos von der unüberschaubaren Menge der Trauernden gemacht – Kleinlützum versprach sich davon einen eventuell brauchbaren Hinweis auf den Täter. Wenn es sich nämlich bei diesem um einen gemeingefährlichen Psychopathen handelte, am besten noch ein Ortsansässigen, konnte es ja gut sein, dass er sich auf der Beerdigung seines Opfers blicken ließ. Vielleicht schon deshalb, um nicht aufzufallen! Ob Kleinlützum allerdings plante, den vielleicht auftauchenden Irren anhand seines Gesichtsausdrucks zu identifizieren, wie einige Vluyner argwöhnten, blieb das Geheimnis der Kripo. Dumme Gesichter wurden nämlich jede Menge geschossen – aber welches davon gehörte zu einem durchgedrehten Samurai?

„Der Tod ist der Weg der Natur, dir zu sagen: Mach langsamer, komm runter", raunte Schaller wissend einem jungen Kollegen zu, der erst vor einem halben Jahr bei ihnen in Duisburg angefangen hatte.

„Dead people are cool", antwortete dieser und grinste frech. Schaller verzog missbilligend das Gesicht. Für extravagante Witze war schließlich er allein zuständig. Er hatte sich mehr Respekt von dem Jüngeren erhofft. Aber die Zeiten hatten sich wohl geändert. Die neuen Auszubildenden waren alle ziemlich emotionslos und eben cool, cool und nochmals cool drauf.

„Wir haben hier mal einem die letzte Ehre erwiesen, der zeigte sich im Sarg von seiner besten Seite", flüsterte ein weißhaariger Vluyner und schaute dabei lüstern die junge Frau an seiner Seite an. Sie hätte seine Tochter sein können.

„Pst!", machte die. „Nicht so geschmacklos. Ich gehöre zur Versammlung. Der Pastor spricht jetzt. Still!"

„Ach, so. Zu denen in Niep zählen Sie", murmelte der Alte verächtlich. „Das sieht man Ihrem knackigen Körper gar nicht an."

Die junge Frau blickte angeekelt und entfernte sich dann schnellen Schritts.

„Ohne den Tod gibt es kein Jüngstes Gericht", sagte der Pfarrer salbungsvoll. „Ohne den Tod finden wir nicht zu Gottes Herrlichkeit."

Auch eine Art, den Hinterbliebenen den plötzlichen Abgang eines geliebten Menschen schmackhaft zu machen, dachte Kleinlützum bitter. Er selbst war schon vor langer Zeit aus der Kirche ausgetreten. Jeder halbwegs gebildete Grabredner, der dafür nicht wenig Geld bekam, hätte es sicherlich besser gemacht als dieser Steinzeit-Pfarrer. Der glaubte doch selbst nicht, was er da redete. Aber Schwamm drüber. Was ging es ihn an? Wichtiger war etwas ganz anderes, nämlich ob hier heute noch etwas Brauchbares für sie herausspringen würde. Sie würden Geduld, ganz viel Geduld aufbringen müssen. Genau darauf hatte Kleinlützum ungefähr so viel Lust wie ein Skinhead in Thüringen auf einen Besuch vom Verfassungsschutz. Die Beerdigung zog sich wie Kaugummi, und Kleinlützum musste häufig gähnen, weil es sogar aufregender gewesen wäre, bunte Schmetterlinge zu katalogisieren.

In der Nacht zum darauffolgenden Tag wurde bei „Optik Perbix" eingebrochen. Glas splitterte, Holz brach, Türen wurden eingetreten, das Übliche also, wenn jemand mit Gewalt in ein Haus eindringen will. Der alte Perbix hatte vor Jahren mit viel Liebe zum Detail ein Uhrenmuseum im Keller seines Gebäudes an der Pastoratsstraße eingerichtet. Das Museum war sein privates Steckenpferd. Er hätte sein Leben dafür gegeben. Uhren, große und kleine, wie man sie nur ganz selten zu Gesicht bekam, waren hier in Vitrinen ausgestellt oder hingen an der Wand, darunter manch kostbare Kuckucksuhr aus dem Schwarzwald. Rüdiger Perbix hatte seine Sammlung im Laufe vieler Jahre zusammengetragen. Wer seine kostbaren Uhren besichtigen wollte, musste sich persönlich bei ihm anmelden. Auf dieses private Museum hatten es die Einbrecher abgesehen. Woher sie den Tipp hatten? Würde man es jemals erfahren? Von einem ehemaligen Besucher? Oder aus der Zeitung, weil man dort hin und wieder über das teure Hobby von Perbix berichtete? Aber die Einbrecher waren kläglich gescheitert. Den Laden oben mit seinen teuren Brillengestellen und nicht weniger wertvollen neuen Uhren hatten sie vollkommen außer Acht gelassen. Das Museum unten im Keller war dagegen geschützt wie ein Hochsicherheitstrakt. Wer da ungebeten hineinwollte, hätte schon Dynamit mitbringen müssen, um die 20 Zentimeter dicke

Stahltür und die extra mit Beton verstärkten Wände aus dem Weg zu räumen. Alle Versuche, ins Allerheiligste von Perbix zu gelangen, waren zum Scheitern verurteilt gewesen. Tür und Wände hatten den wilden Attacken mühelos standgehalten.

Perbix amüsierte sich im Nachhinein köstlich darüber, wie ungeschickt sich diese Einbrecherdarsteller angestellt hatten. Und wie frustrierend für sie! Sie mussten sich ja vorgekommen sein, als wollten sie in Fort Knox einbrechen. Aus Wut hatten die enttäuschten Diebe später im Laden randaliert. Zu laut, denn Perbix, der im Stockwerk darüber schlief, wurde geweckt und alarmierte sofort die Polizei. Am Ende gab es zwar erheblichen Sachschaden, aber es war zum Glück nichts gestohlen worden.

Am Abend danach hatte sich Boomi mit Gero van Leyen in der gemütlichen „Kellerkamer" zu einem Plausch verabredet. Das machten sie mitunter, wenn Gero Zeit dafür hatte, was alle paar Monate mal vorkam, denn Kulturarbeit war etwas für die Abendstunden, wenn entweder Veranstaltungen in Vluyn liefen oder in anderen Städten, wo Gero sie sich anschaute und überlegte, ob sie gut genug für Vluyn und die Umgebung des Ortes waren. Gero war Boomis bester Freund, auch wenn sie sich selten sahen. Gero wusste auch von seiner heimlichen Liebe zu „Dornröschen-Judith", wie Gero die Schöne bezeichnete. Dornröschen – das waren für Gero Frauen, die ungeküsst, noch nicht geweckt durchs Leben liefen.

Boomi parkte seinen alten Volvo-Kombi auf dem Museumsplatz. Der Wagen neben seinem hatte zwei unübersehbare Aufkleber in Rot. Der eine lautete: „Ich bin Vluyner mit Leib und Seele. Teste mich!" Der andere trug den Aufdruck: „Pfoten weg, Hund im Heck!" Wenn man interessiert nachschaute, erblickte man einen braunen Wackeldackel mit Knopfaugen wie ein Teddy von Steiff. Boomi grinste sich eins und ging durch die Pastoratsstraße in Richtung Niederrheinallee. Bevor er jedoch an der Kulturhalle vorbeihuschen konnte, traf er auf den alten Perbix. Der stand breitbeinig und anscheinend stolz wie Oskar mitten auf der Straße. Er musterte sein Haus mit dem bei vielen Einwohnern der Stadt angesehenen Uhrengeschäft im Erdgeschoss sorgfältig von oben bis unten.

„Guten Abend, Herr Perbix", grüßte Boomi artig. Er kannte den Alten schon seit Kindertagen. „Hab davon gehört. Böse Sache mit dem Einbruch."

Perbix wandte sich Boomi zu. „Ah, der Herr van den Boom. Böse Sache, meinen Sie. Ja, das ist richtig, aber den Schaden zahlt selbstverständlich die Versicherung. Bekommt ja auch satte Prämien dafür pro anno. Das ist das Eine. Außerdem bin ich mir sicher, dass die Polizei diese Gangster schnell zu fassen kriegt."

„Wieso?", fragte Boomi erstaunt. „Meistens fangen sie diese Kerle doch nicht, weil die fast alle aus dem Ausland zu uns kommen, heißt es."

Perbix nickte. „Stimmt! Die Anbindung von Neukirchen-Vluyn an das Autobahnnetz ist einfach zu gut, zu verlockend für Kriminelle. A 57, A 42, A 40, selbst die A 3, alles sehr schnell erreichbar, wenn man abhauen muss. Vielleicht ist es ja auch Wunschdenken von mir, dass diese Verbrecher rasch ins Kittchen wandern. Aber ich konnte den Beamten wenigstens hübsche Bilder von den zwei Männern mitgeben." Er verzog sein Gesicht zu einem triumphierenden Lächeln. Hatte er etwa ein As im Ärmel?

„Wie das? Haben die für Sie etwa noch posiert?"

Der Uhrensammler trat jetzt dicht an Boomi heran. Boomi roch, dass er sich nicht lange zuvor einen Schnaps genehmigt hatte. Dann ergriff Perbix Boomis rechten Arm und zog ihn zu einer ganz bestimmten Stelle auf der Straße, als wäre er ein lebloses Objekt. Boomi folgte ihm jedoch so bereitwillig wie ein Lamm dem Muttertier. Der Alte meinte es ja nicht böse.

„Nun schauen Sie mal direkt nach oben zu dem Vorsprung über Ihnen, Leo! Was sehen Sie dort?"

Boomi entdeckte erst gar nichts an der Hauswand. Aber als er etwas genauer hinsah, erkannte er ein dunkles rundes Objektiv.

„Eine Kamera", stieß er verblüfft aus. „Ist mir bislang nicht aufgefallen."

„Weiß auch kaum jemand von", winkte Perbix lässig ab. „Und sie ist nicht die einzige an meinem Haus, die überwacht und aufnimmt, was sich hier in der Straße vor meinem Laden so tut."

„Noch eine zweite?" Boomi war beeindruckt.

Perbex nickte. „Mindestens. Und noch besser versteckt als die da oben." Er zeigte auf seinen geheimen Spion in der Höhe.

„Und die Kameras haben die Kerle aufgezeichnet?"

„So ist es", meinte der Uhrenfachmann voller Stolz. „Damit haben die wohl nicht gerechnet."

Boomi kam ins Grübeln. Dann hatte er eine Idee. „Wie weit reichen die Kameras denn überhaupt?"

Diese Frage schien Perbix weniger angenehm zu sein. „Nun ja, jedenfalls weit genug und im Rahmen dessen, was erlaubt ist", sagte er ein wenig schroff.

„Nein, nein, Herr Perbix, bitte verstehen Sie mich nicht falsch. Finde ich gut, dass Sie die dort oben angebracht haben. Sie schützen ja schließlich nichts anderes als Ihr Eigentum."

„Sehe ich auch so, junger Mann!"

„Sie verwahren die Aufzeichnungen lange?"

„Bloß ein paar Wochen."

Alles klar, dachte Boomi. Das war es, was er hören wollte. „Darf ich Sie demnächst mal wieder besuchen kommen? Jemand erzählte mir unter dem Siegel der Verschwiegenheit, Sie hätten eine unglaublich seltene Uhr aus der Schweiz erstehen können. Und seien stolz wie Oskar auf das neue Ausstellungsstück?"

„Hat Ihnen das meine Tochter verraten?" Perbix strahlte vor Freude übers ganze Gesicht. „Dieses Plappermaul. Und wie stolz ich bin! Und wie! Sie, Herr van den Boom, sind bei mir immer willkommen. Schauen Sie einfach mal wieder vorbei. Ich bin ja meistens im Laden. Ich erwarte Sie!" Plötzlich hatte es Perbix ganz eilig. Er murmelte irgendetwas von einem wichtigen Anruf aus dem Ausland. Natürlich ging es dabei um eine Uhr. So verabschiedeten sie sich voneinander, und Boomi eilte raschen Schrittes hinüber zur „Kellerkamer", wo Gero schon ungeduldig auf ihn wartete.

Der verliebte Träumer

Die alte „Kellerkamer" mit ihrem kleinen, aber kuscheligen Kneipenbereich im Zwischenstockwerk, die bereits Hanns Dieter Hüsch als Schuljunge gekannt hatte, erreichte man über wenige Stufen vom immer gut besuchten Café aus. In diese Kneipe von der Größe einer Bauernküche trudelten abends fast ausschließlich Einheimische ein – ganz selten verirrte sich jemand von außerhalb hierher. Das lag einfach daran, dass man die Bar eher als einen Ort betrachtete, an dem es leckere Torten und Kuchen gab, denn als eine Gelegenheit, einen hochprozentigen Absacker oder ein gepflegtes Pils zu sich zu nehmen. Den Vluynern, die hier nach getaner Arbeit auftauchten, konnte es recht sein, denn so blieb man unter sich.

Gero hockte bereits am Tresen und trank wie üblich sein dunkles Weizenbier. Ohnehin hätte er seinen Kulturjob am liebsten in einer bayerischen Stadt erledigt. Manchmal drohte er sogar damit und erklärte, sich jetzt in Zwiesel oder Altötting oder am besten in Erding um die Aufgabe des städtischen Kulturbeauftragten zu bewerben – allein schon wegen der vielen kulinarischen Genüsse. Sie würden einen über Enttäuschungen und Frustrationen hinwegtrösten. Welche sagenhaften Leckerbissen böte einem dagegen der Niederrhein? „Billiger Schnaps mit Zuckerstück an Rosinenberg – dazu Panhas, frisch vom Schwein, zuletzt mit Blut von allen Seiten übergossen, geschnitten wie gebraten. Es ist zum …"

Boomi hat noch nicht ganz neben Gero auf dem Hocker Platz genommen, als er durch einige heftig diskutierende Gäste am anderen Ende des Tresens auch schon das große Thema des Tages mitbekam. Ein Kunde vom „Istanbul Grill Zwei" wollte beim Döner-in-sich-Hineinstopfen am Tatabend einen auffälligen Typen im langen Mantel an der Kulturhalle gesehen haben. Daran hatte er sich nach Tagen mit einem Mal erinnert. Selbstverständlich hatte er diese Beobachtung sowohl der Polizei als auch der WAZ in Moers mitgeteilt. In der Zeitung vom Tage stand seine Aussage: „Mir fiel der Kerl gleich auf, ja ehrlich, den konnte man gar nicht übersehen, weil er so einen tollen schwarzen Ledermantel getragen hat, so glatt wie Lack, wissen Sie, so einen, wie er in der SM-Szene vorkommt. Ein geiler Mantel, finde ich, der ihm bis weit über die Knie reichte und etwas weiter geschnitten war. Erinnerte mich an diese Matrix-Film-Typen, diesen furchtlosen Neo, wenn Sie wissen, was ich meine."

„Ich sach ma", meinte der eine von den vier Männern am Tresen. „Der Zeuge will sich bloß wichtigtun. So 'n eigenartigen Typen auffe Straße bei uns hätten doch noch andere bemerkt, oder nicht?"

Sein Nachbar, der rechts von ihm in gekrümmter Haltung auf seinem Hocker hing, brummte nur: „Wird wohl so sein, Jupp. Mir kommt das auch komisch vor. Trinken wir lieber noch einen Kurzen, nee?"

Die beiden anderen Männer schienen sich eine ähnliche Meinung gebildet zu haben. „Den kriegense schon anne Eier. Der hat keine Chance gegen den mächtigen

Polizeiapparat." Der das gesagt hatte, rutschte von seinem Hocker herunter und schlurfte dann in Richtung Toiletten.

„Meinst du, da ist was dran?", fragte Gero Boomi, der sich wie immer ein Wasser mit wenig Kohlensäure bestellt hatte.

Boomi zuckte die Achseln. „An dem auffälligen Typen mit dem Mantel? Keine Ahnung, aber ich werde es demnächst einfach mal überprüfen."

Gero starrte seinen Freund irritiert an. „Wie das? Zeitreisemaschine erfunden oder Hellseher geworden?"

„Weder noch. Ich habe nur vorhin erfahren, und deshalb bin ich auch zu spät gekommen, dass es sehr wahrscheinlich eine Videoaufzeichnung vom Täter gibt. Perbix hat mir von seinen versteckten Kameras erzählt. Da will ich doch gerne mal nachschauen, was die am Tatabend festgehalten haben."

Gero grinste frech und meinte: „Nicht übel! Bewacht seinen schmucken Laden mit allen modernen Mitteln. Vielleicht springt ja wirklich was dabei raus, und er hat den Täter aufzeichnen können!"

„Ich halte dich auf dem Laufenden", versprach Boomi und machte ein zuversichtliches Gesicht, was den möglichen Ausgang seiner geheimen Recherchen betraf.

„Mal was anderes, Boomi. Wie steht es denn zwischen dir und deiner Angebeteten? Du kannst doch nicht ernsthaft wie ein verknallter Sechzehnjähriger *gar nichts* tun. Hast du dich deiner Judith inzwischen mal offenbart?"

Boomi wurde tatsächlich rot wie eine überreife Tomate. Gero schüttelte missbilligend den Kopf. „Ich glaub das einfach nicht. Ihr seid beide erwachsen, ihr seid in einem Alter, wo andere bereits Großeltern sind!"

„Und wenn sie nein sagt? Wenn sie mich ablehnt? Wenn ich erkennen muss, dass sie nicht so fühlt, wie ich es mir erhoffe? Wenn sie danach nichts mehr von mir wissen will? Wenn sie einfach aufsteht und weggeht? Wenn sie ..."

„Wenn sie tot umfällt, weil sie ein Meteorit erschlagen hat?", unterbrach Gero abrupt Boomis Wortschwall. „Wenn sich herausstellt, dass sie in Wirklichkeit ein Mann ist? Hast du eigentlich 'nen Knall? Das kannst du doch nicht ernsthaft alles von dir geben? Bist du ein ganzer Kerl oder was? Wer liebt, muss auch mit den Konsequenzen leben, sagte schon Jesus zu seinen Jüngern."

„Was? Was hat der gesagt? Wo steht das denn geschrieben?" Boomi musste lachen, und das war genau die Reaktion, die Gero mit seinem falschen Zitat hatte provozieren wollen.

Im Hintergrund lief gerade der Hit von Frida Gold: „Wovon sollen wir träumen?" Bei der Textzeile „Ich habe gesucht und gesucht in den hintersten Ecken nach Augen, die mich interessieren ..." stimmte Boomi zu. „Genauso ist es. Wenn ich ihre wunderschönen, türkisfarbenen Augen sehe, dann weiß ich, dass ich den Menschen gefunden habe, mit dem ich glücklich werden kann." Es klang furchtbar melancholisch.

„Dann halt es fest, dein tolles Glück", forderte Gero ihn auf.

Boomi stieß hörbar Luft aus. „Ich kann nicht."

„Schisser!"

„Besser ein Schisser als jemand, der für immer seine Träume verloren hat."

„Und obwohl du rein gar nichts damit zu tun hast, kniest du dich in diesen Mordfall rein, weil …?"

„Ich hoffe, dass ich Judith damit helfen kann und sie sich mir letztlich offenbart."

„Und wenn ich mal mir ihr rede? So ganz in Vertrauen? Ihr sage, wie sehr du leidest?"

Boomis Gesicht verfinsterte sich augenblicklich.

„Sind wir von Stund' an keine Freunde mehr." Das klang so bedrohlich, dass Gero zusammenzuckte, als hätte ihn eine Schlange gebissen.

„Komm", sagte er hastig, „ich spendiere dir ein weiteres leckeres Wasser. Bedienung! Bitte schnell! Mein Freund fängt an, mir zu drohen."

Ein Glas Vogelbeerschnaps mit Folgen

Die Wochen vergingen. Nichts tat sich im Fall „Mord im Museum von NV". Weder gab es neue Erkenntnisse noch Zeugen; alle Hinweise aus der Bevölkerung, alle Spuren, denen man nachgegangen war, verloren sich im Nebel. Das Motiv des Mörders blieb weiterhin rätselhaft. Von einem konkreten Täterprofil, mit dem man hätte arbeiten können, war man nach wie vor weit entfernt. Der Killer konnte ein Wahnsinniger mit einem zufällig gelungenen genialen Hieb sein – oder ein Auftragsmörder mit langjähriger Praxis im Umgang mit Hieb- und Stichwaffen. Kommissar Kleinlützum und sein Kollege Schaller begannen zu glauben, dass höchstens durch einen Zufall Bewegung in die verfahrene Geschichte kommen würde. Nachdem der Säbel ausgiebig von der Spurensicherung untersucht worden war und man bis auf zwei unterschiedliche Fingerabdrücke, die sich keinem gespeicherten Abdruck zuordnen ließen, nichts gefunden hatte, wurde die Waffe knapp vier Wochen nach der Mordtat wieder dem Museum zurückgegeben. „Wir werden ihn niemals wieder ausstellen", erklärte Judith Kuckelmann der Presse, die von der Rückgabe Wind bekommen hatte. „Damit ist eine Mitarbeiterin unseres kleinen Museums ermordet worden. Den Säbel jetzt wieder zu präsentieren, halte ich für geschmacklos. Zudem würde er alle, die Wilhelmine Bongards kannten, immer wieder an ihren grausamen Tod erinnern. Das darf nicht sein. Das wird nicht passieren." Auf die Frage, was man denn mit dem Säbel anfangen würde, gab sie zur Antwort, dass er ins Archiv wandern und so für immer den Blicken der Öffentlichkeit entzogen bleiben werde.

An dem Tag, als dieser Artikel sowohl als Double in der WAZ / NRZ als auch in veränderter Form in der Rheinischen Post erschien, plante Boomi eine alles entscheidende Kontaktaufnahme. Er selbst bezeichnete es nicht so, weil sich bei Annäherungsversuchen an einen geliebten Menschen ja mitunter riesige Schluchten und tiefe Abgründe auftaten, die zuvor noch unvorhersehbar gewesen waren. Darauf konnte er gerne verzichten. Nein, Boomi wollte Judith trösten, und weil er wusste, dass sie – wie viele Niederrheinerinnen – einem leckeren Trunk nicht abgeneigt war, packte er eines Abends seinen österreichischen Vogelbeerschnaps in den Jutesack und fuhr damit zur Kulturhalle. Boomi wusste, dass Judith noch im Museum arbeitete, weil sie kurz zuvor miteinander über einen neuen Artikel für die Mitglieder-News telefoniert hatten. Judith hatte am Telefon irgendwie traurig geklungen: deprimiert, einsam, ohne eine Schulter, an die sie sich jetzt gerne gelehnt hätte. Glaubte jedenfalls Boomi. Daraufhin hatte er einen unglaublichen Entschluss gefasst. Er wollte einen mit ihr heben. Er wollte auch zwei mit ihr heben, oder so viele, wie sie nur wollte. Er hoffte, das würde sie ein wenig von dem Schmerz ablenken, den sie nach dem Mord immer noch empfand. Er wollte ihr diese tröstende Schulter bieten, an die sie sich lehnen konnte, eine Schulter aus gutem Hochprozentigem. Jedenfalls meinte Boomi zu fühlen, dass Judith genau das jetzt brauchte. Und wer weiß, vielleicht löste der Vogelbeerschnaps, wenn sie ihn erst einmal schätzen gelernt hatte, sogar ein wenig ihre Zunge. Ließ Verborgenes sprechen. Kehrte Inneres nach außen. Er hoffte, nein, er betete inständig, dass sie einfach mal so richtig locker werden und sich verraten würde. Ihm endlich offenbarte, was sie für ihn empfand.

Vogelbeerschnaps, hergestellt aus den Früchten der Eberesche, die mancher nach wie vor für giftig hält, hatte er vor einem Jahr bei einem Kurzurlaub in Tirol kennengelernt. Der herbe, würzige Geschmack und die rubinrote Farbe hatten ihm gleich zugesagt. Er kaufte zwei Flaschen. Unter anderem gefiel ihm auch, dass man dem Schnaps eine magische Wirkung bei Menschen nachsagte, die dafür empfindlich seien. Was genau damit gemeint war, darüber schwieg sich die Verkäuferin des kleinen Spirituosenladens in Osttirol wohlweislich aus, und Boomi nahm ihre geheimnisvolle Andeutung als gezielten Werbegag. Obgleich er zugeben musste, dass er für derlei esoterische Aussagen ziemlich empfänglich war.

Judith war überrascht, als er den kleinen Raum im Keller betrat. Hier unten, in den Tiefen der Kulturhalle, befand sich ihr Arbeitsplatz zwischen Regalen, vollgestopft mit Hunderten von Büchern, und Schränken, deren Schubladen man nicht mehr schließen konnte, weil ihr Inhalt kurz davor war, sich als Papierflut in den Raum zu ergießen. Das alles im Schatten eines Kellerfensters, durch das sich im Brandfall höchstens ein Liliputaner hätten hinausretten können, vorausgesetzt, er hätte jahrelang als Kofferakrobat gearbeitet und Glieder so flexibel wie eine Würgeschlange. Judith kramte einen Stapel Zeitschriften von einem Drehstuhl herunter, der so alt war, dass bereits Reichskanzler Bismarck darauf gesessen haben konnte.

„Nimm bitte Platz, Boomi. Du weißt ja, hier ist alles ein bisschen eng und zugestellt. Viel Kram, der noch darauf wartete, bearbeitet und katalogisiert zu werden. Was verschafft mir das Vergnügen?"

„Eine Auszeit vom Stress und von den Sorgen", schmeichelte Boomi, als ginge es darum, die Weseler Kreismeisterschaft im Anbaggern zu gewinnen. Aber offenbar hatte er damit genau den richtigen Ton getroffen.

„Oh, wie furchtbar lieb von dir, mich ein wenig aufzumuntern. Was hast du denn da Schönes mitgebracht?" Judith leckte sich gierig die Lippen; sie schien zu ahnen, was sich in dem Jutesack verbarg. Dann zeigte sie auf die Flasche Vogelbeerschnaps, die er wie den heiligen Gral auf der letzten freien bierdeckelgroßen Stelle ihres Schreibtischs platzierte. Rechts und links davon brachte er noch zwei *Pinnekes* unter, die er ebenfalls aus seinem Beutel zog.

„Für mich?", hörte er sie zwitschern. Als er aufblickte, sah er ihr ovales schmales Gesicht, das so wunderschön von ihren dunklen glatten Haaren eingerahmt wurde. Judith Augen leuchteten so freudig, als hätte man ihr eine neue Ausstellungsfläche in einem Teil der

Kulturhalle angeboten, die sie bislang noch gar nicht entdeckt hatte. Und die es deshalb auch nicht geben konnte. Boomi schaute sie so verzückt an, als sähe er einen Engel. Aber für ihn war es ja auch so. Er wusste, dass er niemals mehr im Leben eine andere Frau lieben würde.

„Für uns beide, wenn ich ergänzen darf", murmelte er verschwörerisch. Dann öffnete er mit großer Geste die Flasche und füllte die beiden Gläser bis zum Rand. Er reichte ihr eines, verwundert darüber, dass er nicht zitterte, ergriff dann das andere Glas und führte es an seine trockenen Lippen. „Prost Judith!"

„Prost Boomi!" Sie trank ihr *Pinneken* in einem Zug leer, und er füllte sofort nach.

„Prost Judith!"

„Prost Boomi! Gott, ist der lecker. Wo haste den her?"

„Noch einen?"

„Gerne. Wenn ich darf?"

„Dafür ist er ja da."

„Hm", machte sie. „Hm! Süffiger als Bessen-Genever. Hm. Lecker, lecker." Sie schien jeden Schluck zu genießen. Er ahnte, dass das ein schöner Abend werden würde. Alles lief so, wie er es sich erträumt hatte. „Vom letzten Urlaub ist der noch", beantwortete er brav ihre Frage. „Aus Tirol. Er ist magisch, nicht wahr?"

„Und wie!", flötete sie. „Der geht runter wie Öl. Ich glaube, Boomi, so was wie den hier", sie hob andächtig ihr Glas, „habe ich jetzt gebraucht. Nach all dem Entsetzlichen." Sie zögerte einen kurzen Moment. „Toll, ja, wirklich toll, dass du noch vorbeigekommen bist. Wo wir doch gar nichts ausgemacht hatten." Sie kicherte. „Bin schon ein wenig ... Hicks!", machte sie und kicherte erneut glücklich wie ein beschenktes kleines Mädchen.

Sag ich doch, dachte Boomi. *Ich weiß, wie man mit Frauen umgeht!*

Je mehr sie gemeinsam tranken und ziemlich belangloses Zeug redeten – das Boomi aber als sein Neues Testament in Sachen erotischer Annäherung an Judith deutete –, desto selbstsicherer wurde er. Nicht mehr lange und sie würde ihm alles, aber auch wirklich alles gestehen. Der Zeitpunkt konnte nicht mehr fern sein. Sie würde sich ihm offenbaren. Er fühlte es. Heute war der große Tag! Von jetzt an würde alles anders werden.

Dann fiel sein Blick auf den Säbel. Wie unschuldig der schöne Gegenstand da zwischen Büchern und diversen Papieren, Broschüren und anderem Kram lag und einfach prachtvoll aussah. Dieser elegante Griff, diese aufwendig gearbeitete Scheide. Was für eine herrliche Waffe. Wie viele Menschen waren wohl durch sie gestorben? Dabei sah sie eher wie ein unschuldiges Schmuckstück aus denn wie eine mörderische Klinge, an der vermutlich das Blut vieler im Kampf Dahingemordeter klebte. Neugierig griff Boomi nach dem Säbel und betrachtete ihn prüfend. Vorsichtig balancierte er die Waffe auf den Handflächen, warf sie dabei sogar ein wenig in die Höhe. Dann zog er entschlossen die Klinge aus der Scheide und hielt sie mit ausgestrecktem Arm in die Luft. Sie war wirklich beeindruckend. Er machte einige Fechtbewegungen. Die Waffe erschien ihm bestens austariert. *Ein wahrhaft edles Teil*, dachte er bewundernd. Wer auch immer von den Offizieren Napoleons sie einstmals besessen haben mochte, hatte sie sicherlich zu schätzen gewusst.

„Du böses, hässliches Ding. Hicks", murmelte Judith, kicherte und führte danach ihr Gläschen erneut an die rosigen Lippen. Dabei verschüttete sie einige Tropfen, lachte erneut und lallte: „Du koms aufn Müll del Geschichte. Ganz bstimmt komdu dain."

Boomi schob die scharfe Klinge elegant zurück in die Scheide und legte dann den Säbel vor sich auf den Tisch. Judith ließ beide Hände auf die Waffe fallen, als wollte sie diese endgültig zu ihrem Eigentum erklären – und verfiel augenblicklich in ein seltsames Schweigen. Boomi war schon im Begriff, sie etwas zum weiteren Verbleib des Säbels zu fragen, als Judith ganz merkwürdig ihre Augen nach oben verdrehte und anfing, heftig zu stöhnen. Dabei starrte sie wie eine Visionärin gen Himmel (beziehungsweise zur Kellerdecke), als erscheine ihr dort die Heilige Jungfrau, und ihr zarter Körper bebte, als würden unsichtbare Kräfte auf ihn einwirken. Boomi lief es heiß und kalt den Rücken herunter, denn ihr Stöhnen und ihr zitternder Oberkörper weckten alle möglichen Phantasien in ihm. Zugleich ließ ihn Judiths irrer Blick frösteln. Was sollte er nur tun? So saß er mit offenem Mund dabei und dachte: *Was geht denn hier ab?*

Judith stöhnte in einer so eindeutigen Weise, dass die Aussage der österreichischen Verkäuferin, der Schnaps habe magische Kräfte, für Boomi endgültig eine unmissverständliche Bedeutung erhielt. Gott Eros, der lang Verdrängte, schuf sich Bahn. Er wühlte und tobte, er drängte nach außen, jagte ekstatische Schauerwellen durch Judiths Körper. Sie war wie von Sinnen. Sie stampfte mit den Füßen auf, ihre kleinen, kaum eine Handvoll großen Brüste bebten verheißungsvoll unter der dünnen Bluse. Ob sie sich gleich auf ihn stürzen würde? Boomi lief bei diesem Gedanken ein wohliger Schauer über den Rücken. Aber was, wenn jetzt jemand auf der Straße Judith im Vorbeigehen hörte? Das Fensterchen stand auf Kipp. Ein Außenstehender würde sofort einen unzweifelhaften Eindruck davon haben, was unten im Keller des Museums im Gange war. Judith würde zum Stadtgespräch werden. Vluyn war in solchen Dingen klein wie eine zehnköpfige Aussiedlerfamilie in einer Anderthalb-Raum-Wohnung. Abrupt endete ihr Stöhnen und machte einer tiefen, fast schon männlichen Stimme Platz, die immer wieder schwallartig hervorstieß: „Blut, Blut, Blut. Ganz viel Blut. Überall Blut. Aufm Boden, aufm Boden, Blut, Blut, Blut!"

Es war gruselig anzuhören und hätte zarter besaiteten Seelen im Nachhinein schwere Albträume bereitet. Boomi starrte auf seine sich wie wahnsinnig gebärdende Angebetete. Judith kicherte irre und fing dann an, zärtlich den Säbel zu streicheln. Zum Glück steckte der in seiner Scheide. Gebannt von dem unglaublichen Vorgang und trotzdem hellwach zückte Boomi wie automatisch sein Smartphone und schaltete die Videofunktion ein. Er wollte alles aufnehmen. Alles, was sie sagte, alles, was sie machte. Hinterher würde es ihm keiner glauben – nicht mal er sich selbst –, was hier geschah.

„Blut, überall, ich sehe Blut, ganz viel Blut." Schweigen. Unvermittelt stieß sie aus: „Dunkel, Auto, ganz schwarz, Sportwagen, mit Stern, in Straße neben Kulturhalle, Mann im schwarzen Mantel, südländisch, brutal, will stehlen, will stehlen, will im Museum stehlen, Säbel, Säbel, Säbel … Madonna, Madonna, Madonna!" Sie schrie die letzten Worte in den Raum hinein, als ginge es um ihr Leben. Es war gruselig. Es war unerhört. Es war faszinierend. Hätte ein Unbeteiligter Judith von draußen gehört, ohne sie zu sehen, er hätte auf irgendeine verrückte Nummer zwischen heftigem Sex und Ritualmord getippt.

Doch Boomi saß ruhig dabei, denn er hatte die Situation blitzschnell erfasst. Mit solchen Dingen, wie sie hier im Museumskeller unvermutet und mit Urgewalt über ihn hereingebrochen waren, konnte er sehr gut umgehen. Sie waren eben magisch, zutiefst magisch-esoterisch. Judith war durch den Vogelbeerschnaps zur Pythia mutiert. Sie war jetzt eine Seherin, ausgelöst durch die Beeren und ihre starken magischen Kräfte.

„Was sucht der Mann?", fuhr Boomi dazwischen. „Was sucht er? Sag es mir!"

Sie verdrehte wieder so merkwürdig ihre Augen, dass einem angst und bange werden konnte. Erneut heftiges Stöhnen, als würde sie ein Kind zur Welt bringen. Dann bebte ihr Körper wie unter Strom gesetzt, sie schüttelte sich wie verrückt, stampfte mit den Füßen auf, schrie, fluchte, stöhnte noch lauter, keuchte leidenschaftlicher als die ältlichen Vluyner Tennisdamen bei ihren aufreibenden Medenspielen, und heraus kam am Ende, als würde sie sich übergeben: „Zettel, alt, ganz alt, sehr alt, Plan, Plan, Plan ..., alter Plan, ganz, ganz wertvoll ..."

Judith war nicht mehr Herrin ihrer selbst, hatte keine Kontrolle mehr über ihren Körper. Judith war jetzt das heilige Sprachrohr einer höheren Macht. Es war phantastisch. *Dass ich das erleben darf*, jauchzte Boomi innerlich. Was hier geschah, las man höchstens in 100 Jahre alten Büchern über Seancen der Madame Blavatski, dem alten Esoterik-Nilpferd. Doch nun war er selbst dabei, live! In echt. Es war göttlich! Ein Traum!

„Was ist mit dem Plan? Sag es mir? Was ist mit dem Plan?"

„Ihn holen, ihn holen, ihn holen, dafür töten, töten, töten, Plan kostbar, führt zu, führt zu ..." Sie brach ab, machte dabei ein Gesicht, als würde sie verbissen darüber nachdenken, wofür der Plan eigentlich gut war. Wenn sie vom Töten sprach, klang das so überzeugend, als würde Judith selbst augenblicklich jemandem die Kehle durchschneiden wollen. Ein Schauer lief Boomi den Rücken herunter. Aber was hatte der Säbel mit einem Plan zu tun? Welcher Plan war alt? Wohin sollte er führen? Boomi begriff nicht wirklich, worum es ging. Es klang völlig verrückt. Was erzählte sie da bloß? Nach wie vor war sein Handy auf Judith gerichtet. Die kleine Linse filmte, was geschah.

„Frau kommt, Frau kommt, ich muss sie töten, töten …"

Pause.

Er wollte sie gerade fragen, wozu der Plan gut war. Da machte Judith mit den Armen eine so heftige Bewegung, dass sie fast vom Stuhl gekippt wäre. Dann gab sie erneut ein heftiges Stöhnen von sich, das Boomi im tiefsten Inneren beben ließ – *Wenn sie nur halb so wild im Bett ist, bekomme ich, ehrlich gesagt, richtig große Probleme*, dachte er irritiert –, und sank danach mit dem Oberkörper und einem heftigen Krachen, als würde ein Basketball von der Größe eines Kürbisses niedergehen, auf die Tischplatte. Zum Glück landete ihr Kopf einigermaßen weich, vor allem ihr hübsches Stupsnäschen – das Boomi so sehr an ihr liebte –, genau zwischen zwei nebeneinander liegenden Bücherstapeln. Judiths Nase suchte sich dabei den schmalen Spalt in der Mitte aus und blieb somit unverletzt. Boomi atmete tief aus. Die Pythia von Vluyn war am Ende, der unbekannte Geist in ihr verstummt. Mein Gott, wenn er geahnt hätte, dass sein Vogelbeerschnäpschen solch eine unglaublich magische Wirkung auf seine Angebetete haben würde – er stoppte die Videoaufzeichnung. Genug gesehen. Genug gehört.

Er schüttelte den Kopf, als könnte er damit eine Mitschuld an dem Ganzen einfach von sich weisen. Was für eine Geschichte! Was für ein sagenhaftes Erlebnis!

Judith mal völlig anders, nämlich völlig außer sich. Ein unheimliches, ein schönes, ein außerordentliches Erlebnis! Judith war dabei zur göttlichen Seherin geworden, zur Pythia vom Niederrhein, die sogar das Orakel von Delphi, die legendäre Pythia auf ihrem Dreifuß, in den Schatten stellte. Und sie brachte das nach drei oder fünf (na ja, vermutlich waren es zehn) Gläschen Schnaps zustande. Boomi atmete erneut tief aus, erhob sich schwerfällig von seinem Stuhl und versuchte, Judith sanft zu wecken. Doch sie schlief so fest wie ein Murmeltier und schnarchte dabei wie ein betrunkener Pferdekutscher. *Was willste da machen?* Er ließ sie in Ruhe und ging.

Man sieht, wie die Sonne untergeht, und erschrickt doch, wenn es dunkel wird. (Franz Kafka)

Der Tod des Tüftlers

August Kreymann, 72 Jahre alt, weißer Haarschopf, doch dynamisch und fit, wie es sich für einen Frühpensionär der Stadtverwaltung gehörte, war im Museumsverein der gefragte Mann für alle Fälle – jedenfalls, was Reparaturen oder auch sensible Grundreinigungen betraf. Wann immer getüftelt, geklebt, gebohrt, genagelt, umgestellt, umgebaut oder aufgebaut werden musste – Kreymann war zur Stelle und erledigte klaglos, was nötig war. „Not am Mann, ich bin dran, oder lasst mich mal ran!", war sein Motto, nachdem er mit 65 Jahren aus dem Berufsleben ausgeschieden war. Der Alte mit dem dichten, schlohweißen Haar und der Figur eines 20-Jährigen hatte im Museumsverein die schönste Nebenbeschäftigung seines Lebens gefunden. Zuvor hatte er jahrelang hinter dem Schalter einer Bank gearbeitet, sich dabei aber durch Joggen und Turnen im „Kensho" sportlich fit gehalten. Bauchspeck kam für Kreymann nicht infrage. Bauchspeck oder Bauchringe empfand er als widerlich – was sollten denn da die Ladys sagen, denen Kreymann immer noch heiße Blicke zuwarf wie ein Teenager. Am glücklichsten aber war Kreymann, wenn er etwas Praktisches zu fummeln hatte – also Gegenstände aus Holz oder Metall, kein Fleisch.

Am Niederrhein kam es gar nicht so selten vor, dass sogenannte ehemalige Schreibtischtäter im Ruhestand äußerst geschickt mit ihren Händen zu agieren wussten: „Was nicht passt, wird passend gemacht. Geht nicht, gibt's nicht. Solange ich zwei gesunde Hände habe, kommt mir kein teurer Handwerker ins Haus!" So dachte Kreymann, und so dachten viele andere Pensionäre. Außerdem existieren Handwerker ausnahmslos in Paralleluniversen, oder haben Sie schon mal einen gesehen, wenn Sie dringend einen brauchen? Na also!

August Kreymann war so ein Fall. Er liebte nichts mehr, als scheinbar aussichtslose Fälle wieder instand zu setzen. Einmal hatte er damit sogar Gero van Leyen aus der Patsche geholfen. Bei einer Ausstellung über Winnetou und Old Shatterhand, Karl May & Co. war einer – vom Karl-May-Verlag in Bamberg ausgeliehenen – lebensgroßen Indianerfigur die rechte Hand abgefallen. Damals war Gero der Verzweiflung nahe gewesen, hatte er doch für die wertvollen Leihgaben aus dem Fundus des Verlages absoluten Schutz zugesagt. Wie rohe Eier sollten sie behandelt werden. Genaugenommen hatte er das sogar unterschrieben, als er die Ausstellungsstücke durch den städtischen Bauhof nach Neukirchen-Vluyn hatte bringen lassen. Und nun war einer der kostbaren Puppen im Indianerkostüm etwas geschehen: Hand ab. Wie sollte Gero das nur dem Leihgeber erklären? Aber August Kreymann beruhigte Gero: „Kein Problem, Herr Kulturbeauftragter. Das bekomme ich schon wieder hin, und zwar so, dass es niemand merkt. Keine Sorge!"

Gero klammerte sich besonders an den zweiten Teil der Aussage: dass es niemand merken würde. Und so kam es auch. August Kreymann hielt Wort, denn niederrheinische Tüftler wissen zu kaschieren, zu kitten, zu reparieren wie niemand sonst in der Republik. Die Hand des Indianers saß wieder so fest am Körper wie die baumwollene Unterhose einer Nonne. Man hätte sie schon abhacken müssen. Und von verräterischen Rissen war absolut nichts zu sehen. Wie neu, wie niemals beschädigt, sah das Händchen der Rothaut aus. Gero strahlte, und August Kreymann war der Held des Tages.

Am späten Abend des 28. März hockte der begnadete Tüftler im Museum, ganz allein, und bearbeitete den alten Säbel des Franzosen liebevoll mit einem Tuch. Die Kripo Duisburg hatte die Tatwaffe wenige Tage zuvor ans Museum zurückgegeben. Seine Chefin, die schöne Judith Kuckelmann – Kreymann verehrte Judith insgeheim – hatte ihm persönlich den Auftrag dazu erteilt. Er sollte die Waffe gründlich prüfen, auf mögliche Schäden hin untersuchen, sie reinigen, putzen und anschließend mit einem Kärtchen versehen mit dem korrekten Datum seiner Reinigung ins Archiv geben. Diesen Job erledigte Kreymann mit größter Hingabe. Der Säbel war ein Gedicht, fand er. Eine wirkliche Schönheit – so wie Judith. Kreymann liebte es, wenn sie sich ihre Lippen geschminkt und die Lider schattiert hatte und nach ihrem stets gleichbleibenden, milden Parfüm duftete. Wie diese Frau war auch der Säbel ein Meisterwerk, das vor Jahrhunderten von einem absoluten Könner seines Fachs geschaffen worden war. Dass er diesen edlen Gegenstand in Händen halten durfte, erfüllte ihn mit Stolz. Kreymann putzte an dem Säbel herum wie die Diener der englischen Königin an deren Silberschalen, Kronleuchtern und wertvollem Goldbesteck. Mit Eifer, mit absoluter Leidenschaft, mit dem Wissen: *Nur ich darf das und kein anderer, nur mir allein traut sie das zu.*

Judith Kuckelmann hatte ihm erzählt, dass der französische Säbel mit Löwenkopf um 1803 auch bei den preußischen Regimentern in Mode gekommen war. Nur die Offiziere des 1. Ulanen- und des 2. Dragonerregiments durften diesen schön gearbeiteten Säbel mit sich führen, dessen Griffkappe ein aus Messing gefertigter Löwenkopf zierte, und den man an einem Band trug, das an zwei Messingringen auf der Scheide befestigt war.

Kreymann hatte den schmucken Säbel für sich selbst noch mal vermessen. Seine Gesamtlänge betrug 98,7 Zentimeter, seine Klingenlänge 85 Zentimeter und seine Klingenbreite maß stolze 3,1 Zentimeter. Die beidseitig mit Hohlkehle und Zug à la Montmorency geschliffene Klinge war zur Hälfte gebläut und mit verschiedenen Rankenätzungen verziert. Voller Bewunderung wienerte Kreymann an dem herrlichen Stück herum und wollte es gar nicht mehr aus der Hand legen.

Dabei war er so vertieft in die ihm übertragene Aufgabe, dass er gar nicht bemerkte, wie jemand ganz leise die Tür zum Museum öffnete und sich wie ein Dieb ins Gebäude schlich. Genau in diesem Moment berührte

Kreymann einen unauffälligen, kaum stecknadelkopfgroßen Knopf, der sich fast unsichtbar am Handgriff der Waffe befand. Zum Griff gehörte ein schön geschwungener Korb aus Messing, der sich in drei schlanken Armen verästelte und angenehm in die Hand hineinschmiegte, wodurch er ihr Halt verlieh. Der eigentliche Griff war mit rubinrotem Leder überzogen. Das Leder wurde durch 13 schmale Messingringe verziert, die in gleichen Abständen von einem halben Zentimeter angebracht waren. Der stecknadelkopfgroße Knopf befand sich genau zwischen dem ersten und dem zweiten Messingring rechts vom Löwenkopf.

Der Alte hielt für einen Moment inne. Vorsichtig fuhr die Fingerkuppe seines Zeigefingers darüber. Wie eine sehr kleine Warze, dachte Kreymann verwundert. Warum war ihm das früher nicht aufgefallen? Aber vor allem: Warum gab es sie überhaupt?

Rein instinktiv drückte August Kreymann mit seinem rechten Zeigefinger etwas fester auf das Knöpfchen und bewegte es dabei nach oben. Damit löste er einen verborgenen Mechanismus aus. Ein leises Klicken ließ ihn zusammenzucken. Zwar war es ein kaum hörbares Klicken gewesen, aber Kreymann hörte für sein Alter immer noch ausgezeichnet. Dann schob sich wie von selbst ein dunkelrotes Lederplättchen einen winzigen Spalt breit in Richtung des Messingarms, der vom Löwenkopf aus über die ganze obere Kante des Griffs verlief. Der Alte traute seinen Augen nicht. Was war denn das? Vorsichtig berührte er das winzige Plättchen, das sich gelockert hatte, und schob es sanft weiter aufwärts. Offenbar bewegte es sich in zwei dafür vorgesehenen winzigen Schienen. Dabei verschwand es unter der Messingkante sowie auch teilweise unter dem Löwenkopf. Vor Kreymanns ungläubigem Blick öffnete sich ein schmaler Spalt – vielleicht doppelt so lang wie der Nagel seines kleinen Fingers. *Offenbar ist ein Teil des Griffs hohl*, dachte er aufgeregt. Was hatte er da nur entdeckt? Kreymann erstarrte. In dem Spalt befand sich ein Stück gelben Pergaments, offenbar mehrfach gefaltet. Kreymanns Neugier war längst geweckt. Suchend blickte er sich auf seinem Tisch nach einer Pinzette um. Als er sie schließlich gefunden hatte, versuchte er, damit vorsichtig das Pergamentstückchen aus seinem engen Schacht herauszuziehen.

In diesem Moment hörte er eine fremde Stimme hinter sich. Vermutlich sprach da jemand italienisch. Jedenfalls klang es so. Hätte er verstanden, was das soeben Gehörte bedeutete, es hätte ihm das Blut in den Adern gefrieren lassen: „Nicht so neugierig, alter Mann!"

Keymann zuckte zusammen, als hätte ihn eine Kobra gebissen, und drehte sich erschrocken zu dem Eindringling um. Vor ihm stand ein Mann mittleren Alters, den er noch nie zuvor in Vluyn gesehen hatte. Der Unbekannte, hoch gewachsen, vom dunklen Teint her Spanier oder Römer, trug einen langen, eleganten Ledermantel und gelackte teure Handschuhe. Der Fremde verzog den Mund, aber Kreymann deutete dieses scheinbare Lächeln richtig. Es war hinterhältig, nein eher schon gemein. Kreymann wusste, dass er sich in großer Gefahr befand. Der Fremde griff wie selbstverständlich nach dem Säbel. Kreymann versuchte noch, schützend seine Hände darauf zu legen, aber der Unbekannte entriss ihm gewaltsam die Waffe. Sein Gesicht zeigte immer noch dasselbe fratzenhafte Lächeln. Bevor Kreymann gegen die Wegnahme des Säbels protestieren konnte, trat der Mann rasch einen Schritt zurück, holte aus und stieß dem entsetzten alten Mann den Franzosensäbel mit voller Kraft in den Leib.

"Sehe ich seltsam aus?" Das waren die letzten Worte von Robert Louis Stevenson, dem Autor der „Schatzinsel", bevor er am 3. Dezember 1894 starb.

Eine Museumsleiterin verliert die Nerven

Schaller, der auch heute wieder ein Gesicht machte, als würde er sich für den Posten des Hauptdarstellers in „Cäsars letzte fünf Minuten" bewerben, ärgerte Kleinlützum mit dessen Käse im griechischen Salat. Das Grünzeug, verziert mit Käsestückchen vom Schafbock, hatte sich der Kommissar vom Griechen, der ein Türke war, bringen lassen und war fürs heutige Mittagessen bestimmt. „Das heißt nicht Schafskäse, sondern Schafkäse", erklärte Schaller wie ein Lehrer, der furchtbar unter seinen unfähigen Schülern litt. „Man sagt ja auch nicht Kuhsmilch, oder?"

Klugscheißer, dachte Kleinlützum. In diesem Moment ging das Telefon. Jemand sprach ohne Punkt und Komma und deshalb etwas wirr. Doch Kleinlützum erfasste den Inhalt schnell, zu schnell. Das konnte doch nicht wahr sein! Kleinlützum weigerte sich zu begreifen, was ihm ein aufgeregter Kollege da am anderen Ende der Leitung mitteilte. Entsetzt fragte er: „Erneuter Mord? In Vl …, in Vl …?"

Der Name dieses unbedeutenden Dörfleins auf der anderen Rheinseite blieb ihm wie eine dicke Gräte im Halse stecken. Er brachte ihn nicht über die Lippen. Träumte er jetzt? Wie hoch war denn die Wahrscheinlichkeit, dass schon wieder jemand in diesem nichtssagenden Museum grausam hingemeuchelt worden war? Eins zu zehn Millionen? Das gab es doch gar nicht. Wollte ihn da jemand drankriegen? *Ich geb' mir die Kugel*, dachte der Kommissar, *und zwar aus nächster Nähe, wenn das stimmen sollte.* Aber verflucht, es stimmte, er träumte nicht. Das mit der Kugel wollte er sich allerdings noch einmal überlegen, obwohl es sicher helfen würde.

Schaller hatte nur etwas von Mord gehört, aber nicht, wo er geschehen war, und philosophierte gleich los: „Sterben tut weh, aber tot sein nicht, oder? Hat darüber schon mal jemand hier im Hause ernsthaft nachgedacht?"

„Halt die Klappe", knurrte Kleinlützum ihn an. „Wir müssen schon wieder in dieses verdammte Nest fahren. Haben noch nicht einmal den ersten Fall geklärt. Trotzdem liegt da schon wieder eine Leiche im Museum rum. Und einmal mehr ist dieser verdammte Säbel dabei im Spiel. Das halt ich nicht länger aus!"

Den letzten Satz schrie er so laut, dass Schaller sich die Ohren zuhalten musste. Dann begriff er endlich, was sein Chef ihm da eben mitgeteilt hatte.

Als sie 20 Minuten später in der Kulturhalle eintrafen, bot sich den beiden Kriminalbeamten ein grotesker Anblick. Lang ausgestreckt lag der Ermordete auf dem dunklen Holzboden aus teurer Mooreiche – die Augen ebenso wie den Mund weit aufgerissen. Beide Arme lagen über Kreuz auf seiner Brust, und seine Beine lagen ebenfalls übereinander. Offenbar hatte der Täter sein Opfer nach der Bluttat in dieser Haltung auf dem Boden drapiert. In der Brust des Toten steckte der vermaledeite Säbel, der – wie makaber – ein wenig vibrierte, wenn man sich der Leiche näherte und dabei etwas fester auf dem Boden auftrat.

Seltsam, wie der so daliegt, dachte Schaller. *Wie ein Hinweis, aber worauf? Sieht aus wie ein verstorbener Pharao. Warum?*

Ich fasse es nicht, dachte Kleinlützum resigniert; er glaubte, gerade ein *Déjà-vu* zu erleben. Wollte ihn jemand zum Narren halten? Es konnte doch einfach nicht sein, dass der Mörder erneut dieselbe Waffe benutzt hatte. Wie oft kam das wohl vor? Er fragte sich allen Ernstes, womit der Täter gemordet hätte, wenn der Säbel nicht brav ans Museum zurückgegeben worden wäre? Mit einer Pistole, einem Messer oder einem Baseballschläger? Oder am besten – mit gar nichts? Kleinlützum warf einen fast schon verzweifelten Blick auf seinen sprachlosen Kollegen neben sich. „Na, Schaller, watt sachse? Steckse nich drin, wie der Niederrheiner gern erklärt, oder?"

Schaller wirkte irgendwie geistesabwesend, schien erneut in irgendeine ferne Welt abgetaucht zu sein. Kleinlützum verzog missbilligend den Mund, denn zunächst brummte Schaller nur Unverständliches vor sich hin. Doch plötzlich musste er einen bestimmten Gedanken gefasst zu haben, wie man an seinem übertriebenen Augenaufschlag erkennen konnte: „Manchmal stelle ich mir vor, ich wäre der einzige Mensch auf der

Welt, der eines Tages sterben muss. Wenn dem wirklich so wäre, Chef, dann würde ich mich doch darauf freuen, oder?"

Kleinlützum verdrehte die Augen. „Denken Sie sich nichts dabei", meinte er bitter zu der jungen Pathologin, die kurz zuvor mit ihrem Untersuchungskoffer hastig die Treppe heraufgekommen war. Sie schien völlig außer Atem zu sein und winkte ab, weil sie zudem ein heftiger Hustenreiz quälte. „Wie gesagt, steckse nich drin! Er ist halt Austauschstudent, soll bei mir etwas Praxis sammeln und kommt aus Philosophistan." Er blickte sich um. „Wer hat den Toten gefunden?"

„Die Museumleiterin, Frau Kuckelmann", antwortete eine feine Frauenstimme. Der Kommissar schaute mit gerunzelter Stirn in die Ecke des Raumes, aus der die Stimme kam. Er konnte nichts erkennen. Sprach da ein Geist? Derzeit schien beinahe alles möglich zu sein. Eine etwa 60-jährige, grazile Frau kam zwischen zwei Vitrinen zum Vorschein. Sie war dezent gekleidet und trug ihr langes weißes Haar streng nach hinten gebürstet, wo es am Hinterkopf von einem schwarzen Samtband zusammengehalten wurde. Ihre schlanke Figur und das schwarze Bolerojäckchen gaben ihr etwas Spanisches. Kleinlützum hatte die Frau bislang nicht wahrgenommen. Jetzt kam sie zu ihm und stellte sich vor: „Eva Homberger. Guten Tag. Ich bin sozusagen die linke Hand von Frau Kuckelmann."

„Hm!", machte Kleinlützum und blickte ziemlich düster. „Links, sagen Sie." Eva Homberger blickte den

Kommissar an, als wartete sie auf irgendwelche Anweisungen.

„Und wo steckt die Hauptkraft selbst?", blaffte Kleinlützum. „Sie ist schließlich die wichtigste Zeugin. Ich muss sie dringend befragen." Es war ihm deutlich anzumerken, dass ihm die Abwesenheit der Museumsleiterin ganz und gar nicht schmeckte.

„Judith Kuckelmann hatte einen schrecklichen Zusammenbruch. Wir sind alle ganz fertig. Sie ist im Krankenhaus, braucht dringend Behandlung, aber auch ganz viel Ruhe", klärte Eva Homberger ihn mit sanfter Stimme auf.

„Hat sie denn was Schlimmes gegessen?", mischte sich Schaller ein. Die Frage war – wie die meisten seiner Äußerungen – wieder mal völlig unangebracht.

„Nein, hat sie nicht. Sie ist einfach mit den Nerven fertig, weil das bereits der zweite Tote in ihrem Museum ist. Außerdem hat der Ermordete seit Jahren fürs Museum und den Verein gearbeitet. Dass der Gute jetzt auch …" Auch sie schien die ganze Sache sehr zu belasten.

„Hat sie nicht verkraftet, ja, verstehe ich, hm, hm", brummte Kleinlützum so mitfühlend, wie es ihm möglich war. „Das alles wird wirklich immer mysteriöser. Sie kennen den Namen des Toten, seine Adresse, seinen Familienstand?"

Eva Homberger nickte heftig und wischte sich die Tränen aus den Augen. „Ja, sicher, das ist August Kreymann. Er war der beste und geschickteste Handwerker im ganzen Museumsverein. Ein Witwer. Es ist furchtbar ..." Sie schlug die Hände vors Gesicht und verharrte so eine ganze Weile. Kleinlützum betrachtete die trauernde Frau stumm, als müsste er darüber nachdenken, wie es weitergehen sollte. In diesem Moment meldete sich die junge Pathologin. „Der Mann ist eindeutig niedergestochen worden und an diesen Wunden gestorben. Genaueres kann ich erst sagen, wenn ich den Leichnam eingehend in der Pathologie untersucht habe. Sie bekommen meinen Bericht morgen früh."

Kleinlützum nickte wortlos. Schaller machte mit seinem Handy ein Foto von dem Ermordeten, ging dann zur Leiche, bückte sich und zog, überraschend für alle, den Säbel heraus. Vorher hatte er eine kleine durchsichtige Plastiktüte aus der Manteltasche hervorgekramt und als Schutz über seine Hand gezogen. Dann fasste er die Waffe vorsichtig unterhalb des geschwungenen Messingkorbes an. Neugierig musterte er den Griff. „Komisch. Wirklich komisch. Schauen Sie mal, Chef, haben Sie so etwas schon mal bei einem Säbel gesehen?"

Kleinlützum, der sich immer noch nicht entschieden hatte, ob er vorzeitig den Dienst quittieren oder sich für die nächsten Wochen krank melden sollte – er kannte da einen brauchbaren Arzt –, trat missmutig näher. „Was haben Sie denn jetzt entdeckt, Sie Herzchen? Hat wieder etwas Ihre zarte Philosophenseele berührt?"

Doch Schaller ließ sich nicht provozieren. Mit der linken Hand deutete er auf eine bestimmte Stelle dicht unterhalb des Löwenkopfes. Jetzt beäugte auch Kleinlützum den Griff ganz genau. „Hm. Tatsächlich. Da ist was. Sieht aus wie ein Spalt. Was kann das sein? Warum ist der da?"

„Weiß ich nicht, Chef, aber als wir den Säbel vor einigen Wochen untersucht haben, gab es das noch nicht. Da bin ich mir ganz sicher."

„Unsere Fachleute sollen sich das im Präsidium genauer ansehen", meinte der Kommissar. „Sie haben recht, Schaller. Es sieht sehr seltsam aus. Seltsam, wie alles bei diesen beiden Morden."

„Der Tod kommt auf leisen Sohlen, schweigt ... hätte er anklopfen sollen?"

„Wie bitte, Schaller? Lassen Sie Ihre überspannten Kommentare dort stecken, wo sie hingehören. Die sind jetzt absolut unpassend."

„Wenn Sie meinen", erwiderte sein Kollege ruhig und ohne eine Miene zu verziehen. „Es ist bloß ein modernes Gedicht."

„Irgendeine Idee, warum der Täter ihn so merkwürdig hingelegt hat? Sieht aus wie Tutanchamun in seiner letzten Stunde."

Schaller schwieg. Stattdessen machte jetzt Eva Homberger ein deutliches Geräusch mit einem ihrer Schuhe. Kleinlützum drehte sich sofort nach ihr um, fixierte sie und meinte: „Sie können gehen, Frau Homburger. Wir brauchen Sie nicht mehr."

„Homberger", korrigierte sie ihn sanft.

Er ging nicht darauf ein. „Ich muss dringend Frau Kuckelmann sprechen. Wenn es ihr wieder besser geht, natürlich. Wann meinen Sie, könnte das der Fall ...?"

Die Angesprochene zuckte die Achseln. „Ich habe nicht die geringste Ahnung, Herr Kommissar. Aber ich kann ihr das gerne mitteilen oder zumindest ausrichten lassen, wenn Sie es wünschen."

„Tun Sie das! Ich wünsche es." Er seufzte laut.

Eva Homberger verabschiedete sich von den beiden Beamten und eilte zur Tür hinaus. Schaller warf noch einen langen Blick auf die Leiche und einen weiteren, weniger langen, auf die umstehenden Vitrinen. Dann holte er weit mit beiden Armen aus und meinte: „Langfristig gesehen sind wir alle tot."

Kleinlützum blickte ihn einmal mehr strafend an. Schaller hob wie zur Entschuldigung abwehrend beide Arme: „Stammt nicht von mir, Chef, habe ich irgendwo aufgeschnappt. Ich lese hin und wieder."

„Sie werden mir zunehmend unheimlicher, Schaller. Und das ist nicht gut, sage ich Ihnen."

Als Kleinlützum später mit seinem Kollegen die Kulturhalle verließ, ging es in seinem Kopf rund: *Irrer oder Plan? Irrer oder Plan? Irrer oder Plan?* Nach wie vor dieselbe Frage, wie beim Mord an der alten Frau. Mordete hier ein Irrer, der anschließend noch mit dem Toten herumspielte, oder gab es einen geheimen Plan, bei dem sie bislang nicht den Hauch einer Ahnung hatten, worum es eigentlich ging? Irrer oder Plan, das war die Frage bei den beiden ungewöhnlichen Mordfällen. Vielleicht würde die Untersuchung dieser merkwürdigen Stelle am Säbelgriff ja ein wenig Erleuchtung bringen. Irrer oder Plan? Krankschreibung oder blöd dastehen? Was für großartige Alternativen man mitunter als Kriminalbeamter hatte. Und jede Menge Arbeit. Und die war ja bekanntlich das Schlechte am Job.

I like my body when it is with your body. (E. E. Cummings)

Konditorei und Krankenhaus

Boomi hielt sich gerade in seiner Lieblingskonditorei auf – leider lag sie im Stadtteil Neukirchen –, als ihm jemand eine SMS schickte. Es piepte aufdringlich in seiner Jackentasche. *Guck' ja gleich nach*, beruhigte er sich, aber erst einmal musste er aufpassen, dass sich keine Neukirchener Bürgerin vordrängelte, um ihre Bestellung abzugeben. Die Konditorei Backes war weithin bekannt und kreierte phantastische Torten und unglaublich leckere Kuchen, die ihresgleichen suchten. So schmackhaft, so umwerfend gut, so kunstvoll verziert gab es sie ausschließlich bei Backes an der Andreas-Bräm-Straße.

Die gefühlten 14 Bedienungen hinter der Theke arbeiteten wie zwei, was an sich schon eine Kunst war. Deshalb musste man höllisch aufpassen, dass man auch wirklich an die Reihe kam, wenn man dran war. Zu schnell pfuschte sich eine ältere Mitbürgerin mit den Worten „Junger Mann, Sie sehen doch, dass ich es eilig habe" vor und man hatte das Nachsehen. Zudem erkannte Boomi, dass sich das Blech mit dem gedeckten Apfelkuchen schneller leerte als eine Flasche Korn in den Händen eines Säufers. Wo kurz zuvor noch 20 Kuchenstücke gewesen waren, gab es jetzt nur noch deren sechs.

Die Dame vor ihm schien ein Problem mit der Frau hinter der Theke zu wälzen. Offenbar hatte die Kundin irgendeine Beschwerde vorgebracht. Zuletzt wurde es der resoluten Verkäuferin zu bunt: „Regen Sie sich doch nicht so auf, gute Frau", sagte sie betont langsam. „Kommen Sie einfach nicht wieder zu uns."

Boomi war schneller an der Reihe als erwartet.

„Ein Stück vom gedeckten Apfelkuchen mit Sahne bitte", sagte er hastig, bevor sich ein anderer einfallen ließ, vor ihm zu bestellen.

„Also nur ein Stück?"

„So ist es."

„Wirklich nur eines?"

„Ja, sag ich doch. Nur das eine."

Während die Verkäuferin langsam wie eine Weinbergschnecke den schmalen Karton für das Kuchenstück von der Theke hinter sich holte, kramte Boomi das Handy hervor und las die SMS. Er wurde blass. Gero teilte ihm mit, dass Judith seit heute Morgen im Bethanien lag, weil sie einen Zusammenbruch gehabt hatte. Es hätte im Museum einen zweiten Mord gegeben. „Jetzt braucht sie dich!", simste der rege Kulturmensch. Augenblicklich fasste Boomi einen Entschluss. Er wollte Judith besuchen und ihr gleich auch etwas Süßes mitbringen. Das würde sie bestimmt aufheitern.

„Äh. Entschuldigung. Ich nehme doch zwei Stücke vom gedeckten Apfelkuchen."

„Das geht aber nicht, junger Mann", beschwerte sich die Frau hinter ihm heftig. „Ich brauche insgesamt fünf Stücke, und wenn Sie jetzt eines mehr wollen, liegen nur noch vier auf dem Blech."

Boomi glaubte nicht richtig gehört zu haben. Jetzt schaltete sich auch noch die Verkäuferin ein: „Das weiß ich doch, Frau Höhn. Ist doch alles klar. Also, junger Mann, was ist nun, Sie wollten doch nur ein einziges Stück Apfelkuchen."

Boomi konnte es nicht fassen. „Ja, wollte ich. Ich habe es mir eben anders überlegt. Nun will ich zwei Stücke haben."

„Tja, das geht jetzt leider nicht mehr. Sie hören doch, die Dame neben Ihnen bekommt Besuch."

Das glaube ich nicht, dachte Boomi. Er wusste schon, warum er lieber in Vluyn wohnte, aber das hier übertraf alles, was er jemals bei den Neukirchener Wilden erlebt hatte. Er lief vor Zorn puterrot an und wollte eben ... da schnitt ihm die resolute Bedienung das Wort ab: „Jetzt wollen Sie sicherlich kein Stück mehr haben – hab ich recht?"

Das war wirklich zu viel – auch der beste Kuchen der Welt war das nicht wert.

Rauchend vor Wut rannte er aus dem Laden. *Nevermore!*, hämmerte es in seinem Kopf. *Nevermore*. Wie der Rabe in Poes Gedicht. Und was den gedeckten Apfelkuchen von Backes anging: Den würde er aus seiner Erinnerung streichen, herausreißen, ein für alle Mal. *Erase* hieß das neudeutsche Wort dafür. *Erase! Weg damit!*

Im Krankenhaus Bethanien in Moers hatte man dem zwölfjährigen Boomi den Blinddarm herausgenommen. Der Wurmfortsatz war gar nicht entzündet gewesen, wie es sich im Nachhinein herausstellte. Aber der behandelnde Arzt meinte damals, es sei immer besser weiterzumachen, wenn man mit der Schnippelei einmal begonnen habe, als so ein nutzloses Ding wie einen Blinddarm an Ort und Stelle zu lassen. Seitdem hasste Boomi Krankenhäuser und misstraute Ärzten genauso wie Kriminalbeamten. Aber beide werden nun mal in unserer Gesellschaft gebraucht, und man muss sich deshalb wohl oder übel mit ihnen arrangieren.

Judith hatte man auf die Kardiologie in der ersten Etage verlegt. Boomi verließ den Fahrstuhl und näherte sich mit klopfendem Herzen der Station. Kurz bevor er Judiths Zimmer erreichte, begegnete er einem Mann mittleren Alters, der offenbar gerade den Raum verlassen hatte. Seiner Kleidung nach zu urteilen, war der Unbekannte weder Arzt noch Pfleger. Ohne ihn eines Blickes zu würdigen, eilte der Mann an ihm vorbei. Er hatte schwarzes Haar, war schlank und trug einen dunklen Mantel. *Vermutlich hat er die Mitpatientin von Judith besucht*, überlegte Boomi. Ein wenig zaghaft klopfte er an die Tür und trat ein.

Die Sonne schien ins Zimmer, sodass er anfangs alles in blendendem Licht sah. Doch Boomi hatte nur noch Augen für die Kranke. Er fand sie bleich und hinfällig im Bett gleich neben der Tür. Judith sah aus wie ein kleiner Vogel, der aus seinem Wolkennest gefallen war. Ihre Augen waren geschlossen. *Sie schläft*, dachte Boomi. Was sollte er jetzt tun? Still betrachtete er seine Angebetete. Judith lag in ihrem Krankenbett wie eine verletzte Eiskönigin, so blass, so zart, so Mitleid erregend. Am liebsten hätte er sie tröstend in den Arm genommen.

Dann bewegte sie sich, schlug die Augen auf und erkannte ihren Besucher. Der stand vor ihrem Bett wie ein Schuljunge, der seine erkrankte Klassenlehrerin mit einem kleinen Topf Blumen in der Hand besucht.

„Ach, wie nett, Boomi, dass du an mich denkst. Und sogar Blumen hast du mitgebracht. Nein, wie süß!" Verzückt betrachtete sie den Blumentopf in seinen Händen. „Vergissmeinnicht sind schon immer meine Lieblingsblumen gewesen. Myosotis oder Mauseöhrchen nennt man sie. Wie lieb von dir."

Es machte ihn glücklich, dass sie sich so über seinen Besuch freute. Schnittblumen hatte er nicht kaufen wollen, weil er Schnittblumen nicht mochte, deshalb hatte er sich für Vergissmeinnicht im Topf entschieden. „Soll ja nur eine kleine Aufmerksamkeit sein", stammelte er. Es klang, als hätte er ihr sein Käsebrötchen geschenkt.

Judith lächelte ihn an. „Komm, setz dich, ich freue mich riesig." Ihre Stimme klang schwach und leise und ihr Lächeln nahm kein Ende. Boomi nahm überglücklich auf dem Stuhl neben ihrem Bett Platz. Dabei wanderte sein Blick durch den restlichen Teil des Zimmers. Ein wenig erschrocken stellte er fest, dass Judith allein hier lag. Zwar in einem Zweibettzimmer, aber allein. Das andere Bett war unbenutzt. Wer also war der Mann gewesen, der kurz zuvor ihr Zimmer verlassen hatte? Boomi war so erstaunt, dass er Judith spontan danach fragte. Aber ihre Antwort war noch irritierender. „Ein Mann? Ich hatte keinen Besuch. Du bist der

Erste, der vorbeikommt. Ich habe bis eben fest geschlafen."

„Aber ..." Doch Boomi wollte nicht weiter in sie dringen. Was für ein Recht hatte er, Judith zu unterstellen, sie hätte trotzdem noch vor kurzem Besuch gehabt? Vermutlich hatte sich der Unbekannte nur in der Zimmernummer geirrt.

Judith strahlte Boomi an. Doch mit einem Mal wurde ihr Gesicht erst ganz ernst und dann fruchtbar traurig. Als ob sie jeden Moment weinen müsste. Sie schien wirklich erschöpft und am Ende zu sein. „Das ist alles so furchtbar, Boomi, dass ich es am liebsten weit von mir wegschieben möchte. Aber das kann ich leider nicht. Was mir passiert ist, ist schnell erzählt. Meine Nerven und mein Herz haben nicht mehr mitgemacht. Ich hatte einen Zusammenbruch. Der Arzt meint, ich müsste ein paar Tage zur Beobachtung hierbleiben."

Er nickte stumm.

Judith sprach so leise, als befürchtete sie, der Täter hielte sich zusammen mit ihr im Zimmer auf und könnte auf sie aufmerksam werden. Boomi nickte stumm, lächelte.

„Ich weiß nicht, wie es weitergehen soll. Zwei Morde in so kurzer Zeit. Ich verstehe die Welt nicht mehr. Zwei nette Menschen haben ihr Leben verloren. Ich habe große Angst, dass das jetzt so weitergeht."

Er nickte erneut und sah ihr dabei fest in die Augen. Dann hatte er endlich seine Sprache wiedergefunden: „Das kann doch nicht sein", murmelte er.

Sie schien ihn nicht zu hören. Sie fixierte einen fernen Punkt auf der gelben Zimmerwand gegenüber. Judith schien Boomi und die Welt für sich auszublenden. Sie redete jetzt wie im Fieber. „Ich brauche jemanden, der diesen Horror beendet. Ein für allemal beendet. So kann ich nicht weiterleben. So will ich nicht weiterleben. Ich brauche jemanden, der stark genug ist, mich zu beschützen. Jemanden, der dem Horror gewachsen ist, der mich vor weiteren Anschlägen dieser Art verschont. Ich kann sonst nicht mehr. Einen weiteren Mord überlebe ich nicht. Das ist mehr, als ich ertragen kann. Ich brauche jemanden an meiner Seite, der diesen Spuk ganz schnell beendet. Jemand der ..." Sie tauchte wieder auf, schien zu überlegen und sagte: „Weißt du, Boomi, ich brauche so einen, wie es ihn früher in den Geschichten von Gut und Böse gab. Einen guten Zauberer. Bist du kein Zauberer, Boomi?"

Er starrte sie an, als würde ihn ein Kind in Indien nach einem Bonbon fragen, nachdem er sich gerade selbst das letzte in den Mund gesteckt hatte.

„Kein guter Zauberer? Ach, wie schade, du bist kein Zauberer, ich weiß, wie denn auch, keiner, der bloß mit den Fingern schnippst, und schon ist alles wieder gut. So einen Mann bräuchte ich jetzt. Aber den gibt es nicht."

„Ich werde dein Zauberer sein", stieß Boomi hervor. Sie ergriff seine Hand und blickte dabei zum Fenster hinaus. „Danke, dass du mir Mut machen willst. Danke dir dafür. Das alles ist unerträglich. Ich darf gar nicht hier liegen. Ich kann es mir gar nicht erlauben. Ich muss dringend die Ausstellung über die Mühlen am

Niederrhein vorbereiten. Die Eröffnung ist in vier Wochen. Und jetzt das!"

„Lass mich nur machen. Ich helfe dir, Judith."

Sie drückte erneut fest seine Hand. „Danke, mein Lieber, ich weiß deine Hilfe zu schätzen. Und ich weiß auch, dass ich wie ein kleines Mädchen daherrede. Aber so was tut auch irgendwie gut." Ihre Stimme wurde wieder schwächer.

In diesem Moment kam eine Krankenschwester herein. „Die Patientin darf nicht überanstrengt werden", sagte sie energisch.

Boomi erhob sich schuldbewusst. „Das weiß ich. Ich gehe jetzt auch wieder."

Judith schenkte ihm einmal mehr ihr schönstes Lächeln. „Schön, dass du mich besucht hast. Bis bald!"

„Ich helfe dir. Versprochen!"

Judith nickte ihm hoffnungsvoll zu. „Sicherlich."

Dann drehte er sich entschlossen um und verließ das Krankenzimmer. Er hatte nun eine Mission. Gero würde sagen: „Jetzt, mein Freund, oder nie! Deine Chance! Eine weitere erhältst du schwerlich." Boomi wusste, was er zu tun hatte. Und wie es typisch für ihn war, zimmerte sein Verstand noch im Fahrstuhl, der ihn abwärts trug, einen veritablen Plan zurecht.

Der August, das war gar kein so ganz richtiger Vluyner. Familie Kreymann wohnt nämlich erst seit 1698 im Ort. (Bemerkung von Walter Aurisch zu Buchhändler Naumann während der Beerdigung des Ermordeten)

Ein Neapolitaner auf der B 9

In Neukirchen-Vluyn verbreiteten sich Nachrichten schnell, vielleicht schneller als andernorts. Das lag nicht an der eifrigen Presse, das lag in der Natur der dort lebenden Menschen. Apropos Presse. Vor den Morden war in Neukirchen-Vluyn so wenig los gewesen, dass die Zeitungen es am Ende aufgegeben hatte, über den Ort zu berichten.

Was Einwohnerzahl und inneres Wesen dieser Stadt betraf, war Neukirchen-Vluyn immer noch ein Dorf, etwa vergleichbar einer Siedlung auf einer Südseeinsel vor über 100 Jahren. Die Häuser eines Dorfes in der Südsee bestanden damals nur aus einem Dach und besaßen keine Wände, weil niemand etwas besaß, das er vor Dieben hätte schützen müssen. Zudem konnte der Wind den Bewohnern immer frische Luft zuführen. Wichtiger noch aber war, dass man vom einen Ende des Dorfes bis zum anderen – sozusagen – durchblickte, sodass niemand in den Häusern ein Geheimnis lange für sich bewahren konnte. Und genau das traf – bildlich gesprochen – auf das Dorf Neukirchen-Vluyn zu; da nutzten auch die im Jahre 1981 vergebenen Stadtrechte nichts.

„Schon wieder ein Mord. Schon wieder im Museum. Schon wieder einer vom Verein. Schon wieder ist der Säbel im Spiel. Schon wieder ganz grausam. Schon wieder hat die Polizei keine Spur. Schon wieder ist nichts gestohlen worden. Schon wieder stehen alle vor einem Rätsel."

Am jenem furchtbaren Abend, als das Leben von August Kreymann, dem Tüftler, so plötzlich beendet wurde, verunglückte nur wenig später auf der Landstraße nach Geldern ein dunkler Sportwagen – ein flotter Zweisitzer mit knallroten Lederpolstern und ausländischem Kennzeichen. Die B 9 lädt hier zum Rasen ein, denn gerade hinter Kerken verläuft sie mitunter schnurgerade zwischen schönen Feldern. Aber auch Kurven werden gerne rasant genommen. Zahllose Kreuze am Wegesrand präsentieren deshalb stumm das Ergebnis manch hemmungsloser Raserei – mitunter von angetrunkenen oder unter Drogen stehenden jugendlichen Fahrern verursacht.

In diesem Fall war die Unfallursache allerdings eine andere. Der Fahrer des Flitzers war nicht mehr jugendlich, stand nicht unter Alkoholeinfluss und hatte nicht viel mehr Gas gegeben als erlaubt. Warum war sein Sportwagen auf gerader Strecke urplötzlich ausgebrochen und ins Schleudern geraten? Warum hatte er sich fast ungebremst um einen Baum gewickelt? Der Fahrer wurde in seinem Fahrzeug eingeklemmt, verlor das Bewusstsein und musste von der Polizei und der herbeigerufenen Feuerwehr mit schwerem Gerät befreit werden. Anschließend wurde der Verletzte nach Geldern in die Unfallchirurgie von St. Clemens gebracht. Seinen schrottreifen Sportwagen, Baujahr 2011, transportierte die Firma Mölders aus Rheurdt ab – schließlich musste die Unfallstelle ja geräumt werden. Die Ursache für dieses Unglück blieb im Dunkeln. Ein Reifenplatzer? Ein Materialfehler? Dies und anderes titelte die Presse, nachdem sie vorher wie üblich die Polizei befragt hatte.

Für Boomi gab es jetzt nur noch eines: Licht in die beiden Mordfälle zu bringen. Offenbar war die Polizei dazu nicht in der Lage. Er musste selbst das Zepter in die Hand nehmen, damit seine geliebte Judith wieder frei und unbeschwert arbeiten und leben konnte. Zudem wurde Boomi den Eindruck nicht los, dass er es hier mit etwas schier Unglaublichem, ja höchst Mysteriösem zu tun hatte. Wenn er geahnt hätte, wie richtig er damit lag – es hätte ihn wohl aus den Pantinen gehauen.

Er hatte sich jedenfalls einen tollen Plan zurechtgelegt. Zuerst einmal wollte er die Aufzeichnungen der beiden Kameras checken, die Perbix an seinem Haus in der Pastoratsstraße angebracht hatte. Welche brauchbaren Bilder hatten die Kameras für die betreffenden Uhrzeiten aufgezeichnet? Gab es vielleicht deutliche Hinweise auf Täter und Fahrzeug? Oder ein gut lesbares Kennzeichen? Boomi fragte sich, warum Kleinlützum und Schaller das noch nicht untersucht hatten. Waren sie ahnungslos, was die Kameras an der Fassade betraf?

Boomi rief Perbix in dessen Laden an, erhielt die Antwort, dass der Chef außer Haus sei, er aber trotzdem kommen und sich die Bänder ansehen dürfe, denn man wüsste Bescheid. *Na super*, freute sich Boomi und machte sich sogleich auf den Weg nach Vluyn. Keine 15 Minuten später saß er vor einem Bildschirm und sah sich die Aufnahmen von beiden Tagen an; die ungefähre Mordzeit kannte er ja, was die Suche eingrenzte. Er war wie elektrisiert: In beiden Fällen hatte ein Sportwagen in der Nähe der Kulturhalle geparkt. In beiden Fällen hatte ein großer, schlanker Mann mit einem ungewöhnlichen Mantel, der tatsächlich ein wenig an den Helden der Matrix-Filme erinnerte, das Fahrzeug verlassen und war danach zielstrebig hinüber zur Kulturhalle gegangen.

Mehr konnte Boomi leider nicht erkennen – bis auf eines. Das allerdings war ganz und gar nicht unwichtig. Nach dem zweiten Mord lenkte der mutmaßliche Täter sein Fahrzeug aus der engen Parkbox heraus. Sein Gesicht war nicht gut zu sehen, weil er, als er zurückkam, den Kopf merkwürdig gesenkt hielt – wusste er von den Kameras? In diesem Augenblick aber kam ihm eine Frau mit einem Kinderwagen entgegen. Hätte er ruhig abgewartet, bis sie an ihm vorbei war, hätten die Kameras das Nummernschild des Wagens wahrscheinlich nicht erfassen können. Doch der Fahrer schien es eilig zu haben. Weil er deshalb die Fußgängerin in einem größeren Bogen umfahren musste, konnte eine der beiden Kameras einen Teil des Kennzeichens filmen. Nicht sehr viel davon, aber es reichte für eine dicke Überraschung aus.

„Ein Italiener?", entfuhr es Boomi überrascht. „Unser Täter ist aus Italien?" Verwundert schüttelte er den Kopf. Das wurde ja in der Tat immer seltsamer. *Also, der Kerl ist Italiener, fährt aber kein Auto mit deutschem Kennzeichen, sondern ist eigens aus seiner Heimat angereist? Für was? Für zwei sinnlose Morde und einen halbherzigen Diebstahl?* Denn Boomi hatte bislang nur in Erfahrung bringen können, dass erneut der Säbel die Mordwaffe gewesen, aber wieder nichts gestohlen worden war. Nicht einmal die Kasse, in der sich immerhin 40 Euro Eintrittsgelder befunden hatten. *Ein Italiener*, rätselte Boomi neugierig. *Was will der hier bei uns?* Schade, dass nicht mehr vom Kennzeichen zu sehen war. Oder vielleicht doch? Wenn man die Aufnahme nur stark genug vergrößerte, sollten doch die Buchstaben für die Stadt erkennbar sein.

Boomi ließ die Aufnahme an die betreffende Stelle zurücklaufen und versuchte sein Glück. Tatsächlich! Es klappte. Er erkannte verblüfft ein „I" auf dem blauen Feld für Italien und ein „NA" mit etwas Abstand rechts daneben. „NA" war eindeutig „Napoli". Das wusste ja jedes Kind. Folglich kam der Mörder von Wilhelmine Bongards und August Kreymann aus Neapel. Was bedeutete das? *Sodom und Camorra*, dachte Boomi erschrocken. Hatte also doch die Mafia ihre schmutzigen Finger im Spiel? Dass der Täter sich keine Sorgen zu machen schien, jemandem aus Vluyn könnte das Kennzeichen auffallen, war schon für sich genommen höchst merkwürdig. Ziemlich dreist von ihm, einfach so vorzufahren … Der Typ schien sich absolut sicher gefühlt zu haben, was wiederum für einen Profi sprach. Womit

Boomi gleich beim beliebten Thema von Kleinlützum war: Was hatte ein professioneller Mafiakiller im Vluyner Museum zu suchen? Warum tötete er so sinnlos? Wollte er dort bloß üben? Er doch bereits perfekt zu sein als Mörder. Was also trieb ihn? Das Ganze konnte nur etwas mit dem Säbel zu tun haben.

Boomi hatte als Nächstes Eva Homberger auf seiner imaginären Liste stehen. Sie war als Einzige vom Museum dabei gewesen, als Kleinlützum und sein Kollege mit ihren Untersuchungen im zweiten Mordfall begonnen hatten. Vielleicht hatte Frau Homberger ja etwas Entscheidendes mitbekommen? Konnte gut sein, dass die Kommissare laut gedacht hatten. Boomi würde die Dame schnellstens dazu befragen.

Eine Harfe ist ein nacktes Klavier!

Der Detektiv und die Yogini

Die Leiche wurde relativ schnell freigegeben, und August Kreymann konnte beerdigt werden. Wie schon Wilhelmine Bongards zuvor wurde auch er auf dem kleinen Friedhof in Vluyn mit Blick auf einen bekannten Nahversorger und in Hörweite einer Grundschule mit quirligen Kleinen zur letzten Ruhe gebettet. Erneut waren Kleinlützum und seine Kollegen vor Ort und beäugten die Trauernden wie die zahlreichen Schaulustigen von oben bis unten. Kleinlützum versprach sich immer noch einen vielleicht alles entscheidenden Hinweis davon. Jeder Täter macht Fehler. Warum nicht auch dieser Verrückte? Aber alles lief wie gewohnt ab. Sie standen sich die Beine in den Bauch. Es war langweilig und öd. Es passierte rein gar nichts.

Eine alte Frau sagte tief bewegt: „Ach, der arme August. Der arme, arme August. Nun ist er viel zu früh von uns gegangen. Und er wollte doch so gerne Harfenklänge bei seiner Beerdigung haben. Das hat er mir einst im Sandkasten erzählt, als wir beide noch so kl …" Der Rest ihres Satzes verlor sich in lautem Schluchzen.

„Ein Harfe ist ein nacktes Klavier", meinte ein Mann ganz in ihrer Nähe. „Würde mir nicht gefallen!"

Die Presse war ebenfalls vor Ort und hoffte auf sensationelle Fotos. Die aber ebenso ausblieben wie neue Erkenntnisse über den Täter.

Allerdings war Schaller einmal mehr bestens aufgelegt

und spielte den Clown. Erneut lieferte er hörbare Beweise seines Genies und somit dafür, dass er bei einer alternativen Berufswahl die Augen doch besser aufmachen sollte: „Wissen Sie, Chef, was ich mich neulich vor 'm Einschlafen gefragt habe?"

Er wartete die Antwort von Kleinlützum gar nicht erst ab: „Ich habe mich gefragt, woran glauben wohl die Leute im Jenseits? All die Toten dort müssen doch an etwas glauben? Das Jenseits soll doch unendlich sein. Und den Glauben an etwas gibt's überall, nicht wahr? Deshalb meine ich, dass die Toten im Jenseits an ein Leben glauben, das anfängt und wieder vergeht, also an ein Leben, das zeitlich befristet ist. Damit habe ich doch recht, oder?"

„Mein Gott, Schaller, an Ihnen ist wirklich ein Philosoph verloren gegangen – oder eher noch irgendetwas ganz anderes", knurrte Kleinlützum ungehalten. „Wie konnten Sie bloß bei der Polizei anfangen, bei all dem klugen Zeugs, das permanent so aus Ihnen heraussprudelt?"

„Aber das liegt doch auf der Hand, Chef. Ich musste zur Kripo gehen, um all die Toten zu sehen, all die Ermordeten, damit mir so 'n Zeugs, wie Sie sagen, überhaupt einfällt."

„Wie Sie meinen, Schaller. Wenn es Sie glücklich macht."

Es kam ihm ziemlich frustriert über die Lippen. *Ob uns das auch glücklich macht, dass Sie bei uns und mein Kollege sind, steht auf einem ganz anderen Blatt*, dachte Kleinlützum bitter.

Boomi rief Eva Homberger an und vereinbarte einen Termin mit ihr. Sie musste lange überlegen. „Gleich habe ich Yoga in der VHS in Moers, morgen ist Kochen in der Schule, übermorgen helfe ich Marta Schlothmann im Garten, danach ist Bibelkreis. Das Museum will von mir …"

„Halt", bremste Boomi sie. „Bitte! Was ist mit heute Abend nach dem Yoga? Mir reichen höchstens 15 Minuten Ihrer knappen Zeit. Will nur wissen, wie das im Museum abgelaufen ist, als die Kripo da war."

„Och, da war eigentlich nicht viel", erwiderte Frau Homberger, „dafür der ganze Aufwand?" Sie zögerte. „Also gut, junger Mann, weil Sie es sind und ein Freund von Frau Kuckelmann, dann reisen Sie heute Abend gegen 21 Uhr mal in den Schönen Winkel. Mein Haus liegt in dieser kleinen Stichstraße – An der Ley – eine Sackgasse, falls Sie die kennen."

„Weiß wo!", antwortete Boomi knapp. „Danke! Bin pünktlich bei Ihnen", und legte auf. Wieso wussten alle, dass er ein Freund von Judith war? Sie hatten doch nur beruflich miteinander zu tun. Er *war* pünktlich. Eva Homberger öffnete ihm überrascht die Haustür. Offenbar war sie zuvor noch im Bad gewesen und stand deshalb mit einem Handtuch um den Kopf vor ihm.

„Ach, da sind Sie ja schon. Pünktlich wie die Maurer. Das ist aber für einen Vluyner sehr ungewöhnlich. Pünktlich ist man hier nur bei den Medenspielen, junger Mann. Das sollten Sie aber wissen, tz, tz!" Sie schüttelte missbilligend den Kopf und blickte Boomi danach mitleidig an. „Also, na gut. Dann kommen Sie mal rein.

Nach dem Yoga muss ich mich immer erst abduschen. Bin gleich soweit, Herr van den Boom. Setzen Sie sich doch bitte schon mal ins Wohnzimmer. Momentchen noch."

Sprach's und verschwand hinter der Tür des Badezimmers. Ein Fön lärmte, offenbar defekt. Boomi schlenderte ins Wohnzimmer und ließ sich dort in einen überbreiten Ledersessel plumpsen. Gott, war der bequem! Neugierig schaute er sich nach allen Seiten um. Es war immer wieder interessant zu sehen, wie andere Vluyner sich so einrichteten. Wie bei vielen Leuten im Ort war auch dieses Zimmer eher spärlich möbliert. Man hatte nicht versucht, alle Ecken und Wände mit Tischchen, Schränkchen, Wägelchen und Bodenvasen voll zu stellen. Ein großes Bücherregal an der einen Wand, ein Schreibtisch vor dem Fenster, eine große Ledercouch, zwei Sessel, einer davon riesig, Tischchen davor und auf der gegenüberliegenden Seite ein Esstisch mit vier Stühlen. Zwei, drei Bilder, keine billigen Reproduktionen von Van Gogh und Co., sondern offenbar alles Originale. Eines davon – eine Radierung – erkannte er am Stil: ein echter Brüggestraß, die Arbeit einer lokalen Kunstgröße.

Ein dunkelrosafarbenes Objekt erregte Boomis Aufmerksamkeit. Er nahm es prüfend in die Hand. Das seltsame Stück war aus Silikon gefertigt, etwas größer als ein Cognacschwenker, aber fast ebenso geformt mit einem extra breiten Fuß. Man konnte von einem Ende zum anderen durchsehen. Auf Boomi wirkte es wie ein besonders perverses Brustimplantat, dabei handelte es sich in Wirklichkeit um ein designtes Silikon-Windlicht. Anscheinend der letzte Schrei in einem besser gestellten Haushalt in Vluyn. Auf dem Tischchen vor Boomi lag aufgeschlagen die *Rheinische Post* vom Tage. Boomis Blick fiel sofort auf eine Anzeige unter der Rubrik *Er sucht (dringend) Sie*. Was er las, ließ ihn schmunzeln: „Dr. Dipl. Physiker in Topposition, wünscht sich hübsche, gescheite Partnerin. Vorstellen dürfen Sie sich, verehrte Leserin, einen blitzgescheiten u. auch sehr attraktiven Mann (schlank, 181 cm) mit Charme und ansteckender …" *Mein lieber Scholli*, dachte Boomi erschrocken. *Was für ein Selbstbewusstsein! Davon müsste ich auch was haben; nur ein bisschen davon würde schon ausreichen.*

„So, da bin ich, Herr van den Boom", hörte er die Dame des Hauses sagen. „Tut mir leid, dass Sie warten mussten, aber ich kann mich nicht so verschwitzt mit Ihnen zusammensetzen. Wofür Sie sicherlich Verständnis haben, oder?"

Er nickte artig. „Klar!"

Sie schlug sich mit der Hand vor die Stirn. „Ich, Dummchen. Habe Ihnen noch nicht einmal was angeboten. Warten Sie."

„Wasser", schlug Boomi vor.

„Wissen Sie was? Ich koche uns jetzt erst einmal einen leckeren grünen Tee. Aber so richtig lecker. Was halten Sie davon?"

„Bitte ein Wasser", erwiderte Boomi.

„Das mache ich uns jetzt", insistierte Eva Homberger. „Einen richtig leckeren Tee. Sie werden sehen, wie gut der am Abend tut. Ich habe einen grünen Tee, der ist Spitze." Sie verschwand in ihrer Küche.

Das kann dauern, überlegte Boomi, griff erneut zur Zeitung und blätterte sie durch. Im Grafschafter Teil fiel ihm etwas Interessantes auf. Dort war von einem Unfall auf der B 9 die Rede. Es ging um einen Sportflitzer, der am Abend des zweiten Mordtages verunglückt und von einer Firma abtransportiert worden war. Der Fahrer liege im Krankenhaus. Boomi senkte das Blatt und starrte nachdenklich auf das Bücherregal. *Ist das jetzt Zufall, oder gibt es einen Zusammenhang? Dunkler Sportflitzer. Mann im Krankenhaus.* Die Firma Mölders in Rheurdt kannte er. Dort hatte er schon Ersatzteile für seinen Volvo gefunden. *Warum nicht bei Mölders einfach mal vorbeigehen?*

Frau Homberger kam zurück. Sie hüstelte, stellte anschließend die Teekanne auf den Tisch, dazu zwei Tassen auf einem Tablett.

„Er muss noch ziehen", erklärte sie. Es klang wichtig. Dann überlegte sie kurz, wobei sie beide Augen schloss, spitzte die Lippen und sagte: „Ich habe noch mal über das nachgedacht, was Sie mich gefragt haben. Mir ist nichts eingefallen, was wichtig sein könnte. Die beiden Kommissare haben auch jede Menge Unsinn erzählt, besonders der kleinere von ihnen. Ansonsten war da nichts von Belang. Warum wollen Sie das eigentlich wissen?"

Mit dieser Frage hatte Boomi gerechnet. „Äh, ich habe Judith Kuckelmann versprochen, Sie zu fragen, wie es denn mit der Polizei so gelaufen ist."

„Ah so!" Sie schüttelte den Kopf. „Nein! Also, da war nicht viel mehr, als dass ich denen gesagt habe, wer August gewesen ist. Dann hat allerdings der eine, dieser Komische, den Säbel aus dem Leichnam herausgezogen."

„Einfach so?", staunte Boomi.

„Ja, einfach so. Und dann ..." Sie schien erneut in sich zu gehen. „Ja, und dann hat der Komische dem anderen, also dem Strengen –"

„Kleinlützum?"

„Ja, so heißt der, glaube ich, auf etwas aufmerksam gemacht."

„Und worauf?"

Sie zuckte hilflos mit den Schultern. „Ich kann das nicht so genau sagen, weil ich nicht so nah dran war. Aber ich glaube, am Griff des Säbels hatte der Kleinere irgendetwas entdeckt. Etwas, das er merkwürdig fand. Der andere dann auch."

„Und was genau war das? Versuchen Sie bitte, sich zu erinnern."

Eva Homberger atmete tief aus. „Ich weiß es wirklich nicht. Da war was nicht in Ordnung am Griff. Etwas, was vorher noch nicht da gewesen war. Das haben jedenfalls beide festgestellt."

„Eine Beschädigung oder so etwas?"

„Ja, ja, so was in der Art, ein Loch, ein Spalt, so was Ähnliches."

Boomi dachte angestrengt nach. Ein Loch im Griff? Ein Spalt?

„Sie meinen so einen Spalt, wo man etwas hineinstecken kann?"

Die Frau nickte. „Ja, so ein tiefes Loch, wo was reinpasst."

„Und das, was da reinpasste, war jetzt nicht mehr da", überlegte Boomi laut.

„Jetzt hab ich's wieder!", rief Eva Homberger aus. „Da gab es doch noch etwas Ungewöhnliches. Das hätte ich ja beinahe vergessen."

Boomi betrachtete neugierig die Frau, die vor Aufregung wild mit den Armen herumfuchtelte. Was kam denn jetzt noch?

„Also, also halten Sie sich fest. Unser lieber Herr Kreymann lag ganz seltsam auf dem Boden. Das fiel auch den Kommissaren auf."

„Wie seltsam? Was meinen Sie?"

„Ja, so merkwürdig mit den Armen und Beinen. So überkreuzt. Wie ein toter Pharao. Warten Sie, junger Mann. Ich zeige es Ihnen. Wozu quäle ich mich denn jahrelang mit Yoga?"

Eva Homberger legte sich geschwind mit dem Rücken auf den Boden und streckte sich lang aus. Dann überkreuzte sie ihre Arme vor der Brust und schob danach das rechte Beine über das linke. „Der Kopf lag kerzengerade, die rechte Hand berührte die linke Schulter, die linke Hand die rechte – so wie bei mir jetzt. Wie man es von einbalsamierten Pharaonen her kennt." Sie machte es vor. Dabei sagte sie: „Und in der Brust steckte aufrecht der Säbel. Sieht aus, als hätte jemand die Leiche genau so hingelegt. Das ist doch höchst merkwürdig, oder?" Sie erhob sich flotter, als man es bei einer Frau ihres Alters erwartete hätte.

Ja, das war in der Tat mehr als merkwürdig. Die Sache fing an unheimlich zu werden. „Als hätte ihn jemand genau so hingelegt", wiederholte Boomi nachdenklich ihre Worte. Nicht hätte, er hatte! Das musste so geschehen sein, denn welcher Ermordete starb schon in dieser ungewöhnlichen Haltung? Was hatte sich der Täter wohl dabei gedacht?

„Und was sagten die Herren Kommissare dazu?"

„Der Komische faselte was vom Tod, der auf zarten Sohlen daherkommt und vorher partout nicht anklopfen will, der Strenge verdrehte bloß genervt die Augen und wirkte so ratlos wie eh und je."

Ein Rätsel für den Kommissar, ein Lichtblick für den Antiquar

„In der Zeitung stand heute, dass sie jetzt das genaue Todesdatum von Jesus kennen", sagte Schaller, der davon wie beseelt zu sein schien. Kleinlützum musterte ihn argwöhnisch. Was gab *der* denn nun wieder zum Besten?

„Wissenschaftler haben Ablagerungen in den Sedimentschichten unweit von Jerusalem untersucht. Dabei stießen sie auf Hinweise von zwei schweren Erdbeben. Eines im Jahr 31 vor Christus und ein zweites zwischen den Jahren 26 und 36 nach Christus. Danach haben sie noch einen Abgleich seismischer und astronomischer Daten mit dem jüdischen Kalender und Texten des Neuen Testaments gemacht. Das Ergebnis: Freitag, der 3. April 33, ist das wahrscheinlichste Todesdatum von Jesus. Ist das nicht toll? Sagenhaft ist das! Was die alles herausfinden!"

„Nur wir stehen da wie die Deppen", knurrte Kleinlützum. Er biss kräftig in seine Stulle, wie üblich dick mit Fleischwurst belegt. Mit vollen Mund sagte er schmatzend: „Na super. Das Todesdatum von Jesus kann man rauskriegen. Wer den beiden armen Leutchen im Museum das Licht ausgeblasen hat, dagegen nicht."

„Weil der Mörder etwas weiß, was wir nicht wissen", sagte Schaller vieldeutig.

Kleinlützum blickte ihn erstaunt an. „Nur raus damit! Wenn Sie eine Theorie haben, will ich sie hören."

Schaller schluckte mehrmals. „Ich weiß auch nicht

mehr als Sie, Chef. Ehrlich. Aber eines steht für mich fest. Der Mörder ist nicht verrückt. Er mordet aus einem bestimmten Grund."

„Und der wäre?"

Hätte ich ihn nur nicht aufgefordert sich zu äußern, dachte Kleinlützum. *Jetzt kommen wieder seine schrägen, theologisch-philosophischen Einlagen.*

„Der Säbel war von Anfang an sein Ziel. Irgendetwas an dieser Waffe muss für ihn interessant gewesen sein. Nicht das Ding als solches, sondern etwas an oder in dem Säbel selbst."

„Sie denken an den Spalt, an diesen verborgenen Mechanismus am Griff, oder? Unsere Techniker haben das entdeckt."

Schaller nickte. „Ganz genau. Wir wissen mittlerweile, dass sich offenbar etwas darin befunden haben muss. Die Waffe besitzt eine besondere Vorrichtung am Griff. Betätigt man diese korrekt, öffnet sich eine bestimmte Stelle beim Löwenkopf. In diese immerhin fingergliedicke Vertiefung kann man etwas Wichtiges hineinstecken. Etwas, das nicht gleich jeder sehen soll."

„Ein, zwei, drei, vier Perlen?"

„Zum Beispiel. Oder etwas ganz Anderes. Etwas Bedeutendes, Kostbares."

„Und was?"

„Keine Ahnung. Klar scheint mir nur zu sein, dass der Mörder es jetzt besitzt. Entweder hat er im Nachhinein erfahren, wie man den verborgenen Mechanismus bedient, oder aber Kreymann selbst hat das Ding durch Zufall bei seiner Reinigungsaktion entdeckt."

„Hm", machte Kleinlützum und schritt dabei nachdenklich im Büro auf und ab, „und wir vorher nicht!" Er schien darüber so verärgert zu sein, dass er gegen einen Stuhl trat. Aber nicht zu fest. „Und zufällig war unser Mörder auch zur Stelle?", dachte er laut. Dabei schob er sich die letzten Reste seines Butterbrotes in den Mund und kaute grimmig darauf herum. Schaller fuhr fort mit seiner Theorie zum Tathergang: „Er hat also beim ersten Mord zwar den Säbel mitgenommen, aber erst später gesehen, dass der ihm nichts nutzte, weil er nicht wusste, wie man ihn bedient. Er hat etwas Bestimmtes gesucht, es aber nicht finden können. Daraufhin hat er sich der Waffe entledigt."

„Vermutlich ist es so gewesen. Hm, hm."

Kleinlützum schritt eine Weile schweigend hin und her. Dabei schnitt er immer heftigere Grimassen. „Mag ja sein, dass was dran ist an dem, was Sie da vermuten. Doch warum liegt die zweite Leiche so merkwürdig auf dem Boden? Ein Zeichen für uns? Ein Zeichen für wen? Und was soll ein 200 Jahre alter Säbel schon Kostbares enthalten? Etwas, wofür jemand auf diese Weise mordet? Und woher weiß unser Unbekannter überhaupt von dem Geheimfach? Der Säbel befindet sich bereits seit Jahren im Besitz des Museums. Warum schlägt er erst jetzt zu? Nein, Schaller, das alles überzeugt mich noch nicht. Und warum nicht? Weil wir keinen Schritt weiter sind als vorher. Da ist mir viel zu viel Zufall im Spiel. Kreymann entdeckt das Geheimfach, sein Mörder ist sofort zur Stelle. Das überzeugt mich nicht."

„Sie meinen also, die Wissenschaftler, die herausgefunden haben, an welchem Tag genau Jesus starb, hatten es leichter?"

Kleinlützum blickte Schaller überrascht an. „Und wie, Kollege! Und wie! Darauf können Sie einen lassen. Die hatten es 1000-fach leichter als wir. Wir stochern im Dunkeln herum wie blinde Ameisenbären. Und die haben teures Hightech-Spielzeug da unten in Israel. Pah! Dass ich nicht lache, Schaller."

Er winkte frustriert ab. *Irrer oder Plan*. Er tippte nach wie vor auf *Irrer*. Wenn nur diese verborgene Öffnung nicht wäre. Damit hatte Kollege Schaller vermutlich recht. Sie zu finden, war das Ziel des Täters gewesen. Doch woher wusste er von ihr?

Zur selben Zeit hockte Boomi in der „Kellerkamer" und trank nachdenklich einen heißen süßen Caffè Latte. Er hatte neue Erkenntnisse, wenn man so wollte, sogar brutal neue Erkenntnisse. Diese wiederum lösten den Fall oder besser die beiden Fälle keineswegs. Im Gegenteil! Sie machten alles noch mysteriöser, als es ohnehin schon war. Tief in Gedanken versunken, schlürfte er seinen Kaffee mit aufgeschäumter Milch. Die neuen Rätsel waren das eine; aber am Abend wollte er etwas unternehmen, für das er seinen ganzen Mut brauchte. Er würde es tun. Das stand für ihn fest.

Boomi war mittags in Rheurdt bei Mölders gewesen. Er hatte dort einen Automechaniker kontaktiert, der ihm noch etwas schuldig war. Als es nämlich keine Karten mehr für Atze Schröder in der Kulturhalle gab, hatte Boomi ihm noch zwei über seinen ausgezeichneten Draht zu Gero besorgen können. Und Kalle vom Autohaus in Rheurdt hatte sich nun revanchieren können, denn Boomi wollte sich den Unfallwagen von der B 9 ansehen.

„Den Flitzer mit Schrottwert?"

„Genau den!"

„Warum?"

„Nicht fragen. Will nur kurz einen Blick auf die Karre werfen. Das ist alles."

„Null problemo."

So läuft das nicht nur am Niederrhein. So läuft das überall. Wenn du jemanden kennst, hast ihm schon mal bei einer kniffeligen Sache helfen können, hast jetzt selbst einen klitzekleinen Wunsch – was sollte den anderen daran hindern, ihn dir zu erfüllen? Kalle war kein Kameradenschwein. Zwar hatte er keine Ahnung, was Boomi an der Schrottlaube interessierte, aber wenn es sein innigster Wunsch war. So what? „Also den Italiener willste sehen?"

Boomi spitze die Ohren. Das fing schon mal gut an. „Er kommt also aus Italien?"

„Falls das Kennzeichen nicht getürkt ist, ja."

Jetzt war er sich zu 100 Prozent sicher, dass er gleich das Fahrzeug des Mörders vor sich haben würde. Warum war das Kleinlützum nicht eingefallen? Weil er keine Ahnung von dem Fahrzeug hatte. Die Duisburger Polizei hatte bislang nicht danach gesucht. Ein schweres Versäumnis. Denn in dem Wagen würde sich jede

Menge DNA finden lassen. Ob er dem Kommissar mal einen Tipp geben sollte? Doch Boomi verwarf diese Idee gleich wieder – Kleinlützum war alles andere als der Typ, der in seinem Büro hockte und auf Hinweise von Boomi wartete. Vermutlich würde das nur wieder sein Misstrauen wecken. *Wie kommen Sie darauf, Herr Antiquar? Gehört das mit zu Ihrem Beruf?* Nein, von weiteren möglichen Verdächtigungen ihm gegenüber hatte Boomi die Nase voll.

„Volltreffer!", sagte er laut, als er das Kennzeichen des Wagens sah: Kleines I, daneben größer: NA-701WT. Das war er!

Zu gern hätte er noch das Innere des Fahrzeugs durchsucht, aber dazu wäre Kalle sicherlich nicht bereit gewesen. Wobei der ehemalige Sportflitzer aussah, als hätte ihn eine Herde Elefanten zwei Stunden lang als Fußball benutzt. Was Boomi im Inneren erkennen konnte, schien nichts Brauchbares zu sein, nichts, was ihm hätte weiterhelfen können. Dann begutachtete er die Reifen. Drei von ihnen waren okay. Der linke Vorderreifen allerdings war durch äußere Gewalteinwirkung zerfetzt worden. Das sah er auf den ersten Blick. Boomi kniete sich neben das Fahrzeug, um sich den zerstörten Pneu genauer anzusehen. Dabei machte er eine unglaubliche Entdeckung: Jemand hatte darauf geschossen.

Der Reifen war geplatzt, weil ihn eine Kugel durchschlagen hatte. Das konnte kein Zufall sein. Jemand hatte an der Bundesstraße dem Sportwagen aus Italien mit dem Mörder hinterm Lenkrad aufgelauert. Er hatte ihn abgepasst, um auf die Reifen zu schießen, damit der Wagen ins Schleudern kam.

Boomi merkte auf einmal, dass er anfing, heftig zu schwitzen. Mit einem Tempotuch wischte er sich über die feuchte Stirn. Erneut untersuchte er den kaputten Autoreifen. Nein. Kein Zweifel. Der Reifen war eindeutig durch eine Gewehrkugel – etwas anderes kam nicht in Frage – zum Platzen gebracht worden. Was diese Erkenntnis bedeutete, lag glasklar auf der Hand. Es gab noch einen weiteren Täter, dessen Plan es gewesen war, den Mörder auszuschalten. Das hatte nicht funktioniert. Jedenfalls nicht dieses Mal. Der Italiener war schwer verletzt worden, nachdem sich das Fahrzeug wie eine Schleife um einen Baum gewickelt hatte, und lag nun im Krankenhaus.

Ich brauche jetzt dringend einen starken Kaffee, entschied Boomi. *Ich muss unbedingt nachdenken, wohin und wie die Reise jetzt weitergeht.* Ein weiterer Unbekannter war in den Fall verstrickt. Warum? Was war sein Motiv? Der Fall wurde dadurch zunehmend verwickelter. Und er hatte doch Judith fest in die Hand versprochen, für Klarheit zu sorgen und für ihren Schutz.

Madonna mia!

Alles war bis zu einem bestimmten Punkt glatt gelaufen. *Madonna mia*, nicht wirklich superglatt, immerhin hatte es zwei Tote gegeben, aber was seinen eigentlichen Auftrag anging, im Prinzip ganz erfolgreich. Bis auf ...

Endlich hatte er in Händen gehalten, weswegen man ihn nach Deutschland geschickt hatte. Zwar war beim ersten Mal sein Temperament mit ihm durchgegangen, weil, *Madonna mia*, er den geheimen Mechanismus am Griff des Säbels nicht hatte finden können. *Mamma mia*, er war zu ungeduldig und zu wütend gewesen. Nun ja. Er hatte nun mal das Temperament seiner Mutter geerbt. Zwar hatte er den Säbel aus Wut und Enttäuschung aus dem Wagen heraus an den Straßenrand geschleudert, aber, *Madonna mia*, am Ende hatte sich sein Kommen doch noch für alle gelohnt, oder?

Es war, als ob ihm letztlich der große General, dem sie alle zutiefst verbunden waren, beigestanden hätte. Er hatte ihn, Giovanni de Santis, wie er sich jetzt nannte, erneut siegreich geführt, hatte ihm den richtigen Tag, die richtige Uhrzeit und diesmal auch die nötige Umsicht eingegeben. Der alte Mann, Friede sei seiner Seele, dessen Aufgabe es war, den Säbel mit Hingabe zu reinigen, war das schönste Geschenk des Generals an ihn, Michele alias Giovanni de Santis, gewesen. Ahnungslos, hilflos war der Alte gewesen wie ein Baby im Körbchen, auf das fast unsichtbar eine Natter zukriecht. Ja, es hatte sich gelohnt, noch einmal das Museum aufzusuchen. Ja, Sieg auf der ganzen Linie, denn das Rätsel des Geheimfachs war – welch großes Wunder – für ihn gelöst worden! Wie der Alte es letztlich geschafft hatte, den versteckten Mechanismus zu betätigen, würde sein ewiges Geheimnis bleiben. Er, Giovanni, war fest davon überzeugt, dass der General ihm dabei die Hand geführt hatte. Der General wollte, dass die kostbare Nachricht endlich, nach so langer Zeit, gefunden wurde. Das Versteck im Griff war aufgesprungen wie die Schale einer Kastanie und hatte seinen wertvollen Inhalt offengelegt. Dieser brauchte nur noch geerntet zu werden. Doch noch bevor der Alte diese Kostbarkeit mit einer Pinzette hatte herausziehen können, war er, Michele, äh, Giovanni, zur Stelle gewesen und, *Madonna bellissima* im Himmel, tödlich dazwischengegangen.

So hatte sein Opfer noch im Moment des Todes weder eine Ahnung davon gehabt, worum es in Wahrheit ging, noch, was er da Großartiges entdeckt hatte. Was sehr gut war. Allerdings hätte er den Alten in jedem Fall beseitigen müssen. Zeugen durfte es niemals geben.

Giovanni bedauerte nie die Toten, die er bei seiner Arbeit hinterließ. Es gab sie eben, falsche Zeit, falscher Ort – was ihr Pech war. Tote gab es zwangsläufig durch die Jobs, die er zu erledigen hatte. Aber Giovanni sah sich nicht als Unmensch. Er hatte dem Opfer sogar eine besondere Ehre erwiesen. Schließlich hatte ihm der Mann, wenn auch nicht mit Absicht, geholfen. Deshalb hatte er ihn im Anschluss so auf dem Boden positioniert, wie es den uralten Ritualen seiner Organisation entsprach. Das war etwas, was er nach seinen Morden nur höchst selten tat. Darauf konnten der Tote und seine Angehörigen stolz sein.

Sein Auftrag hatte gelautet, den kostbaren Inhalt des Säbels zu bergen und nach Neapel zu bringen. Wo genau dieser Inhalt verborgen war, hatte ihm niemand vorab erklären können. Man hatte vermutet, der Griff des alten Säbels sei hohl. Aber er hatte nichts gefunden, was darauf hingedeutet hätte. Im Gegenteil. Nachdem er den Säbel eingehend inspiziert und alle nur möglichen Versuche unternommen hatte, den Griff von der Klinge zu trennen, hatte er geglaubt, man habe ihn falsch informiert. Vielleicht war es ja zu voreilig gewesen, sich der Waffe zu entledigen? Don Paolo hatte ihn später unmissverständlich aufgefordert, den Säbel erneut zu untersuchen. Darin sei in jedem Fall ein Versteck verborgen. Der Griff müsse sich an irgendeiner Stelle öffnen lassen. Er müsse sie nur entdecken. Der Säbel selbst sei für ihn, Don Paolo, relativ wertlos, und Giovanni solle ihn nicht nach Italien bringen, weil das zu gefährlich sei.

Doch als er sich erneut der Waffe bemächtigen wollte, hatte die Polizei sie bereits an sich genommen. *Madonna mia!* Somit musste er warten, lange warten. Er hatte sich hinter der holländischen Grenze in einem Ort namens Arcen eine kleine Pension gesucht, wo er die nächste Zeit unbemerkt verbringen konnte, und abgewartet. Giovanni sprach einigermaßen gut Deutsch, sonst hätten sie für diesen Auftrag einen anderen geschickt. Jeden Tag ging er nun im Internet auf Informationsfang. Er wollte erfahren, was die Presse schrieb und wann er es riskieren konnte, nach Vluyn zurückzukehren. Dann, eines Tages, erfuhr er durch die Medien, natürlich durchs Internet, dass der Säbel ans Museum zurückgegeben worden war, und er sah den Zeitpunkt gekommen, endlich zuzuschlagen.

Und als sei es glückliche Fügung gewesen, als habe der General erneut seine Finger im Spiel gehabt, hatte der Alte den verborgenen Mechanismus bereits vor ihm aufgespürt und betätigt. Giovanni hatte den Vorgang staunend verfolgt, konnte er seinem Opfer doch quasi über die Schulter schauen. Der Mann war so vertieft in seine Arbeit gewesen, dass er die Nähe seines Mörders gar nicht gespürt und so den Griff für ihn geöffnet hatte. Was für ein Glück! Der heiligen Madonna im Himmel sei gedankt. Mit dem kostbaren Inhalt in seiner Manteltasche hatte er das Museum verlassen. Um mögliche Verfolger abzuschütteln, fuhr er eine Zeitlang kreuz und quer durch die Gegend, wie er das nach seinen Aufträgen immer machte, und nahm so auch einen kleinen Umweg in Richtung Geldern in Kauf.

Er hatte sich diesen Fluchtweg bereits beim ersten Besuch aufmerksam angesehen, war ihn zweimal abgefahren und hatte die Strecke dabei genau studiert. Sie war für ihn ideal. Erst später wäre er auf die Autobahn gefahren und danach weiter in den Süden – der Heimat zu. Aber dann war alles anders gekommen. Ein Reifen platzte wie aus heiterem Himmel. Sein Sportwagen geriet ins Schleudern und raste auf einen Baum zu. An mehr konnte er sich kaum erinnern. Erst im Krankenhaus war er wieder zu sich gekommen. Er war verletzt, aber seiner Meinung nach nicht so schwer, dass er nicht schon bald wieder losfahren konnte. Das Glück war ihm auch in dieser Hinsicht hold gewesen. Er brauchte nur noch etwas Zeit. Aber nicht viel. Nur eine kleine Verschnaufpause. Meistens würde er sich schlafend stellen, wenn jemand das Zimmer betrat. Doch dann drängten sich ihm auf einmal beunruhigende Gedanken auf.

Auch ein blindes Huhn …

„Ich habe da etwas, Chef, was uns vielleicht auf die Sprünge helfen könnte."

„Dann legen Sie mal los, Schaller."

„Unter den vernommenen Personen, die ich nach dem zweiten Mord befragt habe oder die sich bei uns gemeldet haben, berichten zwei von einem dunklen Sportwagen, den sie vor der Kulturhalle gesehen haben wollen."

„Na, und? Erinnern sich die betreffenden Personen auch an das Kennzeichen?"

„Nein, keiner von ihnen."

„Aha, Schaller. Und was hilft uns nun auf die Sprünge, wie Sie eingangs so flott bemerkten?"

„Am selben Abend, als jemand dem alten Kreymann den Säbel in den Leib stieß, kam auf der B 9 Fahrtrichtung Geldern ein dunkler Sportflitzer aus ungeklärter Ursache von der Fahrbahn ab. Der Wagen rammte einen Baum so schwer, dass er jetzt verschrottet werden muss. Der Fahrer hatte mehr Glück. Er wurde in die Klinik eingeliefert."

„Hm!", machte Kleinlützum und dachte sowohl an eine Pizza Diabolo als auch an eine fette Carbonara. „Wo sind die Sprünge?"

„Sollten wir uns nicht mal den Wagen ansehen und anschließend den verletzten Fahrer aufsuchen?"

Kleinlützum zog die Stirn kraus. Dann schlug er mit der flachen Hand auf seinen Schreibtisch. „Verdammt, Schaller. Das machen wir jetzt. Man soll uns später nicht nachsagen können, wir wären nicht jedem Mist und jedem noch so blöden Detail nachgegangen. Das erwartet doch die Bevölkerung von ihrer Polizei, oder?"

„Jau, Chef!"

„Wo liegen die Reste von dem Sportflitzer?"

„Bei Mölders in Rheurdt."

„Also dann! Worauf warten Sie noch? Das hätten Sie aber auch mal früher sagen können, Schallermännchen."

Der Dorfsheriff hat etwas mitzuteilen

Karl Marx und Fritz Engel waren keine hippen Revoluzzer – im Gegenteil! Marx und Engel, beide wohnhaft in der Stadt mit dem Bindestrich, waren die charmantesten Dorfsheriffs von Neukirchen und Vluyn. Was die beiden zuwege brachten, erfreute Kinder ebenso wie Erwachsene – wobei man sagen muss: nicht *alle* Erwachsenen.

Fahrräder zu kodieren oder Erstklässlern beizubringen, wie man sicher über die Straße hüpft, gehörte zu ihrem Job, aber auch Temposünder in 30er-Zonen zu blitzen oder Betrunkene vom Weihnachtsmarkt auf Schloss Bloemersheim diskret zu entfernen. Boomi hatte besonders zu Fritz Engel einen guten Draht, weil auch ein Polizist sich mitunter durch Veranstaltungen kulturell und heiter weiterbilden will. Boomi hatte daher Engels Handynummer für Notfälle gespeichert.

Das Gespräch zwischen ihm und dem netten Dorfsheriff entwickelte sich wie folgt: „Hey Fritz. Wie geht's? Alle Gangster fest im Griff?"

„Ach, du bist es, Boomi. Ganz gut. Klar doch. Haben vorhin einen frechen Ladendieb gestellt. Wollte beim Aldi eine Flasche Wodka mitgehen lassen. Die Flasche ist jetzt kaputt und die Lust des Diebes darauf auch. Was gibt's?"

„Och, nix Heißes, nur so aus Neugier. Aber du könntest mir tatsächlich helfen. Du weißt ja, dass ich fürs Museum arbeite. Meine Chefin Judith Kuckelmann interessiert es zu erfahren, wann der Säbel zurückkommt. Bei Kleinlützum ist ja nichts rauszukriegen."

„Ja, Kleinlützum ist ein harter Hund. Aber auch ein guter Cop. Hat 'ne ordentliche Aufklärungsquote. Kleinlützum besitzt einen feinen Riecher, was Täter angeht, und er reagiert äußerst empfindlich, wenn man versucht, ihn zum Narren zu halten. Also, was willst du wissen? Nun, der Säbel bleibt erst mal in Verwahrung, soweit ich das mitbekommen habe. Wird eingehend untersucht, weil sie was Merkwürdiges entdeckt haben."

„Fingerabdrücke, vermute ich?"

„Weniger. Ich darf ja nichts sagen, aber – unter Freunden – sperr mal die Lauscher auf: Da soll es am Griff ein kaum sichtbares, unglaublich winziges Pünktchen geben. Keinen Millimeter dick. Im Grunde unsichtbar, so winzig ist das. Deshalb hat es auch vorher niemand entdeckt. Wenn man dieses ultrawinzige Pünktchen – jede Fluse ist riesig dagegen – nun mit einem Fingernagel, rauf, runter, rechts, links bewegt oder so ähnlich, springt plötzlich ein Spalt oder eine Vertiefung im Griff auf."

„Toll. Klingt wie Dan Brown auf der Suche nach dem Gral im Portemonnaie des Papstes."

„Ja, genauso verrückt ist das. Deshalb waren auch alle ganz aus dem Häuschen. Eigentlich darf ich dir ja nichts erzählen und eigentlich dürfte ich auch von nichts was wissen, aber es ist so, Boomi. Meine Schwester Nicole geht mit diesem Intelligenzbolzen Peter Schneider."

„Wer ist denn das?"

„Schneider ist die Nummer Eins im Präsidium bei allem, was mit Untersuchungen an Tatwaffen und anderem Zeug in einem Mordfall zu tun hat. Der Junge kann am Abzug einer Knarre erkennen, welche Farbe die Socken des Mörders hatten."

Boomi war wie elektrisiert. Das schien ja ein richtiger Volltreffer zu werden. Gut, dass Fritz so auskunftsfreudig war. Fritz Engel war so beeindruckt von den Fähigkeiten seines Schwagers in spe, dass er losplapperte wie einst ein Waschweib am Brunnen vor dem Tore. „Also, ganz im Vertrauen, Boomi, dir kann ich es ja sagen, du verrätst mich ja nicht, aber unser geniales Schneiderlein hat herausgefunden, dass sich ein Stück Pergament in einem eigens dafür vorgesehen Schlitz am Griff des Säbels befunden haben muss. Das weiß ich von Nicole."

Er kicherte, als habe er noch einen derben Spaß mit seiner Schwiegermama vor. „Freund Schneider hat winzige Reste davon in diesem Spalt entdeckt, zudem noch Tinte, die uralt sein muss."

„Uralt?"

„Hat er ihr jedenfalls ins Ohr geflüstert. 200 Jahre oder so."

Boomi stellte sich die beiden Turteltäubchen vor. Schneider knabberte selig wie Bolle an Nicoles süßem Ohrläppchen und haute ihr zwischen diversen Liebesbeteuerungen seine beruflichen Erfolge um die Ohren. „Das ist ja irre. Was man heutzutage alles bewerkstelligen kann!"

„Jo!", kam es zurück. „Und so einen hat man doch gerne in der eigenen Familie, nee wa?"

„Sehe ich auch so, Fritz. Danke für die Info. Dann kann ich Judith also mitteilen, dass sie sich den Säbel fürs Erste abschminken kann."

„Sieht ganz so aus. Muss sein. Sie wollen ja den Täter finden. Mach's gut, Boomi."

„Du auch."

„Ach, übrigens, noch auf ein Wort: Kommt Dieter Hildebrandt nächsten Sommer wirklich in den Großen Saal? Habe ich jedenfalls läuten hören."

„Dein Geläut irrt sich nicht, Fritz. Hildebrandt wird NV kennenlernen."

„Super! Dann melde ich mich vorher bei dir."

„Mach das. Beziehungen muss man pflegen."

„Denke ich auch."

Das Telefonat war beendet. Der Ladendieb bedurfte dringend weiterer Behandlung.

Boomi winkte die Bedienung in der „Kellerkamer" herbei und zahlte bei der freundlichen Dunkelhaarigen. Auf dem Schildchen, das sie an der Brust trug, stand „Lilia". *Hübsches Kind, hübscher Name*, durchfuhr es Boomi. Dann kehrten seine Gedanken zu dem zurück, was Fritz Engel ihm gerade anvertraut hatte. Also drehte sich alles, die brutalen Morde und der ganze Zirkus, ausschließlich um ein Stück Pergament! Beide Morde bloß wegen eines kleinen Zettels, der wahrscheinlich schon während der ganzen Zeit, in der der Säbel vergessen auf dem Dachboden eines Hauses in Vluyn lag, im Griff des Säbels gesteckt hatte. Dann, vor Jahren, war die Waffe beim Entrümpeln zufällig wiederentdeckt worden. Das Museum hatte ihn gern gekauft. Niemand wäre je auf den Gedanken gekommen, dass das Ding eine geheime Botschaft enthielt. Eine Botschaft, die sogar einen Killer aus Neapel an den Niederrhein getrieben hatte. Wie hatte er nur von der Existenz des Säbels Wind bekommen? Und woher hatte er gewusst, dass es diese Botschaft überhaupt gab? Fragen über Fragen. Boomi überlegte, was wohl auf dem Pergament geschrieben stand. Es konnte sich dabei nur um etwas ungeheuer Wichtiges handeln.

Dann fiel ihm ein, dass der Mörder verletzt im Krankenhaus lag und sich vermutlich nicht einmal bewegen konnte. *Die Chance für mich, mal nachzuhorchen, worum es eigentlich geht*, dachte Boomi grimmig. Und danach könnte er den beiden Kommissaren in Duisburg doch mal einen alles entscheidenden Tipp geben. *Anonym, versteht sich.*

Pech für Giovanni de Santis

Giovanni de Santis hatte viel zu viel Zeit, gründlich über alles nachzudenken. Seine Situation war schlecht, aber nicht gänzlich hoffnungslos. Beim Erinnern und Nachdenken war ihm etwas Seltsames aufgefallen. Er glaubte sich zu erinnern, einen Schuss gehört zu haben. Einen Schuss, der losging, bevor er die Kontrolle über seinen Wagen verloren hatte. Seine Erinnerung an den kurzen Moment vor dem Unfall sagte ihm, dass es dieses eindeutige Geräusch eines Schusses gegeben hatte. Das empfand er, der keinerlei Skrupel kannte, als unheimlich. Der Gedanke, dass ihm jemand aufgelauert hatte, war zutiefst beunruhigend. Es bedeutete nämlich, dass jemand gewusst haben musste, welchen Weg er nach seiner Tat im Museum nehmen würde. Besorgt darüber, dass es dem unbekannten Schützen in erster Linie um seinen wertvollen Fund und in zweiter um einen todsicheren Weg, ihn, Giovanni, auszuschalten, gegangen war, richtete sich der Verletzte so weit in seinem Bett auf, dass er im Zimmer alles sehen konnte. Er lag allein.

Auf seiner Nachtkonsole stand eine Flasche Wasser, daneben ein Glas und sonst nichts. Sein Blick wanderte hinunter zur Schublade. Giovanni zog sie so weit auf, dass er hineingreifen konnte. Seine Brieftasche mit den Papieren war vorhanden, seine teure Armbanduhr, sein Autoschlüssel. Nichts war entwendet worden, alles Wichtige scheinbar unangetastet geblieben.

Dann erinnerte er sich, dass er das kostbare Dokument in seine Manteltasche gesteckt hatte. Vorsichtig versuchte er, sich ganz aufzurichten, um das Bett verlassen zu können. Mit schmerzverzerrtem Gesicht kauerte er schließlich auf dem Bettrand wie ein Häufchen Elend. Der Schrank, der vermutlich seine Kleidung enthielt, war nur wenige Schritte entfernt. Ganz vorsichtig setzte Giovanni seine Beine auf den Boden. Als er schließlich aufrecht stand, fühlte sich sein Körper an wie nach einem schweren Boxkampf über zwölf Runden. Alles schmerzte, die Rippen, der Magen, der Brustkorb, der Schädel, auch drohten seine Beine nachzugeben, sodass er sich schnell wieder aufs Bett fallen ließ. Er brauchte mehr Zeit und vor allem Geduld mit sich. Aber er musste sofort in Erfahrung bringen, ob sich das Pergament noch in der kleinen Mantelinnentasche befand. Die besaß einen Reißverschluss, mit dem er die kostbare Ware in ihrer Vertiefung aus Stoff eingeschlossen hatte.

Es dauerte eine geraume Weile, bis er endlich den Schrank erreicht hatte. Dann öffnete Giovanni ihn in banger Erwartung und fand darin erleichtert seinen schwarzen Mantel vor, säuberlich aufgehängt auf einem Bügel. Giovanni schob seine leicht zitternde Hand bis zur Innentasche und ertastete dort den geöffneten Reißverschluss. Eine böse Ahnung befiel ihn, denn als er weitersuchte, fand er die Tasche zu seinem Entsetzen leer vor. *Cara Madonna*, dachte er entsetzt, *das ist mein Ende!*

Van den Boom baut Mist

Boomi trat kräftig aufs Gas und überholte elegant einen Traktor, der vor ihm breit und lahm jegliches Fahrvergnügen abwürgte, wenn man sich so wie er hinter ihm befand. Er war auf dem Weg zum Sankt-Clemens-Hospital, wo er ein unbestätigtes Date mit einem gesuchten Mörder hatte. Der heilige Clemens, Namenspatron dieser großen Heileinrichtung, hatte zur Zeit Paulus' gelebt. Clemens war grausam hingerichtet worden: Man hängte ihm einen Anker an den Leib und versenkte den standhaften Gläubigen im Meer. Einer Legende zufolge bildete sich am Meeresgrund ein Tempel als Aufbewahrungsort für seine Knochen. Etwas Vergleichbares, aber ohne Tempel, hätte sich Boomi auch für den Mörder von Wilhelmine Bongards und August Kreymann gewünscht. Doch zum Glück für den Unbekannten aus Italien waren Anker in deutschen Gerichtssälen schon lange nicht mehr in Gebrauch.

Der privateste Privatdetektiv der Region hatte sich noch keinen wirklichen Plan für die Begegnung mit dem Verletzten zurechtgelegt. Boomi ging davon aus, dass der Mann noch bewegungsunfähig war. Also hatte er sich vorgenommen, einfach in das Krankenzimmer zu gehen, wobei er sich vorab mit einem Schal, einer Schlägermütze und einer großen Sonnenbrille unkenntlich gemacht hatte. Vielleicht würde das Unfallopfer sogar schlafen? *Man darf ja auch mal Glück haben*, dachte Boomi hoffnungsvoll. Sein Ziel war es, an das verdammte Stück Pergament zu kommen, das mindestens so viel wert war wie zwei Menschenleben. Er würde es stehlen und anschließend den Kerl in die Pfanne hauen. Kleinlützum würde sicherlich erleichtert und froh sein, wenn er endlich beide Fälle erfolgreich abschließen konnte. Vom Verbleib des Pergaments würde niemand etwas erfahren. Es bliebe unauffindbar. Keiner hätte eine Ahnung, wer es an sich genommen haben könnte.

Soweit die Theorie!

Boomi parkte seinen Wagen in unmittelbarer Nähe des Krankenhauses am Straßenrand und ging von dort zu Fuß weiter. Als er fünf Minuten später an der Pforte im Hospital vorbeikam, fragte er den Mann mit den dicken Augengläsern, der hier mit der Begeisterung eines Bluthundes Dienst tat, nach seinem alten Freund Andrea. „Wurde erst vor ein, zwei Tagen hier eingeliefert. Andrea so und so. Habe seinen Nachnamen gerade nicht parat. Italiener jedenfalls."

„Eine Andrea aus Italien haben wir hier nicht", versetzte der Mann in abweisendem Tonfall.

„Oder so ähnlich", ruderte Boomi hastig zurück. Er hatte sich willkürlich einen Namen ausgedacht, weil er hoffte, damit einen Einstieg bei dem Pförtner zu finden. Schließlich wurde nicht jeden Tag ein italienisches Unfallopfer aus seinem Auto herausgeschnitten und mit Blaulicht hierher transportiert.

„Junger Mann. Eine Andrea haben wir hier in letzter Zeit überhaupt nicht aufgenommen."

Seine Augen hinter den dicken Gläsern schienen

vor Aufregung beinahe zu rollen. Offensichtlich fühlte er sich gestört und hätte Boomi am liebsten mit einer Handbewegung verscheucht.

„Andrea ist ein Mann. Ein Mann, hören Sie? In Italien ..."

„Häh? Ein Mann soll das sein? Will der sich bei uns was machen lassen?"

„Nein, Quatsch, schauen Sie doch bitte, bitte mal nach, ob hier in den letzten Tagen ein Italiener eingeliefert wurde. Vielleicht finden wir ihn so?" Er flehte beinahe. Auf seiner Stirn bildeten sich Schweißperlen. Zudem konnte er beobachten, dass zwei vorbeikommende Ärzte bei der Erwähnung des Italieners merkwürdig guckten. Hatte er sich bereits verdächtig gemacht? Aber wenigstens kam jetzt Bewegung in den schwerfälligen Zerberus. „Warum fragen Sie denn nicht gleich so, junger Mann? Sie haben mich mit Ihrer Andrea ganz verrückt gemacht."

Fachmännisch scrollte er die Seite mit den Aufnahmen auf seinem PC von oben bis ganz nach unten. „Jetzt habe ich die letzten vier ... jaaa", kam es schließlich langgezogen über die Theke. „Da haben wir einen Giovanni de Santis aus Neapel. Am ..."

„Das ist er!", beeilte sich Boomi zu sagen. „Das ist Andrea Giovanni de Santis, mein netter Kumpel aus Italien."

„Von Andrea steht hier aber nichts", mahnte der Pförtner trotzig an.

„Er ist es aber trotzdem. Welche Station? Welches Zimmer?"

Er bekam beides gesagt und konnte sich endlich aus den Fängen des Höllenhundes lösen.

Boomi nahm den Aufzug und fuhr in die betreffende Etage. Er hatte Krankenhäuser schon immer als bedrückend empfunden. Es war einfach nichts Gesundes an ihnen – mitunter verließ man diese Stätten noch gebeutelter als man gekommen war, mitunter auch gar nicht mehr – jedenfalls nicht lebendig.

Boomis Krankenhausbesuche ließen sich an einer Hand abzählen. Wann immer es dazu gekommen war, war es nur in alleräußerster Not gewesen. Er selbst hatte nur zweimal in seinem Leben in einer Klinik gelegen – mit drei Jahren, als ihm die Mandeln entfernt werden mussten, und mit zwölf Jahren, als er die schon erwähnte Blinddarmoperation über sich ergehen lassen musste – beide Aufenthalte waren für ihn ein Albtraum gewesen.

Kurz bevor er die Tür erreichte, hinter der sich dieser Giovanni de Santis befinden sollte, maskierte er sich: Der Mantelkragen wurde hochgeschlagen, die Kappe etwas tiefer in die Stirn gedrückt und der Schal über den Mund gezogen. Entschlossen setzte er die extragroße Sonnenbrille auf und drückte die Klinke herunter, aber – das Zimmer war leer.

Boomi stutzte kurz, dann ergriff er die sich ihm bietende Chance. Weil er annahm, dass der Patient auf der Toilette hockte oder einen kurzfristig anberaumten Untersuchungstermin wahrnahm, näherte er sich entschlossen dem ersten Bett. Die Decke war zurückgeschlagen, das Kissen zerwühlt. Die anderen Bettstellen waren allem Anschein nach unbenutzt. Boomi schlug das Herz bis zum Hals. Hastig zog er die Schublade des Tischchens auf, das neben dem Bett stand – leer. Er traute seinen Augen kaum. In seinem Kopf hämmerte es wie verrückt. Warum war das Ding leer? Egal. Er wandte sich nun dem Schrank zu und öffnete die Tür. Ebenfalls leer. Das konnte doch nicht sein? Wo steckte der Verletzte? Hatte man ihn auf ein anderes Zimmer verlegt?

Fieberhaft überlegte Boomi, was er jetzt tun sollte. Abhauen, bevor jemand hereinkam? Er drehte sich hastig um, weil er glaubte, ein Geräusch gehört zu haben. Aber da war nichts. Doch bei seiner schnellen Bewegung war er gegen das Tischchen gestoßen, das auf vier Rollen stand. Durch den Druck bewegte es sich vom Bett weg in Richtung Wand, und Boomis Blick fiel auf einen Gegenstand, der offenbar unter dem Tischchen auf dem Boden gelegen hatte. Er war aus Silber und etwa so groß wie ein Eurostück, eine Art Medaille. Boomi bückte sich. Dabei bemerkte er, dass daran so etwas wie eine Silberschnur hing. Neugierig hob er das Ganze vom Boden auf und erkannte, dass es sich um einen Anhänger an einer feinen Silberkette handelte. Das Schmuckstück – es war mit seltsamen Zeichen und Symbolen bedeckt – musste dem Mörder gehören. Eilig schob Boomi das Amulett, denn dafür hielt er es, in seine Jackentasche. Er würde es zu Hause genauer unter die Lupe nehmen. *Jetzt aber raus*, entschied er.

Hastig öffnete er die Tür, stürzte aus dem Zimmer – und lief nach wenigen Schritten direkt Kleinlützum und Schaller in die Arme. Sein Schal verrutschte, und auch die Brille fiel ihm von der Nase, als er hart gegen die Schulter des Kommissars stieß.

„Halt, halt, mein Guter", rief Kleinlützum aus, packte Boomi am Kragen und hielt ihn wie in einem Schraubstock fest. „Nicht so eilig!" Dann schien er den Mann vor sich zu erkennen. „Ach, sieh an, der Herr Antiquar aus Neukirchen-Vluyn. Was machen Sie denn hier? Sind Sie denn auch noch Krankenpfleger in Geldern? Das haben Sie uns ja gar nicht verraten." Es klang, als würde er sich über ihn lustig machen.

Boomi versuchte geistesgegenwärtig zu reagieren. „Ich besuche nur meinen Onkel Bernd, der hier liegen soll. Anscheinend habe ich mich im Zimmer geirrt."

„Ach was?", murmelte Schaller. „Sie begegnen uns also rein zufällig, wollen Sie sagen?"

Boomi nickte. „So ist es. Zufällig."

„Und was genau wollten Sie bei dem Mann hinter der Tür?"

„Mann hinter der Tür? Da ist doch niemand. Das Zimmer ist leer."

Kleinlützum und Schaller blickten Boomi an, als sei er ein Gespenst. „Was? Da ist niemand?", riefen sie entsetzt und wie aus einem Munde. Kleinlützums Faust, die so stark war wie die eines Ringers, ließ Boomi endlich los, sodass er aufatmen konnte.

Erschrocken angesichts der Möglichkeit, dass das Zimmer leer sein könnte, rannten beide Kommissare zur Tür des Krankenzimmers und rissen sie entschlossen auf. Diesen Moment nutzte Boomi, um sich eiligst aus dem Staub zu machen. Während er den Flur hinunterraste, hörte er noch, wie Kleinlützum so laut fluchte und tobte, dass beinahe der Putz von den Flurwänden fiel. Schaller meinte nur lakonisch: „Wer abhaut, darf sich nicht wundern, wenn er mit dem Lasso wieder eingefangen wird."

Ein Mörder zieht den Kopf ein

Er befand sich auf der Flucht, und er hatte das sichere Gefühl, dass er sich noch gerade rechtzeitig dafür entschieden hatte. Körperlich kaum dazu in der Lage, hatte er sich dennoch mühevoll angezogen, seine Sachen zusammengerafft und das Hospital verlassen. Obwohl er bei jedem Schritt vor Schmerzen hätte schreien können, hatte er sich nichts anmerken lassen. Er war auf den Fluren langsam an mehreren Schwestern und Ärzten vorbeigegangen und hatte die Pforte passiert, doch sie hatten ihn nicht einmal angesehen. Vermutlich wirkte er auf alle, die ihm begegneten, wie ein Mann, der eben sehr langsam ein Bein vors andere setzt. Nach dem Verlassen des Krankenhauses hatte er sofort ein Taxi herbeigewinkt, war damit einige Kilometer gefahren und hatte sich erneut ein Taxi genommen, um dieses nach wenigen Kilometern wieder gegen ein drittes einzutauschen. Zuletzt hatte er sich hinter die holländische Grenze bringen lassen, zu jenem kleinen Ort, in dem er bereits die letzten Wochen mit nichts anderem als Abwarten verbracht hatte.

Sein Vermieter war ein fast 80-jähriger, schwerhöriger Mann, der froh darüber war, dass er sein einziges Gästezimmer mit Dusche und WC an einen ziemlich stillen Gast aus Deutschland vermieten konnte. Denn er hielt ihn für einen Deutschen, weil Giovanni ihm das so gesagt hatte. Hier wollte er sich auskurieren, bis er wieder fit war. Vermutlich würde er drei, höchstens vier Tage dafür brauchen. In der Zwischenzeit musste er nachdenken, gut nachdenken, denn es gab ein großes Problem. Wenn er es nicht schaffte, dieses Problem zu beseitigen, würde der Ärger, der ihn erwartete, grenzenlos sein.

Die Frage lautete: Wo steckte das verdammte Pergamentstück? Jemand hatte es an sich genommen, entweder erst im Krankenhaus oder schon, als er bewusstlos in seinem Wagen lag. Irgendjemand hatte auf sein Auto geschossen. Das konnte nur ein unbekannter Mitwisser aus seiner Heimat sein, denn niemand in Deutschland hatte auch nur die leiseste Ahnung, worum es bei der ganzen Sache eigentlich ging. Giovanni zermarterte sich das Hirn. Wer war eingeweiht? Sein Vater, seine beiden Brüder, Onkel Tommaso und Aurelia, seine sterbensschöne Schwester. Sonst niemand. Alle hatten sich ein Leben lang dem Schweigegebot unterworfen und diesen Schwur mit dem eigenen Blut unterschrieben. Alle wussten, was einem zustieß, wenn man diesen Eid brach: *Wenn ich diese meine magische Verpflichtung, diesen heiligen Schwur breche, unterwerfe ich mich mit meiner Zustimmung einem Strom der Macht, in Gang gesetzt von den mystischen Hütern dieses Ordens, der einst gegründet wurde durch unseren großen, verehrten Meister ... Sie, die Hüter, können schnell sein wie der Wind. Sie können zuschlagen wie kein Mensch. Und wie ich meinen Nacken unter das Schwert des großen Meisters neige, so gebe ich mich in ihre Hände, ob für Rache oder Lohn.*

Aber einer aus der Familie musste falschspielen – anders konnte er sich den Diebstahl des kostbaren

Pergaments nicht erklären, denn niemand anderes hätte damit etwas anfangen können. Er musste es zurückbekommen, sonst brauchte er sich zu Hause nicht mehr blicken zu lassen. Da geriet es schon fast zur Nebensache, dass er auch sein Erkennungszeichen, sein Amulett, nicht mehr besaß. *Madonna mia*, was für eine Katastrophe!

Fiktion ist eine Tatsache!
(Aus Schallers geheimem Tagebuch)

Magie und Mafia

Giovanni de Santis war zur Fahndung ausgeschrieben. Für die behandelnden Ärzte stellte es zwar ein Rätsel dar, wie er das Krankenhaus trotz seiner schweren Verletzungen überhaupt hatte verlassen können, aber er würde in seinem Zustand sicherlich nicht weit kommen – das hatten sie Kleinlützum einhellig versichert. Der Kommissar war da weniger überzeugt. Der Mann hatte schließlich nichts zu verlieren. Einmal gefasst, würde er den Rest seines Lebens in einem deutschen Gefängnis verbringen – wenn sie ihm die Morde nachweisen konnten. Doch der Kommissar hatte diesbezüglich ein gutes Gefühl. Dieser de Santis war ihr Mann. Allerdings lag sein Motiv immer noch im Dunkeln. Ein Mafiakiller, ja. Doch es ergab sich einfach kein schlüssiges Bild. Was war sein wirklicher Auftrag gewesen?

Kleinlützum fielen die als Mafiamorde von Duisburg bekannt gewordenen Ereignisse vom August 2007 ein. Sie hatten die Stadt, ja ganz Deutschland, zutiefst erschüttert. Die Mafia hatte ihr hässliches Gesicht gezeigt und demonstriert, wie allgegenwärtig sie bereits im Land war: In den Morgenstunden des 15. August 2007 waren sechs Menschen vor einem italienischen Restaurant in Duisburg erschossen wurden. Aufgrund seiner Brutalität sorgte der Fall auch im Ausland für großes

Aufsehen. Den Morden war eine ausgelassene Geburtstagsfeier am 14. August vorausgegangen. Als die Beteiligten weit nach Mitternacht zu ihren Autos gingen, wurden sie von unbekannten Personen erschossen. Der Notruf ging bei der Polizei um 2.24 Uhr ein, und um 2.30 Uhr waren die Kollegen vor Ort. Die Opfer saßen in ihren Autos – über 70 Schüsse waren auf sie abgegeben worden.

Schon wenige Wochen nach der Tat wurde der später verhaftete Giovanni S. mit der Tat in Verbindung gebracht. Er sollte einer der Todesschützen gewesen sein, denn im Fluchtfahrzeug fanden sich seine DNA sowie Schmauchspuren. Die Ermittlungen der italienischen und der deutschen Polizei wurden in der Folge intensiviert, und man bildete eine gemeinsame Task-Force zur Lösung des Falles, an der Kleinlützum zeitweise beteiligt war. Die Ermittlungen der deutschen Polizei ergaben, dass die 'Ndrangheta, die kalabrische Mafia, insbesondere in Nordrhein-Westfalen über feste Stützpunkte verfügt.

Das alles ging dem Kommissar durch den Kopf, als er während der Nachbereitung ihrer Untersuchungen im Krankenhaus in Geldern zu dem möglichen Täter Giovanni de Santis Überlegungen anstellte. Das war eine typische Mafiageschichte. Und trotzdem: Sie hatten verwertbare DNA-Spuren im Zimmer und im Auto von de Santis gefunden, sie mit ihrer Computerdatei abgeglichen – und sie waren endlich fündig geworden. Giovanni de Santis, mit richtigem Namen Michele Galvano, gehörte offenbar zur italienischen Mafia und stammte aus Neapel. Die Mitglieder seiner Familie zählten zu den einflussreichsten Kriminellen der Stadt, aber man hatte den Galvanos bislang jedoch nichts nachweisen können. Michele war einmal wegen Einbruchs zu zwei Jahren Gefängnis verurteilt worden – sein Vater Paolo Galvano, ein vermögender Immobilienmakler, der auch seine Finger tief in der lokalen Politik stecken hatte, konnte aber dafür sorgen, dass der Sohn nur die Hälfte der Zeit absitzen musste. Und dieser reiche Sohn hielt sich nun bereits längere Zeit am Niederrhein auf und war mutmaßlich der Doppelmörder von Vluyn. Da stimmte doch etwas nicht! Worum ging es hier eigentlich?

„Es hilft alles nichts. Wir werden diesen van den Boom in die Zange nehmen müssen", sagte Kleinlützum zu Schaller. Der Alte an der Pforte hatte ausgesagt, dass sich ein junger Mann nicht gerade unauffällig nach dem Italiener erkundigt habe, kurz bevor sie eingetroffen waren. Der Beschreibung nach musste es sich dabei um Leo van den Boom handeln. Kleinlützum hatte zwar so ein Gefühl, dass van den Boom nichts mit den beiden Morden zu tun hatte, aber er war mit der Absicht ins Krankenhaus gekommen, Giovanni de Santis zu finden. Van den Boom schien etwas über ihn zu wissen, was er und Schaller offenbar nicht wussten. Oder bestand gar die Möglichkeit, dass er dem Täter zur Flucht verholfen hatte? „Wir werden das klären, du komischer Antiquar", knirschte Kleinlützum, und seine Augen funkelten dabei entschlossen. Dann griff er zum Telefon und orderte eine Streife für den nächsten Tag. Die sollte Boomi schon am frühen Morgen abholen und unverzüglich ins Präsidium bringen.

Boomi musste sich eingestehen, sich ausgesprochen kopflos – und ganz einfach blöde verhalten zu haben. Durch seine unnötige Flucht saß er nun tief in der Patsche. Die beiden Kommissare mussten ja zwangsläufig annehmen, dass er etwas mit de Santis zu tun hatte. Hatte er ja auch, aber nicht so, wie sie vermutlich glaubten. Für Boomi gab es da kein Vertun, dass sich die Herren in dieser Frage noch einmal freundlich an ihn wenden würden – um es mal dezent auszudrücken.

Faszinierend dagegen war dieses merkwürdige Amulett, das er unter dem Tischchen im Krankenhaus hervorgezogen hatte. Boomi hatte es vor sich auf dem Schreibtisch liegen und inspizierte es neugierig immer wieder von allen Seiten. Immerhin betrachtete er sich als Kenner von Geheimkulten und magischen Ritualen. Das Amulett hatte eindeutig etwas Magisches an sich, aber auch etwas, das es mit einer weltweit verbreiteten Organisation, mit einem Geheimkult, in Verbindung brachte. Ob die Mafia magische Rituale pflegte? Keine Ahnung, aber man durfte es nicht ausschließen.

Einige Symbole erkannte Boomi sofort: Sonne und Mond, Zirkel und Winkelmaß, das Hexagramm, die Zahl 33 in römischen Lettern, eine Pyramide mit einem Auge im Schlussstein und den Stab des Merkur, um den sich zwei Schlangen spiralförmig wanden. Dieses uralte Symbol, das auch die Alchemisten des Mittelalters gerne verwendeten, betont die Einheit aller Gegensätze wie Himmel und Erde, Gut und Böse oder Norden und Süden. Die meisten Symbole und Zeichen dagegen blieben Boomi fürs Erste verschlossen. Stellte das Amulett am Ende etwas rein Privates dar? Doch er glaubte das nicht. Denn mit einem ganz bestimmten Symbol neben anderen, die seine Annahme stützten, hatte sich sein Träger verraten. Damit gab er seine Zugehörigkeit zu einer bedeutenden Organisation preis. Es waren neben der Pyramide und dem Hexagramm vor allem Zirkel und Winkelmaß, die glasklar auf die Freimaurer schließen ließen. Als Freimaurer war man niemals Privatmann. Freimaurer lebten in der Gemeinschaft Gleichgesinnter. Wenn dieses Amulett wirklich Giovanni de Santis gehörte – woran Boomi nicht zweifelte – dann verdeutlichte es damit für alle, die seine Symbolik zu lesen verstanden: „Ich gehöre einem Geheimkult mit freimaurerischer Gesinnung an." Zugleich war de Santis vermutlich Mitglied der neapolitanischen Mafia. Das war eine höchst gefährliche Mischung, die Boomi beunruhigte, denn dass Giovanni de Santis nicht lange fackelte, zeigten seine beiden Morde im Museum. Boomi war sich, was seine Vermutungen in Bezug auf Freimaurer und Geheimkult betraf, ganz sicher.

Jetzt bekam auch die merkwürdige Stellung der Leiche von August Kreymann einen Sinn. Der Mörder hatte im Nachhinein Arme und Beine seines Opfers überkreuzt ausgerichtet, als handele es sich dabei um ein bestimmtes Ritual. Das war zwar nicht typisch freimaurerisch, aber es wies zweifellos in genau diese

Richtung: Geheimbund, Männerbund, Rituale, aber auch unübersehbar Mord als Instrument, um an seine Ziele zu gelangen oder um etwas zu verschleiern. Für einen normalen Freimaurer war Gewalt tabu. Aber ausgerechnet Italien hatte vor Jahren auf blutige Weise gezeigt, dass es Freimaurer gab, die anders dachten und handelten: Die berüchtigte Loge „Propaganda Due", die P 2. Boomi hatte das damals in den Nachrichtensendungen mit großem Interesse verfolgt. Genau hier, bei dieser Loge oder in ihrem Umfeld, würde er ansetzen und weitersuchen müssen, wenn er den Grund für die Morde finden und das ungewöhnliche Interesse an dem Säbel verstehen wollte.

Dann gab es da noch das ominöse Pergamentstückchen aus dem Säbelgriff. Darauf war zweifellos das Hauptaugenmerk des Täters gerichtet. *Alles hängt mit allem zusammen*, sinnierte Boomi und rekelte sich gemütlich auf seiner Couch, auf die er zwischenzeitlich umgezogen war. Das Feld, das er da beackerte, war zwar gefährlich, aber de Santis hatte ja keine Ahnung von ihm. Er durfte sich also sicher fühlen. *Ich muss anfangen, die einzelnen Puzzleteile zu einem sinnvollen Ganzen zusammenzufügen.* Danach, so hoffte er, würde sich der Nebel um dieses Geheimnis hoffentlich lichten.

Wahr spricht, wer Schatten spricht. (Paul Celan)

Die liebe Familie

Es wurde sozusagen stündlich besser mit ihm. Er regenerierte, auch weil er bestens durchtrainiert war. Giovanni genoss die Ruhe und Zurückgezogenheit seines selbst gewählten Exils im holländischen Arcen, wo ihn niemand vermutete, weder die deutsche Polizei noch seine Familie. Das war gut so, denn Giovanni musste sich gründlich überlegen, wie es jetzt weitergehen sollte. Weil er davon ausging, dass jemand aus seiner eigenen Familie gegen ihn vorgegangen war, hatte er sich in den letzten Tagen das Gehirn darüber zermartert, wer von seinen Geschwistern so weit gehen würde und warum. Don Paolo, der Großmeister und zugleich sein Vater, schied aus. Von ihm hatte er den Auftrag erhalten, das Pergament zu besorgen. Wenn Don Paolo ihm hätte schaden wollen, wäre das für den mächtigen Patron in Neapel einfacher gewesen. Auch seine Brüder oder sein Onkel kamen für Giovanni nicht infrage. Im Grunde gab es für seine Blutsverwandten kein wirkliches Motiv, ihn in eine solche Falle laufen zu lassen. Die Familie war alles. Die Familie hielt zusammen wie Pech und Schwefel. Die Rangordnung innerhalb der Sippe und in der Loge war klar geregelt. Er hatte sich niemandem gegenüber etwas zuschulden kommen lassen. Er lag mit niemandem von ihnen im Streit. Es gab eigentlich kein Motiv, jedenfalls nichts, das Grund genug gewesen wäre, ihm auf diese massive Weise schaden zu wollen.

Nein, Giovanni ahnte, was geschehen war. Was vermutlich ohne Absicht geschehen war. Aber am falschen Ort, zur falschen Zeit. Die Schwachstelle war wahrscheinlich seine geliebte Schwester Aurelia. Sie war geschwätzig wie eine verliebte Amsel und benahm sich manchmal sehr, sehr dumm und naiv. Ihre Freundinnen waren allesamt nicht weniger schwatzhaft. Einige von ihnen verkehrten leider Gottes mit den falschen Männern aus den falschen Familien – nämlich den verhassten Chellinis und den Mottas. Er hatte seiner Schwester deshalb mehr als einmal Vorwürfe gemacht, aber sie konnte oder wollte sich nicht von ihren Freundinnen abwenden. Giovanni konnte sich sehr gut vorstellen, dass Aurelia in einem unpassenden Moment etwas ausgeplaudert hatte. Unabsichtlich, einfältig, dumm. Sie kannte seinen Auftrag. Sie könnte einer Freundin davon erzählt haben. Irgendwann. Irgendwo. Vielleicht nur in einem Nebensatz? Nicht einmal ausführlich. Aber das hatte vermutlich schon ausgereicht, um ihm, dem Ahnungslosen, eine Falle zu stellen. Schließlich ging es um eine Menge. Und wenn Don Daniele Motta oder Don Mario Chellini den Galvanos eins auswischen konnten, dann fackelten sie nicht lange. *So ähnlich wird es gelaufen sein*, dachte Giovanni bitter. Wer auch immer von den beiden Familien hinter ihm her war, wer auch immer jetzt das kostbare Pergament an sich genommen hatte – er war erst durch Aurelias Leichtsinn darauf aufmerksam gemacht worden. Ganz sicherlich. *Madonna mia*, dachte Giovanni frustriert, *was hast du mir angetan, geliebte Schwester? Was hast du uns, deiner Familie, mit deinem Leichtsinn angetan?*

Wenn Giovanni de Santis alias Michele Galvano geahnt hätte, dass er sowohl richtig als auch völlig falsch lag mit seiner Vermutung – es hätte ihn noch viel mehr beunruhigt.

Van den Boom kommt auf den Punkt

Die Polizei stand – zumindest für Boomis Verhältnisse – ziemlich früh auf der Matte. Die Beamten machten ihm unmissverständlich klar, dass er sich sofort anzuziehen habe. Frühstück fiele aus. Boomi wurde mit Blaulicht nach Duisburg zum Kommissariat gebracht, wo man ihn erst einmal eine Stunde in einem schlecht gelüfteten Raum warten ließ.

Kleinlützum und Schaller hatten sich vorgenommen, Boomi so richtig in die Mangel zu nehmen. Der Kommissar mit der Schwäche für Essensbestellungen per Telefon hatte die Nase gestrichen voll von Boomis permanenten Ausflüchten und offensichtlichen Lügen. Es sei geradezu auffällig, dass sich Boomi jedes Mal, wenn es irgendwie um die beiden Morde oder um den Täter gehe, in unmittelbarer Nähe befinde, hielten sie dem völlig verdatterten Antiquar aus Vluyn vor.

„Eine Frage vorweg, Herr van den Boom", fuhr Kleinlützum fort. „Geht es Ihrem Onkel wieder besser oder haben Sie am Ende sein Krankenzimmer gar nicht mehr gefunden?"

Kleinlützum lauerte wie eine Spinne in ihrem Netz auf Beute. In diesem Fall war die Beute eine falsche oder auch nur unverfrorene Antwort des Verdächtigen. Weil Boomi zu lange zögerte, brüllte Kleinlützum ihn an: „Ich habe es satt mit Ihnen, Herr van den Boom. Satt. Satt. Satt. Sie antworten mir jetzt sofort auf meine Frage!"

Der Angeschriene zuckte unter dem unerwarteten Wutausbruch zusammen wie bei einem Stromschlag. „Aber ich ..." Weiter kam er nicht.

„Unterbrechen Sie mich nicht!"

Kleinlützum kam Boomi ganz nah, sodass der arme Antiquar die polizeiliche Knoblauchfahne riechen konnte. Kleinlützum zerkaute jeden Morgen auf dem Weg zu seinem Arbeitsplatz zwei große Zehen. *Das ist gut für die Venen*, antwortete er jedem, der ihn angewidert danach fragte.

Übertrieben langsam begann Kleinlützum, wurde dann aber mit jedem Wort lauter und bestimmter: „Ich verrate Ihnen jetzt mal was, Herr van den Boom. Sperren Sie Ihre Ohren auf! Wenn ich heute nur eine einzige dreiste Lüge von Ihnen zu hören bekomme – und sei sie auch noch so winzig –, oder wenn ich den Eindruck bekomme, dass Sie uns schon wieder verscheißern wollen – so wie mit Ihrem kranken Onkel, den Sie angeblich besuchen wollten –, schwöre ich Ihnen, dass ich Sie sofort in Untersuchungshaft nehme. Auf der Stelle! Meine Geduld ist zu Ende. Ich will von Ihnen sofort hören, was Sie im Krankenhaus zu suchen hatten! Ich will endlich erfahren, warum der Säbel nach dem ersten Mord fast vor Ihrer Haustür lag. Ich will endlich wissen, was Sie mit diesem Giovanni de Santis zu tun haben. Und ich kann Sie nur warnen, Herr van den Boom. Keine Fisimatenten mehr. Oder auf Hochdeutsch: Keine Ausflüchte. Nichts als die nackte Wahrheit. Nichts anderes! Los! Sie sind dran!"

Boomi war von dem Ausbruch und der Art und Weise, wie man mit ihm umsprang, völlig wirr im Kopf. Er schluckte mehrmals, dann flüsterte er eingeschüchtert: „Darf ich jetzt auch mal was sagen?"

„Aber bitte sehr. Zeichensprache werden wir nämlich nicht akzeptieren", bemerkte Schaller unheilvoll grinsend.

Boomi, leichenblass und innerlich völlig aufgewühlt wie nach einem Zusammenstoß mit einem Taschendieb, der ihm in Sekundenschnelle alles Wertvolle abgenommen hatte, stammelte: „Ich habe nichts mit dem Mörder und seinen Taten zu tun. Das müssen Sie mir glauben."

Die beiden Kommissare blickten ihn übertrieben mitleidig an. „Was meinen Sie wohl, wie oft wir diese zwei Sätze schon gehört haben", kommentierte Kleinlützum, und es klang, als würde er nicht mal seiner Mutter glauben, sollte sie ihre Unschuld beteuern.

Boomi erkannte, dass ihn nun jedes falsche Wort noch tiefer hineinreiten würde. Aber welche Chance hatte er überhaupt? „Ja, ich weiß, dass Sie von mir denken müssen, ich wäre in den Fall verwickelt. Aber das ist nicht so!"

„Wenn Sie beim nächsten Satz nicht sofort auf den Punkt kommen, ist Schluss", warnte Kleinlützum mit hochrotem Kopf. „Dann wandern Sie sofort in unsere schönste Zelle, und die Ermittlungen gegen Sie gehen erst richtig los."

„Ich gebe zu, dass ich nicht meinen Onkel im Krankenhaus besuchen wollte."

„Sondern?" Schaller gähnte demonstrativ und blickte danach gelangweilt.

„Ich wollte zu diesem de Santis, weil ich den Mörder sehen wollte. Ich wollte mich davon überzeugen, dass er es wirklich ist. Anschließend wollte ich Sie in Duisburg anrufen. Ich hatte zuvor herausbekommen, dass es handfeste Hinweise auf das Fahrzeug des Täters gibt. Alles, was ich mache, geschieht doch nur, um Judith Kuckelmann beizustehen. Die arme Frau ist ziemlich fertig mit den Nerven, liegt sogar im Krankenhaus. Da habe ich mich erinnert, dass am Haus von Perbix Kameras installiert sind."

„Wer ist Perbix?", fragte Kleinlützum mit gerunzelter Stirn.

„Der Uhrmacher gegenüber der Kulturhalle."

„Hm! Und der hat Kameras an seinem Gebäude?"

Boomi nickte. „Ja, und auf den Filmen kann man das Auto und den Täter erkennen. Und man sieht, dass der Wagen in Neapel zugelassen wurde."

„Was Sie nicht sagen?", staunte Schaller.

Kleinlützum warf ihm daraufhin einen grimmigen Blick zu. „Weiter!", forderte er barsch.

„Nachdem ich in der Zeitung von einem verunglückten Sportwagen auf der B 9 am Tatabend gelesen hatte, zählte ich eins und eins zusammen. Ich war überzeugt, dass dies das Fahrzeug des Mörders war. Jetzt musste das Kennzeichen nur noch aus Italien stammen, dann würde sich mein Verdacht bestätigen."

„Also haben Sie die Werkstatt von Mölders aufgesucht?"

Boomi bestätigte Kleinlützums Vermutung. Die beiden Kommissare schwiegen. Sie schwiegen sogar recht lange.

„Sie dürfen gehen, Herr van den Boom", sagte Kleinlützum nach einer ganzen Weile. Boomi blickte überrascht.

„Schluss jetzt mit Ihren Detektivspielchen! Schluss mit Ihrer romantischen Vorstellung, Sie würden damit Frau Kuckelmann helfen können. Stoße ich noch ein einziges Mal auf diesbezügliche Aktivitäten Ihrerseits, kriegen Sie fürchterlichen Ärger mit mir. Was haben Sie sonst noch rausbekommen?"

Das war eine Falle, und Boomi erkannte sie noch rechtzeitig. Er hatte kurz mit dem Gedanken gespielt, den Kommissaren etwas über seinen Verdacht zu erzählen, jemand habe auf einen Reifen des Unfallwagens geschossen, der nur deshalb außer Kontrolle geraten war. Doch Boomi biss sich auf die Lippen. *Kein Wort davon!*

„Nichts!", antwortete er ruhig.

Kleimlützum musterte ihn scharf. „Gut, Herr van den Boom. Eines gebe ich Ihnen noch mit auf den Weg, damit Sie einen guten Eindruck von uns haben. Es ist ein alter irischer Segensspruch: Mögest du immer Rückenwind haben!" Und leise merkte er – nur für Schaller hörbar – an: „Und mögen wir dich niemals mehr wiedersehen."

Boomi war sichtlich erleichtert, dass er das Kommissariat als freier Mann verlassen konnte. Kleinlützum hatte ihn sich ganz schön zur Brust genommen. Aber er, Boomi, hatte sich zuletzt doch noch wacker geschlagen. Wenn ihn doch nur Judith dabei hätte sehen können!

Kleinlützum und Schaller standen am Fenster ihres Büros und blickten hinunter auf die Straße. Sie beobachteten, wie Boomi das Haus verließ. „Er sagt vermutlich die Wahrheit", teilte Kleinlützum seinem Kollegen mit. „Das sehen Sie auch so, oder?"

„Ja, sicher", antwortete Schaller mit monotoner Stimme.

„Aber der kleine Scheißer in seiner Kate soll nicht denken, er wäre uns jetzt los. Wir werden ihm hin und wieder Feuer unterm Hintern machen, wenn wir das für nötig halten. Wir behalten ihn im Auge, klar?"

„Ja, sicher."

„Ob er uns wirklich alles gesagt hat, was er weiß, ist noch die Frage."

„Ja, sicher."

„Wo kommen wir denn da hin, wenn so ein nichtsnutziger Antiquar unsere Arbeit machen will? Hat sich die Kameraaufzeichnungen angesehen. Hat eins und eins zusammengezählt. Ich fasse es nicht. Und wir? Was haben wir uns angesehen?"

„Ja, sicher", kam es schon wieder von Schaller.

Kleinlützum blickte seinen Kollegen herausfordernd an. Er wollte eine Erklärung.

„Schlafen Sie heute Nacht mal gut, Chef", empfahl Schaller völlig unbeeindruckt. „Das hilft. Glauben Sie mir."

Es war zum Verzweifeln. Kleinlützum blickte ihn verdrießlich an und raunzte: „Schlafen, Schaller, schlafen! Das mache ich immer erst am Monatsende."

Ausnahmezustand in Vluyn! Alle Leute neben der Spur! Innenstadt völlig abgeriegelt! Kein Durchkommen für Pkws in Vluyn! Durchgangsverkehr nur noch über Nord- und Südring! Atomunfall wie in Japan? Nee! Heftiger! Alles op Klompen!

Der Klompenkönig

Der jährliche Klompenball in Vluyn. Klompenball – das ist ein Stadtteilfeiertag der allerhöchsten Stufe, wie das 60-jährige Kronjubiläum der Queen, nur viel, viel intensiver. Das ist so urtümlich und umwälzend, wie dies seinerzeit die Entdeckung des Feuers war. Das sind gefühlte 100.000 Vluyner in einem Zelt – das gerade mal für 500 Leute geeignet ist –, die sich mit Pfister und Nölleken die Kante geben. Das ist ein König mit einer kilometerlangen Kuhkette um den Hals. Das ist ein Königspaar mit riesigen Holzpantinen an den Füßen (und, nebenbei gesagt, kurz vor der Privatinsolvenz). Lange Rede, kurzer Sinn: Das ist Außenstehenden überhaupt nicht zu erklären. Dafür muss ein Mensch die höchste Reifeprüfung ablegen, und zwar *summa cum clompis*. Das aber geht nur, wenn er schon als Säugling mit Vluyner Muttermilch gestillt wurde.

Boomi war absoluter Klompenball-Fan. Sozusagen ein Ernstfall. Bereits als Fünfjähriger wollte er unbedingt Klompenkönig werden, weil er dessen lange Kette, mit der sich bequem drei Gefangene fixieren ließen, so unglaublich großartig fand. Jetzt, mit Ende 30, hatte er zwar seine einzige Königin fest im Blick, aber keine Kette, an die er sie hätte legen können. Klompenball – das bedeutete auch, old-fashioned herumzulaufen mit dunkelblauem Leinenkittel, schwatter Hose und klapperndem, strohgefülltem Holzschuhwerk.

Der Klompenball 2012 begann, und Boomi war zu allem bereit, wie jeder waschechte Vluyner – und wie alle Vluyner, die etwas auf sich hielten, wäre er eher bereit gewesen, Weihnachten, Vatertag und Allerheiligen abzuschaffen als dieses außerkirchliche und höchste Fest der vluyn'schen Natur.

Vor dem Ball kam die Kirmes. Die Niederrheinallee vor der Kulturhalle war dicht zugestellt mit sich drehenden, blinkenden, Lärm verbreitenden Fahrgeschäften, Losverkäufern, Bierbuden und anderen postmodernen Vergnügungsangeboten, die vornehmlich Magen und Gehirn betäuben.

An diesen Tagen konnte es durchaus vorkommen, dass sich Ehepartner nicht mehr wiederfanden, geschweige denn wiedererkannten. Sie konnten einander sogar plötzlich abschreckend finden oder sich, auch beim besten Willen, nicht erinnern, wo ihr Bett wohnte. Klompenball und vor allem Vluyner Kirmes: Das war der Ausnahmezustand mit Permanentblaulicht und Standleitung zu den umliegenden Krankenhäusern. Wer einmal dem Virus *Klompenball und Vluyner Kirmes* verfallen war, der erlebte sich mitunter wie neugeboren – neugeboren in einem vier Tage lang bestehenden Universum von Klompenfreitag bis Klompenmontag. Danach fiel man wieder aus der Klompenzeit heraus und fragte sich besorgt, wie und wo man eigentlich die letzten Tage in diesen komischen Schuhen verbracht hatte. Aber tief in jedem Vluyner wohnte die fest verankerte Gewissheit: In einem Jahr werde ich erneut bereit sein für ein Klompenleben von ganzen vier verrückten Tagen.

Im Zelt der Klompenfreunde stand man dichter als dicht, man stand sich eigentlich auf den Füßen – ein im Rhythmus der Musik ausgelassen wogendes Menschenpaket. Es war Klompenmontag, der heiligste der vier Tage, auch weil am Montag ein neues Königspaar gekürt wurde. An wen die Kette des Oberklompens Heinz-Oscar Plankendyk dann weitergereicht würde, schien niemand anderes zu wissen außer ihm selbst. Und wen genau es am Abend treffen sollte, war so unsicher wie die Wahl des nächsten Papstes. Aber ein jeder Klompe hoffte voller Sehnsucht darauf, dass die Wahl einmal auf ihn fiele.

Boomi war sicher eingehüllt in die alles durchdringende Klompenwelt, die ihn umgab wie ein Schutz vor bösen Kommissaren, frei herumlaufenden Mördern oder unerfüllten Liebeswünschen: Er genoss Bier, Schnaps und Musik wie kaum ein anderer. Was konnte ihm schon passieren, hier, wo die Welt einfach und klar strukturiert war? Es gab nur Klompen und nichts als Klompen.

Zehn Meter von ihm entfernt bemühte sich Gero

van Leyen um ein *lecker Mädchen*. Boomi kannte die Kleine, weil sie Frontsängerin der besten Rockgruppe der Stadt war. Ihre rauchige Stimme, verbunden mit ihren animalischen Bewegungen auf der Bühne, konnte ältere Herrschaften wie Gero leicht um den Verstand bringen. Unbeeindruckt von ihrer Jugend, versuchte der über 50-jährige Kulturbotschafter wohl nicht zum ersten Mal, die hübsche Sängerin von „Jeff Black" für sich zu gewinnen. Das Mädel war gerade mal ein Jahr lang dem Schülerleben am Stursberg-Gymnasium entwachsen, studierte jetzt BWL in Bonn und ließ in ihrer Freizeit auf der Bühne die Kuh fliegen. Erwartungsgemäß setzte sie Geros heftigem Werben ihr bittersüßestes Lächeln entgegen und ließ ihn abblitzen. Frustriert gab Gero schließlich auf und zwängte sich zwischen den Menschenleibern bis zu Boomi durch.

Kurz bevor sie zusammentrafen, pflügte der dicke Bauer Jakob Wellfonder – er schien schon reichlich getankt zu haben – in seinen Spezialklompen an ihnen vorbei. Wellfonder lallte unverständliches Zeug über Frauen, die ihn alle mal ... könnten und schob mit seinen Pranken grob die im Weg stehenden Leute beiseite. Unter dem Gegröle der Masse zu „Die Karawane zieht weiter, der Sultan hat Durscht" schwankte der Bauer in seinen riesigen Klompen, deren Holzspitzen keck nach oben gebogen waren, wie ein Ozeandampfer (und genau so unbremsbar) in Richtung Theke weiter.

„Wie die Klompen eines Mannes, so sein ...", meinte Gero grinsend und ließ den Satz unvollendet.

„Bist bloß neidisch, Junge. Hättest du diese Klompen bloß mal bei der Hübschen dort drüben getragen!" Boomi zeigte auf die Sängerin der Band. „Dann wären die Pantinen aber in Flammen aufgegangen, was?"

Gero konnte schon wieder lachen, murmelte jedoch etwas von *zickig* und gab Boomi ein Bier aus. „Prost!"

„Prost, mein Lieber."

Gero van Leyen war in Kamp-Lintfort aufgewachsen und dort zur Schule gegangen. Seit 20 Jahren wohnte er jetzt in Neukirchen-Vluyn. Sein Lieblingsthema waren die Politiker im Stadtrat, die angeblich alles für die Bürger tun, aber kein Geld dafür ausgeben wollen. Einige von ihnen hielten sich unter den anwesenden Klompenfreunden im Festzelt auf und feierten ebenfalls laut und ausgelassen. Mit einem Seitenblick auf die wilde Horde meinte Gero: „Schau dir die an, Boomi, fast alle von ihnen besitzen den schwarzen Gürtel in Selbstdarstellung. Wo macht man den bloß? Im ‚Kensho'?"

Der berühmteste Sporttreff der Stadt war Anziehungspunkt für Groß und Klein. Gero lachte bitter. Offenbar hatte ihn die Ablehnung des Mädchens doch mehr getroffen als er zugeben wollte.

Die Zeit flog dahin. Je länger der Tag andauerte, desto höher stieg der Alkoholpegel, desto lauter wurde es. Und dann kam der große Moment: Der nächste König aller Klompen wurde vom Klompenzeremonienmeister Heinz-Oscar Plankendyk persönlich ausgeguckt. Ehrfürchtig standen alle im Kreis um ihn herum. Eine Anspannung lag in der Luft, so intensiv wie am heiligen Abend kurz vor der Bescherung. Jeder der Anwesenden hätte sich beide Ohren dafür abbeißen lassen, einmal im Leben die einzigartige Kuhkette tragen zu dürfen. Dann ließ Plankendyk die Kette kreisen, immer wieder kreiste die Kette, immer wieder kreiste sie, das Kreisen nahm kein Ende. Manchem wurde es heiß und kalt, wenn der Königsmacher bei ihm stehen blieb und ihn dabei ansah, als wollte er sagen: „Auch du mein Sohn ... bist es nicht." Um dann seinen Weg fortzusetzen und weiterzusuchen. Endlos ging das weiter im Takt der Musik, die eigens für diesen Anlass komponiert zu sein schien. Endlos kreiste die Kette vorbei an den offenstehenden Mündern der Anwesenden, die der Dinge harrten und stumm darum beteten, dass ihnen diese Ehre endlich auch einmal zuteil werde. Die Suche nahm kein Ende, und die Qual zog sich immer weiter in die Länge. Wer würde das Spiel machen? Wer stand ganz oben auf der Liste? Kurz machte Plankendyk sogar bei Boomi halt. Es sah aus, als wollte er ihm die Kette um den Hals legen, aber im letzten Moment besann er sich anders. Boomi seufzte laut, und viele in der Menge atmeten auf. Nicht den komischen Kauz aus Rayen! Bitte nicht den! Der Königsmacher schien sie alle erhört zu haben.

Auf einmal fasste er eine Person ins Auge, die offensichtlich niemand auf der Rechnung gehabt hatte. Als wäre es schon lange ausgemacht gewesen, schritt Plankendyk schnurstracks auf diese Person zu und legte ihr unter dem Jubel der Klompenfreunde die alte Kuhkette um den Hals. Der Geehrte strahlte übers ganze Gesicht und lallte: „Nee! Hätt ich gar nich für möglich gehalten, dass du mich aussuchst, Oscar. Nehm ich aber gerne an. Prost!"

Glücklich riss er sein halbvolles Bierglas hoch, und alle im Zelt taten es ihm nach – eine eher nasse Angelegenheit. Boomi traute seinen Augen kaum, als er sah, wen Heinz-Oscar Plankendyk für das neue Amt erwählt hatte: Es war die Dampfwalze von vorhin – Jakob Wellfonder, das Mutterschiff aller Bier- und Doppelkornverwerter, ein Ekel par excellence. Die Frau war ihm schon vor Jahren weggelaufen, sodass es keine zukünftige Königin gab, der Plankendyk ein mit Wildblumen verziertes Basthäubchen hätte aufsetzen können. Was hatte er sich nur dabei gedacht? Das war sehr, sehr ungewöhnlich.

Noch ungewöhnlicher war, was Wellfonder von sich gab, als er gefühlte zehn Stunden später das Festzelt endgültig verließ. Boomi war rein zufällig in der Nähe, als Wellfonder I. an ihm vorbeitorkelte. Dabei hielt sich der Dicke an Plankendyk fest wie am buchstäblich letzten Strohhalm. Der wiederum versuchte, den frischgebackenen König zu stützen und zu leiten, ohne dabei selbst zu Boden zu gehen. Boomi sperrte die Ohren auf, als Wellfonder lallte: „Issupertollgelaufen, Oscar. Danke, mein Freund. Du hasmichja vor Kurzem aufn Säbel angesprochen. Der lag ja ewig bei uns aufm Dachboden rum. Bis er uns innie Finger fiel. Weißdu, wir wollten damals nix öffenlich sagen, wegendem uralten Gerücht, dem wollten wir keine Nahrung gehm …"

„Nahrung? Meinssu Schnaps aus Korn gebrannt?"

Auch Plankendyk war nicht mehr so ganz Herr seiner Sinne und seiner Zunge.

„Keinen Schnaps. Nee. Da gibs Leute in Vluyn, die behaupten, bei uns aufm Hof hättense früher nen Franzosen verscharrt. Damals als dieser Nappo hier herumbanduste ..."

Boomi, obwohl selbst nicht mehr ganz nüchtern, blieb den beiden dicht auf den Fersen, um bloß alles mitzubekommen.

Ein niederrheinischer Bauer trifft auf seinem Feld einen Mann, den er nicht kennt. „Wer bist du?", fragt er empört den Fremden auf seinem Grund und Boden. „Wer ich bin? Wer ich bin? Na, ich bin der liebe Gott. Ich habe dich und die ganze Welt erschaffen." „Aha!", sagte der Bauer aus Vluyn. „Und watt tust du auf min Acker?"

Eine ereignisreiche Nacht auf Lenterkamps Hof

Boomi plante einen Einbruch. Nichts Großes. Nichts Gefährliches. Nichts, wobei er sich hinterher wie ein Krimineller fühlen würde. Der privateste Privatdetektiv der Region hatte nur den Wunsch, sich mal ein wenig umzusehen. Jetzt, nachdem er den Fundort des Säbels en passant erfahren hatte, wollte er mehr über den alten Dachboden von Lenterkamps Hof – dem Hof, auf dem Wellfonder hauste – herausbekommen. Genau dort plante er seinen Einbruch, weil ihn der dicke Bauer niemals freiwillig auf sein Gelände und schon gar nicht unters Dach gelassen hätte – Jakob Wellfonder war nicht gerade als Menschenfreund bekannt. Er würde Boomi vom Hof jagen wie einen räudigen Köter.

Also komme ich nachts zu dir, dachte Boomi. *Wenn du schläfst oder nicht zu Hause bist.* Er würde weder etwas kaputtmachen noch etwas stehlen. Er würde nur das Terrain sondieren, weil er mit eigenen Augen sehen wollte, wo der Säbel so viele Jahrzehnte lang verborgen gewesen war. Vielleicht bekam er dadurch den entscheidenden Einfall? Wie der aussehen sollte, davon hatte er allerdings noch keine Ahnung. *Ich werde es einfach versuchen. Vielleicht kommt was Gutes dabei heraus.* Längst hatte er sich vorgenommen, das Geheimnis des Säbels zu lüften, schon um Judiths willen. Und Lenterkamps Hof war in der mörderischen Geschichte zwar ein kleines, aber sicherlich nicht unwichtiges Puzzlesteinchen.

Während er überlegte, wie er seinen Plan am besten umsetzen könnte, wanderten seine Gedanken auch zu Heinz-Oscar Plankendyk. Offenbar hatte der beliebte Königsmacher der Klompenfreunde Interesse an dem Säbel bekundet. Warum eigentlich? Konnte es sein, dass es eine Abmachung zwischen Wellfonder und Plankendyk gab? Einen Deal? Hatte Plankendyk Wellfonder zum nächsten Klompenkönig gekürt, um etwas Bestimmtes dafür zu bekommen? Vielleicht sogar etwas Wertvolles? *Ich phantasiere*, wies sich der Antiquar und Heimatforscher selbst zurecht. Er kam zu dem Schluss, dass Wellfonder nichts besaß, das Plankendyk hätte interessieren können. Der Säbel war schon lange Eigentum des Museums – den bekam niemand zurück. Sein geheimnisvoller Inhalt – das Pergamentstückchen – war ebenfalls verschwunden. Was also konnte Plankendyk sonst noch interessieren? *Ich sehe Gespenster*, dachte Boomi, *sehe etwas, wo es nix gibt und spinne mir was zusammen.* Wichtiger war es, sich auf den Einbruch zu konzentrieren. *Wie und wann steige ich bei Wellfonder ein? Gibt es einen Tag, an dem der Kerl vielleicht nicht zu Hause ist? Wo er vielleicht im Alt Derp oder in den Vluyner Stuben abhängt?* Beide Gaststätten zählten zu Wellfonders Lieblingstanken, das war stadtbekannt. Hier kehrte er häufiger ein als ihm gut tat, betrank sich, bis er sternhagelvoll fast vom Hocker am Tresen fiel, und ließ sich spätnachts von Kanther, dem bekanntesten Taxler vor Ort, zum Hof zurückkutschieren. Boomi musste solch einen Abend abpassen. Das war die beste Gelegenheit, sich mal ein wenig auf dem Lenterkamps Hof umzusehen. *Solange mich dort kein Düwelchen holen kommt*, dachte er schmunzelnd.

Das mit dem *Düwelchen* oder Teufelchen war auch so eine merkwürdige Geschichte. Ein Heimatdichter aus Neukirchen-Vluyn hatte vor Jahren aus der mehr als 150 Jahre alten Sage vom *Lenterkamps Düwelchen* ein witziges Theaterstück gestrickt. Angeblich sollte es auf dem Hof gespukt haben. Genauer gesagt, sollte der Höllenfürst höchstpersönlich dort umgegangen sein. Wenn Boomi recht überlegte, gab es keinen einzigen Hof in Neukirchen-Vluyn, von dem Ähnliches erzählt wurde. Das konnte doch kein Zufall sein! Manchmal steckt ja in so einer Geschichte ein wahrer Kern. Irgendetwas Schauriges war offenbar auf dem alten Hof von Jakob Wellfonder vorgefallen, vor langer, langer Zeit. Hatte der Dicke nicht im Suff von einem verscharrten Franzosen aus der Zeit Napoleons gefaselt? Ging es dabei vielleicht um Mord? Um eine Gewalttat, die man anschließend vertuscht hatte? Weil die Jahre des Krieges und der Besetzung durch die Franzosen rau gewesen waren und Gefahr von allem und jedem drohte?

Schaue ich doch vor Ort mal nach, nahm sich Boomi vor. *Spannend ist es allemal. Und mit etwas Glück ...*

Es war dunkel, kalt und nass. Eigentlich ist der ganze Niederrhein ein riesiges Feuchtbiotop – unermüdlich laufen hier Tag und Nacht die Pumpen. Sie saugen das Wasser aus der Erde, leiten es über Kanäle und Gräben zum Rhein. Würde eine Terrorgruppe alle Pumpenhäuschen hier über Nacht in die Luft sprengen, würde die Region absaufen wie einst die Titanic auf offenem Ozean. Tod durch Ertrinken nach einem Anschlag ... das hatte es noch nicht gegeben.

In manchen Nächten glaubt man am Niederrhein, eher ein Fisch als ein Mensch zu sein. So eine Nacht war heute. Boomi hustete, weil ihm die Feuchtigkeit ins Gebälk zog. Er zerrte seine Jacke enger um den Oberkörper und näherte sich vorsichtig dem Hof des neuen Klompenkönigs. Zum Glück war dessen geliebter Rex, der bissigste Schäferhund von Neukirchen-Vluyn, schon lange tot. Er war Opfer eines vergifteten Steaks geworden, das ihm ein Fan vor die Nase geworfen hatte. Zum Glück hatte der sich später nicht geoutet. Wer weiß, womit Jakob Wellfonder zurückgeworfen hätte?

Boomi hatte erfahren, dass der Bauer montags, mittwochs, freitags und samstags im „Alt Derp" und die restlichen Abende in den „Vluyner Stuben" verbrachte. Gegen 19 Uhr marschierte Jakob los und blieb dann in der Kneipe, bis der Wirt ihn mit aller Kraft aus der Tür schob und hinter ihm abschloss. Boomi checkte seine

Taschenuhr. Es war genau 22.35 Uhr – also die beste Zeit, um einzusteigen.

Boomi nahm an, dass niemand auf dem Hof war. Jakob Wellfonder lebte allein, seine Frau war nicht mehr da. Seine beiden Söhne Max und Phillip, so erzählte man im Dorf, hatten sich schon vor Monaten ins Ausland abgesetzt, weil ihnen der Vater zu anstrengend, zu aufbrausend und zu herzlos gewesen war. Es gab einen Knecht, der mit aushalf, aber der war jeden Abend froh, wenn er nach Hause gehen konnte – weit fort von Lenterkamps Hof. War Jakob Wellfonder schon zu seinen Söhnen ungerecht und hart gewesen, so galt das erst recht für einen Fremden. Boomi konnte also davon ausgehen, sich unbemerkt auf dem Gelände und später im Haus bewegen zu können. Er sollte sich allerdings irren.

Wo genau er einbrach, würde er dem Zufall überlassen. Er wusste, dass man es auf den niederrheinischen Höfen nicht so mit dem Zusperren hatte. Also hoffte er, dass es irgendein offenes Fenster oder eine Tür gab, die nicht abgeschlossen war. Dennoch näherte er sich dem Haupthaus sehr vorsichtig, nachdem er den Innenhof betreten hatte – man konnte ja nicht wissen, ob sich Wellfonder nicht doch etwas für ungebetene Gäste hatte einfallen lassen, wenn er seine Saufabende absolvierte. Eine Flutlichtanlage, die sensorgesteuert ansprang, oder ein neues Kalb von einem Köter, das plötzlich aus einer dunklen Ecke auf ihn zuschoss. Es geschah jedoch nichts dergleichen. Trotzdem war Boomi geschockt, denn – unfassbar – es brannte Licht in einem der Parterrezimmer. Einen Moment lang spielte er mit dem Gedanken, sein Unternehmen abzubrechen. Aber dann siegte die Neugier. *Warum ist der alte Säufer zu Hause geblieben? Warum verstößt er gegen seine Gewohnheiten?* Vorsichtig näherte sich Boomi dem hell erleuchteten Fenster und hörte bereits Stimmen, bevor er es erreicht hatte. Es stand auf Kipp, sodass er problemlos mitbekam, was im Zimmer dahinter gesprochen wurde. Auch ohne die beiden Männer sehen zu können, erkannte er sofort die Stimmen von Wellfonder und Plankendyk. Beide redeten über den Säbel und alte Zeiten. *So ein Mist*, durchfuhr es Boomi. *Das darf doch nicht wahr sein.* Wieso hockte der Kerl um diese Zeit nicht in seiner Stammkneipe? Musste er ausgerechnet jetzt mit dem Königsmacher plaudern?

„Du kannst das alte Ding behalten", sagte Wellfonder gerade zu seinem Gast. „Ich habe es dir ja versprochen, wenn du mich auswählst."

Also gab es tatsächlich einen geheimen Deal zwischen Königsmacher und neuem Klompenkönig. Boomi versuchte, etwas durch die Scheibe zu erkennen, ohne entdeckt zu werden. Offenbar hielt Wellfonder ein kleines dunkles Säckchen in Händen, mit dem er beim Sprechen vor Plankendyks Gesicht herumfuchtelte. Was konnte das sein?

„Also hat deine Familie damals wirklich diesen Franzosen kaltgemacht?", fragte Plankendyk. „Die Geschichten darüber sind keine Märchen?"

„Ja, muss wohl so gewesen sein", brummte Wellfonder, dem das Thema unangenehm zu sein schien. „Nichts Genaues weiß man nicht. Ist vermutlich in Notwehr geschehen. Herrschten ja Kriegszeiten damals, als die Franzosen über uns kamen."

Boomi war wie elektrisiert. Was gestand Wellfonder da eben so mir nichts, dir nichts ein? Das war ja höchst aufschlussreich.

„Und dieses Säckchen hast du damals zusammen mit dem Säbel auf eurem Dachboden entdeckt?"

„Wenn ich es dir doch sage. Genauso ist es gewesen, Oscar."

„Und warum befindet es sich nicht ebenfalls im Museum?"

Wellfonder grinste böse und trat dabei einen Schritt zurück. Boomi wäre mit seiner Nasespitze beinahe an die Scheibe gestoßen, so gebannt beobachtete er die Szene. Er wollte kein einziges Wort verpassen.

„Weil ich bei denen bloß von dem Säbel erzählt habe. Das mit dem Kugelbeutel habe ich verschwiegen. Weshalb, weiß ich nicht mehr. Wollte das Ding vielleicht als Erinnerungsstück behalten. Aber du sammelst doch so 'n olles Zeug." Er wog das Säckchen prüfend in seiner Hand, und Boomi konnte sehen, dass sich darin alte Kugeln befanden. *Ein bemerkenswerter Fund aus der Vergangenheit, als Napoleons Truppen am Niederrhein gewütet haben*, dachte er. Offenbar war damals einer der französischen Offiziere in die Hände von Wellfonders Familie gefallen – warum auch immer. Vielleicht war es zum Kampf gekommen – eventuell nur wegen eines Stücks Brot und etwas Käse; die Zeiten waren hart gewesen. Wer konnte das heute noch sagen? Jedenfalls hatten sie ihn ermordet und anschließend verscharrt, Säbel und Kugelbeutel aber behalten.

„Hier, fang auf, Oscar. Er gehört jetzt dir. Nimm ihn als Lohn für deine Arbeit. Ich bin jetzt Klompenkönig, und du hast was Echtes aus der Zeit dieses Clowns aus Korsika." Jakob Wellfonder lachte grimmig, als wäre er der Teufel persönlich, der eben ein gutes Geschäft mit einer armen Seele gemacht hatte. Und im Prinzip verhielt es sich auch so … Boomi fröstelte plötzlich.

Plankendyk fing den Kugelbeutel auf, schien sich wirklich darüber zu freuen und wog das Ding abschätzend in der Hand. „Danke, mein Guter. Ich weiß dieses Geschenk zu schätzen." Dann zog er entschlossen an dem Faden, der das Ledersäckchen verschloss, öffnete es, starrte neugierig hinein, griff schließlich in den Beutel und fischte ein paar der uralten Kugeln heraus. Interessiert betrachtete er sie. „Sehen fast noch aus wie neu."

Er legte sie zurück, fasste nun mit drei Fingern tiefer hinein und schien den Inhalt durchzusieben, bis er offenbar auf etwas stieß, das ihn irritierte. Es lag ganz am Grunde des Kugelbeutels verborgen und schien keine Kugel zu sein. Plankendyk stutzte zunächst, dann zerrte er das merkwürdige Ding aus dem Beutel heraus. Es war zur allgemeinen Überraschung – auch der des heimlichen Beobachters am Fenster – ein fein gefaltetes Stück Pergament von quadratischer Form und vielleicht drei mal drei Zentimetern Kantenlänge. Boomi konnte sehen, wie verblüfft Plankendyk und Wellfonder waren. Damit hatten die beiden offenbar nicht gerechnet. Vorsichtig faltete der Königsmacher das Pergament auseinander.

„Was ist das für 'ne komische Zeichnung?", fragte Wellfonder erstaunt. Boomi konnte nichts erkennen.

„Sag bloß, du hast die noch nie zuvor gesehen?"

„Nee! Wie denn? Ich hab nur in das Ding reingeguckt, die Kugeln entdeckt, aber nicht so darin rumgewühlt wie du."

„Sieht aus wie ein Stück von einem Plan", vermutete Plankendyk, „irgendein Plan oder ein Hinweis."

„Oder einfach nur Quatsch!", brummte Wellfonder.

Boomi wäre am liebsten direkt durchs Fenster ins Zimmer gesprungen, um diesen Plan, der 200 Jahre lang versteckt in einem Kugelbeutel gelegen hatte, näher in Augenschein zu nehmen. Aber das ging natürlich nicht.

„Was soll das sein?", rätselte Plankendyk kopfschüttelnd. Wellfonder schwieg. In seinem Kopf schien es jedoch heftig zu arbeiten.

„Merkwürdige Symbole, Zeichen, und hier steht was geschrieben: *Rhen, Cell, Dieknip*, und das hier kann ich nicht entziffern, ein Quadrat, darin ein Kreis, zwei Wellenlinien neben einem Halbmond oder so was in der Art. Häh? Was ist das bloß?", wunderte sich Plankendyk und verzog fragend das Gesicht.

„Ehrlich gesagt, keine Ahnung, Herr Klompenmacher", knurrte Wellfonder gereizt. Offenbar ärgerte er sich gewaltig darüber, das Pergament nicht selber entdeckt zu haben. Wenn es wertvoll war, ließ sich damit noch Geld verdienen. Aber er hatte es ja zusammen mit dem Beutel verschenkt – wie dumm auch!

„Sag mal, Jakob, macht es dir was aus, wenn du mir den Dachboden mal zeigst? Ich bin noch nie da oben gewesen."

„Warum?"

Plankendyk gab sich geheimnisvoll. „Vielleicht habe ich ja eine Idee, wenn ich den Ort mit eigenen Augen sehe. Vielleicht haben deine Vorfahren diesen seltsamen Plan angefertigt, weil sie noch andere wertvolle Dinge da oben versteckt haben? Könnte ja sein!"

Wellfonders Augen leuchteten gierig auf. Diese Vorstellung gefiel ihm. „Ach, du denkst, wir sollten mal zusammen nachsehen? Mit dem Plan in der Hand?"

„Klar, warum nicht? Ist bloß so eine Idee von mir. Kann ja nicht schaden. Aber vorher muss ich deine Toilette benutzen. Das letzte Bier will raus. Und mit voller Blase gehe ich ungern auf Schatzsuche."

„Ich auch nicht, Oscar. Aber ich komme mit dir, weil ich dir was erklären muss. Der Drücker der Spülung ist defekt. Du musst ..." Er hielt inne. „Ach komm, ich zeig' es dir."

Plankendyk legte den Kugelbeutel und das schmale Pergamentstück auf dem Tischchen neben dem Sofa ab und verließ zusammen mit Wellfonder das Zimmer.

Das ist meine Chance, durchzuckte es Boomi. *Jetzt oder nie.* Er musste das Pergament unbedingt in die Finger kriegen. Hastig suchte er die Hauswand nach einer Möglichkeit zum Einsteigen ab – und fand sie beinahe sofort. Nicht weit von ihm entfernt gab es eine

Tür, durch die man zuerst in die Küche gelangte und von dort wahrscheinlich weiter ins Wohnzimmer, das direkt daneben lag. Boomi drückte die Klinke herunter. Die Tür war nicht verschlossen. Warum auch? Der Hausherr war ja nicht ausgegangen.

Boomi schlug das Herz bis zum Hals, aber er musste das tun. In der schmalen Küche roch es nach Kaffee. Wo war die zweite Tür, die ins Wohnzimmer führte? Dem Himmel sei Dank – da war sie. Entschlossen zog er sie auf. Dabei zitterten seine Hände, als wäre er stark unterzuckert. Der Raum war leer. Von Weitem hörte er die Stimmen der beiden Männer – Plankendyk vermisste Klopapier und Wellfonder brummte: „Gott, auch das noch!"

Eilig durchquerte Boomi das Zimmer. Beim Tischchen angelangt, nahm er das Pergament hastig an sich. Schon hörte er Schritte auf dem Flur, die schnell näher kamen. Er war für einen Moment wie gelähmt, dann drehte er sich um und rannte zurück zur Küchentür. Kaum hatte er sie hinter sich zugezogen, betrat Wellfonder auch schon das Wohnzimmer. Boomi machte, dass er Land gewann. Er stürzte aus der Küche hinaus in den Hof, wäre dabei fast zu Boden gegangen, weil er eine Stufe übersehen hatte, und jagte wie von wilden Hunden gehetzt davon. Zum Glück war es stockdunkel, denn Wellfonder hatte den Einbrecher längst bemerkt und brüllte dem Flüchtenden hinterher, er solle verdammt noch mal stehen bleiben. Vergeblich. Wellfonder war fettleibig und kurzatmig und daher ein denkbar schlechter Sprinter. Er verfluchte sich dafür, keinen Rex von der Kette lassen zu können. Boomi entkam also unerkannt und hörte von ferne nur noch die gotteslästerlichen Flüche und wüsten Schreie des tobenden Bauern. Er legte im Laufen seine Hand auf die rechte Hosentasche und tastete durch den Stoff hindurch nach dem Pergament, das dort sicher verwahrt war. *Gott sei Dank.*

Was er nicht wusste: Ein Fremder, der sich im nahen Dunkel verbarg, nahm diese Tatsache ebenfalls wohlwollend zur Kenntnis. Hätte Boomi geahnt, dass er in diesem Augenblick scharf beobachtet wurde – er hätte sich äußerst unwohl in seiner Haut gefühlt. So aber lobte er fröhlich sich selbst, pries sein Glück und seinen tollen Sprint, den er trotz seiner zehn Kilo Übergewicht einfach glänzend hingelegt hatte.

Wie hieß es noch verbindlich in der Abschlussklasse von 1492? Die Welt ist eine Scheibe.

Jimmy Fonds zitiert aus der Bibel

Wie ein Häufchen Elend hockte Judith Kuckelmann vor ihrem schier endlos mit Post und Papieren überfüllten Schreibtisch im Museumskeller. Sie war erst seit ein paar Stunden aus dem Krankenhaus zurück, und obwohl sie nur einige Tage nicht im Hause gewesen war, war viel Arbeit liegen geblieben. Die Ausstellung über die 1950er Jahre befand sich in der entscheidenden Phase. Wie sollte es jetzt weitergehen? Die junge Frau fühlte sich mut- und kraftlos, glaubte, für nichts mehr brauchbar zu sein. Die beiden Morde hatten ihr arg zugesetzt. Nicht nur, dass zwei Menschen, die ihr nahegestanden hatten, sinnlos ihr Leben verloren hatten – war es denn wirklich ausgeschlossen, dass ihr selbst Gefahr drohte? Wer konnte denn guten Gewissens behaupten, dass der Mörder nicht ein drittes Mal zuschlagen würde? Judith fühlte sich, als hätte man ihr den Boden unter den Füßen weggezogen.

Walter Scherb, der Pächter der Kulturhalle, hatte an diesem Tag den Großen Saal an den ortsansässigen Betrieb „Tross & Söhne" vermietet. Die Firma hatte den bei Unternehmen berühmten und äußerst begehrten Referenten Jimmy Fonds aus Zürich eingeladen, der vor einem ausgewählten Kreis über das Thema „Warum wir alle übers Wasser gehen sollten" referierte. Voller

Leidenschaft gab er an diesem Abend seine Tipps zum Besten – für Führungskräfte und solche, die es noch werden wollten, sowie einige handverlesene Gäste, darunter auch den Bürgermeister, Anwalt Nietsche und den Grafen von Bloemsheim nebst Gattin. Fonds Thesen mochten zunächst ein wenig bizarr klingen, aber der bekannte Referent hatte damit bereits in zahllosen Seminaren sensationelle Ergebnisse bei den Teilnehmern erzielt.

„Hocken Sie sich doch einfach mal dazu", hatte Scherb der Museumsleiterin vorgeschlagen, als sie sich im Treppenhaus über den Weg gelaufen waren. Dass die sonst so agile Judith Kuckelmann nur noch ein Schatten ihrer selbst war, konnte selbst der gröbste Klotz nicht übersehen. Walter Scherb versuchte, sie aufzumuntern: „Sie müssen abschalten. Das geht am besten bei einem Fachmann. Hören Sie mal rein, was der Mann aus der Schweiz Unglaubliches zu sagen hat. Vielleicht ist ja was dabei, das Ihnen wieder Mut macht und Kraft schenkt!"

Judith riss sich zusammen und erhob sich langsam von ihrem Stuhl. Müde verließ sie ihr Büro, schlurfte die Stufen zum Erdgeschoß hoch und näherte sich eher zögerlich einem der Zugänge zum Großen Saal. Sie musste die Tür nicht einmal öffnen, um zu hören, was Jimmy Fonds da drin gerade lautstark mitzuteilen hatte. Leute wie Jimmy Fonds hatten nicht nur motivationstechnisch Umwerfendes darzutun, sie verfügten zudem auch noch über ein ausgesprochen gewaltiges Sprechorgan.

„Gerade aus der Bibel lässt sich hervorragend lernen. Ganz super sogar! Ein gutes Beispiel, meine Damen und Herren, erhalten Sie jetzt von mir. Da steht geschrieben, wobei ich meine eigene Worte benutze: *Und als die Jünger im Schiff großen Schiss hatten wegen des gewaltigen Sturms, der sie da auf dem See heimgesucht hatte, kam Jesus vom Ufer aus schnurstracks über das Wasser zu ihnen gelaufen. Und die Jünger staunten nicht schlecht, dass das möglich war, so mir nichts dir nichts schnurstracks übers Wasser zu laufen. Aber Jesus gebot ihnen, still zu sein, und sprach: Selbst wenn ihr übers Wasser geht, liebe Jünger, geht euren eignen Weg.* Geht euren eigenen Weg! Hört, hört! Jedes Unternehmen in der heutigen Zeit hätte diesen Mann aus Galiläa allein wegen dieses großartigen Satzes sofort als Motivationstrainer eingestellt!"

Verhaltener Applaus.

„Ich wiederhole noch einmal: Selbst wenn ihr übers Wasser lauft, selbst wenn ihr barfuß durchs Feuer lauft, selbst wenn ihr auf dem Mond herumspaziert: Geht immer euren eigenen Weg. Ist das nicht genial? Ist das nicht motivierend? Ist das nicht ultramodern? Das ist die Art und Weise, wie wir heute angesprochen werden wollen. Das zeigt, wie gut dieser Jesus damals schon drauf war, nicht wahr?"

Tosender Beifall. Bravorufe. *Nicht in die Kirche gehen, aber die Bibel kennen wie kein Zweiter*, dachte die Museumsleiterin. Sie hatte genug gehört und verließ die Kulturhalle schon viel motivierter, als sie gekommen war.

Draußen, unter dem überdachten Eingang der Kulturhalle, lief sie Schaller und Kleinlützum in die Arme.

„Ja, hallo, Frau Kuckelmann, Sie sind wieder auf'm Damm?", vermutete Kommissar Kleinlützum süffisant. Judith wollte sich gerade an den beiden vorbeischieben, als Schaller sie am Arm festhielt. „Not so fast, Madame, wenn ich bitten darf", flötete er in einem Ton, den Judith nicht ausstehen konnte. „Wir wollen noch ein paar hübsche Antworten von Ihnen. Gehen wir also rein und setzen uns ganz entspannt auf die Theke vor der Garderobe."

Wie hätte sie solch einer freundlichen Aufforderung widerstehen können?

Wie die Hühner hockten sie anschließend nebeneinander auf der roten Theke, an der bei Veranstaltungen die Mäntel und Jacken der Besucher angenommen wurden. Kleinlützum und Schaller ließen ihre Füße baumeln. Sie schienen so gut aufgelegt zu sein wie Kinder, denen ihre Mutter ein großes Eis in die Hand gedrückt hat.

„Also, Frau Kuckelmann", begann Kleinlützum, „wir kennen jetzt den Namen des mutmaßlichen Täters, kennen seine Identität, haben ihn aber noch nicht festnehmen können. Er nennt sich Giovanni de Santis, was aber nicht sein richtiger Name ist. Offenbar ging es ihm vorrangig um den Säbel bzw. etwas, das sich im Säbel selbst befand. Haben Sie eine Ahnung, was das sein könnte?"

„Er läuft noch frei herum?", fragte Judith Kuckelmann entsetzt. „Sie haben ihn noch nicht?" Sie schien völlig bestürzt zu sein.

„Nein. Haben wir nicht. Ist aber nur eine Frage der Zeit", winkte Kleinlützum verärgert ab. „Beantworten Sie bitte meine Frage. Was kann sich im Innern des Säbels, an einer dafür vorgesehenen Stelle, Wertvolles befunden haben? Sie sind doch hier die Fachfrau für alte Dinge, nicht wahr?"

Judith Kuckelmann schüttelte irritiert den Kopf. „Ich weiß von keinem Versteck in dem Säbel. So etwas ist auch total ungewöhnlich. Woher wissen Sie das?" In Gedanken war sie wieder bei dem Mörder auf der Flucht. Das konnte nichts Gutes bedeuten.

Schaller erkannte, dass sie große Angst hatte, und meinte beruhigend zu ihr: „Dieser de Santis hat jetzt bekommen, wonach er gesucht hatte. Er ist ein Killer und handelte im Auftrag eines Anderen. Von ihm geht für Vluyn keine unmittelbare Gefahr mehr aus. Wir sind sicher, dass er niemals mehr durch diese Tür hier hereinspazieren wird, Frau Kuckelmann. Sie können sich entspannen, glauben Sie mir."

Die Leiterin des Museums atmete mehrmals tief ein und aus. „Mir setzt das alles ziemlich zu. Ich kann mich nur schwer beruhigen. Ich habe nicht die leiseste Ahnung, welcher wertvolle Gegenstand in dem Säbel gesteckt haben soll. Uns ist nie etwas Ungewöhnliches an ihm aufgefallen."

Kleinlützum beobachtete sie genau. „Woher stammt der Säbel?"

„Von einem Hof hier in Vluyn. Das Museum hat ihn

schon vor längerer Zeit von Jakob Wellfonder erworben. Die Waffe ist sehr gut erhalten und für den Ort ein wichtiges Zeugnis aus der Franzosenzeit. Vor zwei Monaten haben wir sie zum ersten Mal richtig bei uns ausgestellt, mit allem Drum und Dran. Der Bürgermeister hat die kleine Präsentation eröffnet und die Presse ausführlich darüber berichtet; es gab sogar einen Fernsehbeitrag über den Säbel. Mehr kann ich Ihnen wirklich nicht sagen."

Kleinlützum und Schaller nickten beide wie abgesprochen. „Wir danken Ihnen ", sagte Kleinlützum und lächelte ein bisschen falsch. In diesem Moment näherte sich Boomi der Eingangstür.

„Ach, da erscheint ja einer der üblichen Verdächtigen", brummte Kleinlützum.

„Verdächtiger?" Judith Kuckelmann war empört. „Leo van den Boom ist doch kein Verdächtiger!"

„Ist bloß so 'n olles Filmzitat", erwiderte Schaller beruhigend.

Und Kleinlützum ergänzte: „Nein, nicht wirklich, obwohl sich Ihr Gspusi nicht gerade unauffällig in dieser Sache verhält, aber für eine wirkliche Tat, wie wir sie verfolgen, ist er einfach viel zu harmlos."

Judith Kuckelmann blickte den Kommissar missbilligend an. *Was soll das mit „Gspusi"?*, empörte sie sich im Stillen. Boomi kam herein und blickte alarmiert, als er das Trio entdeckte. Mit den beiden Polizisten aus Duisburg hatte er offenbar nicht gerechnet.

„Tja, das Böse lauert immer und überall, und wir sind sofort zur Stelle", deklamierte Schaller und setzte dabei seinen üblichen tieftraurigen Blick auf. Boomi grüßte irritiert und fragte Judith, ob mit ihr alles okay sei.

„Wie man's nimmt. Die beiden Kommissare haben mich darüber aufgeklärt, dass der Mörder noch nicht gefasst wurde. Das macht mir Angst."

„Unnötige Angst, Frau Kuckelmann! Völlig unnötige Angst!", versuchte Schaller sie zu beschwichtigen. „Für den Täter aus Neapel gibt es hier nichts mehr zu holen. Machen Sie sich deshalb keine Sorgen. Der Spuk ist beendet. Endgültig!"

Kleinlützum fixierte Boomi derweil lauernd. „Haben Sie, oh großer Freund und Beschützer der Kranken und Schwachen, noch was entdeckt, das uns weiter helfen könnte?"

Und ob ich das habe, dachte Boomi entzückt. *Und ob ich das habe! Ich weiß jetzt, worum es hier überhaupt geht. Ich weiß es, aber du, du Pappnase, weißt es nicht. Und ich werde es dir auch nicht verraten! Da ist eine unglaubliche Sache im Gange, die die Phantasie jedes Bullen sprengt. Und mit deiner ist es nicht weit her. Also behalte ich meine Informationen für mich, du arroganter Blödmann.*

„Nein, habe ich nicht", antwortete er mit treuherzigem Augenaufschlag. Dann wandte er sich an seine Angebetete: „Das ist wahr, Judith. Die beiden Herren haben recht. Der Mörder ist auf der Flucht und wird irgendwann von der Polizei gestellt werden. Seine Arbeit hier in Vluyn ist erledigt."

Daraufhin musterte Kleinlützum den Antiquar misstrauisch.

„Denke ich", beeilte sich Boomi hinzuzufügen, als er das bemerkte.

„Was Sie nicht sagen, Herr van den Boom. Was Sie nicht sagen. Wirklich bemerkenswert, Ihre Einsicht." So wie Kleinlützum das sagte, klang es beleidigend und herabsetzend.

Mit diesem hirntoten Idioten muss man immer dann rechnen, wenn man ihn überhaupt nicht braucht, dachte Boomi böse.

Der unsichtbare Dritte

Während die Polizei zwar fieberhaft, aber nicht wirklich systematisch nach Giovanni de Santis bzw. Michele Galvano fahndete und Boomi im Begriff war, das unglaubliche Rätsel, das sich da vor seinen Augen aufgetan hatte, allmählich zu lösen, lachte sich – unbemerkt von allen Beteiligten und absolut außerhalb jeder Schusslinie – ein dritter Mitspieler heimlich ins Fäustchen. Er war so nah dran an allen Beteiligten, dass man ihn – im übertragenen Sinne – beinahe hätte mit der Hand berühren können. Dieser Dritte nannte sich „Marengo", nach dem Lieblingspferd von Kaiser Napoleon Bonaparte.

Napoleon hatte Dutzende verschiedener Pferde besessen, aber Marengo, ein vorbildlich ausgebildetes Offizierspferd, war sein absoluter Liebling gewesen. Am 14. Juni 1800 ritt der Kaiser zum ersten Mal auf dem damals noch namenlosen Araberhengst in eine Schlacht gegen die Österreicher – die Schlacht von Marengo. Der Kaiser verliebte sich sofort in den Mut, die Ausdauer und die Schnelligkeit des edlen Tieres. Von da an trug es den Namen „Marengo", begleitete Napoleon auf fast allen Feldzügen und war auch beim Untergang des großen Feldherrn in der Schlacht von Waterloo dabei. (Marengo kam danach in die Obhut der englischen Sieger und erreichte ein biblisches Alter. Das Skelett des Pferdes kann man heute im Nationalen Armeemuseum in London besichtigen.)

Dieser dritte Mitspieler hatte sich also den Namen des berühmten Pferdes gegeben, weil er ein Fan Napoleons war und weil er an sich selbst vor allem seinen Mut, seine Ausdauer und, wenn es darauf ankam, seine Schnelligkeit im Denken und Handeln bewunderte. Er hatte sofort die Initiative ergriffen, als er durch Zufall – oder vielleicht sogar durch Fügung? – auf diese bedeutende und unglaubliche Sache aufmerksam geworden war. Dabei ging er mit größter Sorgfalt vor, bewahrte stets die Ruhe, hielt sich ausdrücklich im Hintergrund und bot so niemandem eine Angriffsfläche. Keiner der anderen Mitspieler hatte auch nur die geringste Ahnung, wer er war – und dass er überhaupt mitmischte. Dass das auch weiterhin so blieb, dafür trug er geschickt Sorge. Am Ende würde er der Sieger sein, und niemand würde jemals dahinterkommen, wer die Lorbeeren eingeheimst hatte: weder die Mafia mit Giovanni de Santis noch die beiden Kommissare aus Duisburg und erst recht nicht dieser blauäugige Heimatdetektiv – der allerdings ein gutes Instrument darstellte, das er ausgiebig für seine eigenen Ziele zu missbrauchen gedachte.

Der Hengst Marengo war klug, schnell und ausdauernd gewesen: Am Ende hatte das Pferd selbst den stolzen Kaiser um viele Lebensjahre überlebt. Ein wissendes Lächeln erhellte das Gesicht des geheimnisvollen Mitspielers. Es wurde Zeit, einen ganz besonderen Köder auszuwerfen.

Aus „Adieu" wurde „Schö", glaubt der Sprachforscher.

Van den Boom und das rätselhafte Pergament

Es gibt gewaltige Schreckmomente im Leben, in denen man nicht weiß, wie einem gerade geschieht. In diesen Momenten kann man nur fassungslos dastehen und starren. Von einem Augenblick zum anderen befindet man sich in einer Situation, mit der man nicht gerechnet hat und in der man einfach nur geschockt ist.

Genau das stieß Boomi zu, als er ahnungslos von der Kulturhalle nach Hause gekommen und gerade dabei war, die Eingangstür seiner geliebten Thompskate aufzusperren. Was war das? Die Tür gab nach; offenbar war sie nur angelehnt. Boomi fuhr der Schreck in die Glieder. Er meinte genau zu wissen, dass er sie verschlossen hatte, bevor er gegangen war. *Ich gehe doch nie weg, wenn hier nicht alles dicht ist*, dachte er hektisch. Aber jetzt stand die Tür offen. Es konnte sich Gott weiß wer im Haus aufhalten. Die Polizei? Würden Kleinlützum und Schaller so weit gehen? Nein, das konnte er sich nicht vorstellen. Also ein Einbrecher? Die Mafia? Boomi schluckte. Was jetzt? Was sollte er jetzt machen? Verschwinden? Die Polizei rufen? Er entschied, sich ein Herz zu fassen und nachzusehen, was los war.

Vorsichtig drückte er die Tür weit auf und blinzelte dann unsicher in den halbdunklen Raum hinein. Vor seinem Schreibtisch am anderen Ende des Raumes stand ein Mann, der ihm halb gebückt den Rücken zukehrte, als würde er dort fieberhaft etwas suchen.

Boomi hielt den Atem an. Also doch ein Einbrecher? Der Unbekannte schien jedoch einen Luftzug gespürt zu haben und drehte sich langsam zu ihm um. Er trug einen dunklen Anzug und schwarze Lacklederschuhe, sein Gesicht war glatt rasiert, und er hatte feines, nach hinten gekämmtes Haar. Ein sanftes, fast schon spöttisches Lächeln umspielte seine schmalen Lippen; er wirkte glatt und elegant.

„Ach, Sie sind wohl Herr van den Boom", stellte der Eindringling gelassen fest und benahm sich, als wäre es völlig normal, dass er ins Haus eingedrungen war.

„Richtig! Und Sie sind? Vielleicht heute mein persönlicher Einbrecher?", erwiderte Boomi angriffslustig. „Soll ich sofort die Polizei rufen, oder haben Sie eine Erklärung dafür, dass Sie einfach in mein Haus hineinspaziert sind und in meinen Sachen herumwühlen?"

„Ungebeten? Vielleicht", erwiderte der Mann seelenruhig. „Ihre Tür war nur angelehnt; ich habe mehrmals vergeblich gerufen und geklopft und bin dann – bitte verzeihen Sie – ins Haus gegangen. Das alles ist noch keine zwei Minuten her. Ich wollte Sie nach einem bestimmten Buch fragen. Dies ist doch ein Antiquariat oder nicht? Ein Laden, der jedem offen steht?"

Boomi war erleichtert. Anscheinend handelte es sich nur um ein Versehen, weil die Tür nicht zugesperrt gewesen war. Zwar hätte er Stein und Bein geschworen, dass er den Schlüssel von außen im Schloss herumgedreht hatte, aber offenbar war das nicht der Fall gewesen. *Werde ich etwa vergesslich?*, fragte sich Boomi bestürzt. Der Mann vor ihm wirkte auch gar nicht wie ein Einbrecher. Eher wie ein Versicherungsvertreter oder ein Banker, Abteilung seriöse Anlageberatung. Falls es das überhaupt gab.

„Gestatten Sie, dass ich mich Ihnen vorstelle. Glauben Sie mir, es ist wirklich nicht meine Art, in fremde Häuser einzudringen, aber ich musste wegen der angelehnten Tür annehmen, dass jemand zu Hause ist. Ich heiße Ingo Mahr und bin, na sagen wir mal, Privatier. Ich liebe Bücher über alles, suche ständig nach ungewöhnlichen literarischen Kostbarkeiten und wollte Sie fragen, ob Sie mir vielleicht im Bereich Esoterik weiterhelfen können. So werben Sie ja auch auf Ihrer Homepage. ‚Immer freundlich zum Kunden. Immer hilfsbereit. Fragen Sie uns, wir sind jederzeit für Sie da.' Nicht wahr, so steht's doch dort? Also, Herr van den Boom. Es geht mir um das Buch ‚Die Hermetische Tradition' von Julius Evola mit dem Untertitel ‚Von der alchemistischen Umwandlung der Metalle und des Menschen in Gold'. Darf ich hoffen, dieses Buch vielleicht bei Ihnen zu erwerben, Herr Antiquar?"

Er lächelte dabei so freundlich, als würde er sich über ein paar Petits Fours freuen, die ihm gerade gereicht wurden. Seine ganze Art war dermaßen entwaffnend, dass Boomi schon drauf und dran war, sich für seine barschen Worte zu entschuldigen. Herr Mahr war sicherlich kein Einbrecher, sondern nur ein leidenschaftlicher Büchernarr, im Grunde genommen ein ähnlicher Typ wie er selbst. Julius Evola war Magier und Alchemist im 20. Jahrhundert gewesen. Selbstverständlich kannte Boomi das Buch, auf das Mahr so versessen war, besaß es jedoch nicht.

„Leider kann ich Ihnen nicht weiterhelfen, Herr Mahr. Es ist wirklich bedauerlich, dass Sie sich vergebens herbemüht haben. Ich weiß auch nicht, wo Sie dieses Werk noch bekommen können. Die Auflage ist schon seit Jahrzehnten vergriffen."

Sein Besucher winkte ab. „Gut, wie Sie meinen. Dann will ich Sie auch nicht länger aufhalten, Herr van den Boom. Ich danke für die Auskunft und bitte nochmals um Verzeihung für mein ungebetenes Eindringen in Ihre Privatsphäre. Ich dachte aber auch, dass das ein Laden wie jeder andere ist. Deshalb bin ich ..." Er hielt inne. Boomi nahm an, dass jetzt der Zeitpunkt für eine kleine Entschuldigung seinerseits gekommen sei. „Ist schon gut. Ich habe wohl eine dumme Nachlässigkeit begangen, als ich mein Haus verließ." Es klang fast schon reuevoll.

„Ach was, Schwamm drüber, das kann ja mal passieren", meinte Mahr wohlwollend. Dann griff er nach einer schwarzen Aktentasche, die er offenbar beim Hereinkommen neben dem Sessel abgestellt hatte, und schritt langsam zur Tür. Er schien intensiv nachzudenken. „Einen schönen Abend noch, Herr van den Boom. Oder besser ‚Schö', wie man hier sagt. Vielleicht sieht man sich im Leben noch einmal wieder?"

„Ja, vielleicht? Wenn Sie noch andere Bücher suchen sollten, rufen Sie mich an oder melden Sie sich bei mir per E-Mail."

Ingo Mahr stand jetzt an der immer noch geöffneten Tür und wandte sich um. „Büchernarren und ausgebuffte Typen, die an Geheimnissen herumtüfteln wie Pythagoras an seinem Dreieck, müssen doch zusammenhalten, nicht wahr?"

Boomi zog die Stirn kraus. *Wie meint er das denn?* Aber da hatte der Mann bereits die Tür ganz aufgezogen und war, ohne eine Antwort abzuwarten, einfach in die Dunkelheit hinausspaziert.

Boomi ließ sich in seinen Sessel plumpsen. Manchmal gab es Situationen im Leben, in denen einem etwas offensichtlich Wichtiges mitgeteilt wird, das man aber zunächst einmal überhaupt nicht versteht. Solch einen Moment meinte er gerade erlebt zu haben. Was war denn das für eine seltsame Wortwahl gewesen? *Ausgebuffte Typen, die an Geheimnissen herumtüfteln wie Pythagoras an seinem Dreieck?*

Meinte dieser Mensch etwa Leute, die sich intensiv für Esoterik interessierten? Oder meinte er etwas ganz anderes? Etwas sehr Gegenwärtiges? Etwas, das ihn, Boomi, unmittelbar betraf? Dem Detektiv aus Leidenschaft lief ein Schauer über den Rücken. Die Worte des Fremden hatten allzu bedeutsam geklungen – er hatte sie nicht nur so nebenbei fallen lassen, keinen Allgemeinplatz von sich gegeben. Je länger er dasaß und über diesen seltsamen Kauz Ingo Mahr nachdachte, desto größer wurden seine Zweifel an dem, was der Mann ihm zunächst hatte einreden können. Hatte er die Tür wirklich nicht zugesperrt? Aber genau das konnte nicht sein. Oder fing er an, dement zu werden? Nein.

Boomi blickte sich prüfend im Zimmer um. Auf den ersten Blick fehlte nichts. Auch die kostbaren Erstausgaben auf seinem Regal stand alle noch an ihrem Platz. Wenn Mahr wirklich ins Haus eingebrochen war, was hatte er dann hier gesucht? Geld? Wertsachen? Boomi besaß so gut wie nichts. Für einen Moment kam ihm das Pergamentstück in den Sinn. War es möglich, dass dieser Mahr ausgerechnet danach gesucht hatte? Boomi stand auf und ging zum Bücherregal. Dort zog er das Buch des großen Geistersehers Emanuel Swedenborg, das zwischen dem englischen Magier Aleister Crowley und dem modernen Kabbalisten Israel Regardie stand, heraus und schlug es auf. Sofort fiel sein Blick auf das rätselhafte Pergament. Ein gutes Versteck. *Bist immer noch da, mein liebes Rätsel!* Boomi betrachtete das Schriftstück aus alter Zeit nachdenklich. Wie groß war die Wahrscheinlichkeit, dass dieser Typ ausgerechnet danach gesucht hatte? Nicht allzu groß. Und wie hätte Mahr auch davon erfahren sollen? *Also habe ich vermutlich doch vergessen, die Haustür zu verriegeln*, gestand er sich zögernd ein. *Wie peinlich!*

Nachdem Boomi alle Vorhänge sorgfältig zugezogen und die Tür zweimal verriegelt hatte, zog er sich an seinen Schreibtisch zurück. Bedächtig breitete er das Pergament vor sich aus und strich es glatt. Eingehend studierte er es von allen Seiten – etwas, das er bereits mehrmals getan hatte. Das über 200 Jahre alte Dokument war nur auf einer Seite mit Schrift und anderen seltsamen Zeichen versehen. Seine Rückseite war völlig leer. Neben das Blatt schob Boomi nun das Amulett des mutmaßlichen Mörders de Santis aus Neapel, das er im Krankenhaus vom Boden aufgehoben hatte. Boomi hoffte, dass die Polizei diesen Giovanni endlich aufspürte und ins Gefängnis steckte, denn die Situation wurde wirklich brenzlig. Es ging um verdammt viel, wenn er mit seinen Vermutungen richtig lag. Aber um das Ganze beweisen zu können, hatte er noch nicht alle Fakten beisammen.

Wie schon beim letzten Mal, als er das Pergament eingehend untersucht hatte, fiel seinem geschulten Auge eine signifikante Doppelung zwischen Pergament und Amulett auf. Sowohl auf dem einen wie auf dem anderen erkannte man ein bestimmtes Zeichen: stilisierte Säulen, wie sie einst vor dem Tempel Salomons in Jerusalem gestanden hatten. Zwei Säulen gab es auf dem Amulett, und eine einzelne war am oberen rechten Rand des Pergaments zu erkennen. Das war wiederum logisch, denn das Blatt war ursprünglich größer gewesen, vielleicht doppelt so groß – jemand hatte es mit einer Klinge in der Mitte geteilt. Somit durfte man davon ausgehen, dass sich die fehlende zweite Säule auf dem anderen Stück befand, das der Mörder besaß.

Die beiden Säulen nannte man „Jachin" und „Boas", und sie spielten in der Welt der Freimauer eine nicht unwichtige Rolle. Zusammen stellten sie ein Tempeltor dar, durch das der Eingeweihte zu treten hatte, wollte er die volle Wahrheit erkennen.

Warum das ursprüngliche Pergament allerdings geteilt worden war, dafür suchte Boomi nach wie vor nach einer logischen Erklärung. Bedeutend fand er, dass sowohl das Amulett als auch das Pergament freimaurerische Symbole aufwiesen und dass der, von dem er glaubte, dass er der Mörder war, ebenfalls ein Freimaurer aus Neapel zu sein schien. Diese Gemeinsamkeiten konnten kein Zufall sein, aber das Ganze gab ihm auch Rätsel auf. Das Amulett war vielleicht nur einige Jahre alt, wie er vermutete, aber die beiden Pergamentstücke hatten sicherlich über 200 Jahre in ihren jeweiligen Verstecken im Kugelbeutel und im Säbelgriff geruht. Erst vor Kurzem hatte man sie entdeckt. Das erste Fragment war eher durch einen Zufall auf dem Hof von Wellfonder aufgetaucht, während der Mörder das zweite gezielt gesucht und aus seinem Geheimversteck entfernt hatte. Er hatte also erfahren, dass es mit dem Säbel etwas Besonderes auf sich hatte und wusste von der Existenz des Pergaments. Die Frage blieb: woher? Alle diese Dinge gehörten zweifellos zusammen und durften nicht getrennt voneinander betrachtet werden.

Auf beiden Säulen des Amuletts waren die Buchstaben „L" und „M" eingezeichnet. *Sind das die alten römischen Zahlwerte 50 und 1000?* Boomi zerbrach sich eine Weile den Kopf darüber. *Egal!* Dieselben Buchstaben, L und M, standen auch auf der einzelnen Säule, die das Pergamentstück zeigte. Diese beiden Buchstaben gehörten nicht zur allgemeinen freimaurerischen Symbolik. Sie waren, von wem auch immer, individuell dorthin geschrieben worden. Ihre Bedeutung war ausschließlich dem Eingeweihten vorbehalten. Auf dem Stück, das der Mörder besaß, würde die Säule ebenfalls ein „L" und ein „M" zeigen. Da war sich Boomi absolut sicher.

Ihn beschlich ein ungutes Gefühl, das immer stärker wurde. Immerhin gab es diese ungewöhnliche Symbolik, diese spezielle Buchstabenkombination, bereits seit 200 Jahren. Es musste also eine jahrhundertealte Geschichte geben, angefangen mit der Franzosenzeit Vluyns, also etwa 1804, bis zum heutigen Tag. Und sie verband die niederrheinische Stadt mit Neapel, der Mafia, den Freimaurern und, wenn man so wollte, sogar Kaiser Napoleon. *Donnerwetter*, dachte Boomi aufgeregt, *das ist wirklich spektakulär.* Aber er hatte in der kurzen Zeit noch anderes Sagenhaftes herausgefunden. Die Symbole, Wörter und Zeichnungen auf seiner Pergamenthälfte sprachen eine auf den ersten Blick zwar rätselhafte, aber auch eindeutige Sprache. Boomi glaubte zu wissen, worum es bei allem ging. Seine Intuition, sein Geheimwissen, seine Phantasie und seine große Belesenheit hatten ihm das schließlich ermöglicht.

Doch leider konnte er mit keinem einzigen handfesten Ergebnis aufwarten. Das, was er glaubte herausgefunden zu haben, würden andere Menschen nur als nettes Märchen oder, schlimmer noch, totale Spinnerei abtun. Kleinlützum und sein Kollege würden schallend lachen, wenn er es wagte, sie mit seinen unglaublichen Erkenntnissen zu konfrontieren, und selbst Judith würde wahrscheinlich nur mitleidig und ablehnend den Kopf schütteln. *Könnte ich doch nur das andere Stück*

Pergament in die Finger bekommen, seufzte er, *dann würde ich auf eine große Sensation stoßen. Vor aller Augen! Und sie würden mich als das Genie erkennen, das ich bin.*

Erfolg ist ausschließlich eine Frage des Glücks.
Da kannst du jeden Loser fragen.

Schallers Apfelpause
Schaller machte mal wieder genüsslich seine Zwölfdreiviertel-Minuten-Pause am Vormittag. Er schob immer dann Ruhezeiten ein, wenn es gerade überhaupt nicht passte. Machte nichts – das kannte Kleinlützum ja zur Genüge. Sorgfältig hatte Schaller mit seinem Taschenmesser einen Apfel „Marke sauer" in mundgerechte Stücke geschnitten, und während seine riesigen Augen gebannt über die Seiten eines offenbar spannenden Buches wanderten, stopfte er sich die Apfelschnitzen eines nach dem anderen in den Mund. Dabei trank er Kakao aus einer Halbliter-Plastikflasche. Kleinlützum verzog angewidert das Gesicht. „Schmeckt's?"
„Hm!"
„Interessantes Buch?"
„Ja. Krimi. Verrückte Morde."
„Haben wir davon nicht schon genug?"
Schaller schaffte es tatsächlich, seinen Blick für einen Moment von den Seiten zu lösen. Er wollte seinem Chef unbedingt mitteilen, wie toll die Erzählung war, in die er sich seit zwei Tagen vertiefte, so oft er die Zeit dazu fand. „Also, hören Sie zu. Da treibt offenbar ein mysteriöser Serienkiller seit Jahrzehnten sein Unwesen auf einem entlegenen Abschnitt des Highway 16 in West-Kanada. Fast 50 Frauen sind spurlos verschwunden. Die Polizei konnte nie einen Verdächtigen zu fassen bekommen. Das jüngste Opfer, eine Indianerin,

ist erst 16 Jahre jung. Die Spur des Mädchens verliert sich nach einer Party an dieser berüchtigten Straße, die inzwischen von der Presse ‚Highway of Tears – Straße der Tränen' – getauft wurde. Die Polizei findet das Zelt des Mädchens und ihren Wagen, nichts wurde gestohlen, nichts fehlt, einzig die junge Frau ist unauffindbar. Was geht da Unheimliches vor, fragen sich alle wie gebannt …"

„Und? Gibt es schon einen realen Verdächtigen?", brummte Kleinlützum genervt. *Eine Story wie Tausende andere*, dachte er. Ihn interessierte dieses Geschreibsel etwa so sehr wie das Paarungsspiel des *Vanessa atalanta* in Guatemala.

„Vielleicht ist es ein Grizzly, ein Bär, der ausschließlich rothäutige Mädchen killt."

„Was?", explodierte Kleinlützum. „Und so einen tumben Mist lesen Sie in Ihrer Viertelstundenpause, trinken dabei kalten Kakao und stopfen ununterbrochen kleine saure Apfelstücke in sich hinein?"

Schaller war und blieb ihm ein ewiges Rätsel, aber eines, bei dem er erst gar nicht versuchen wollte, es zu lösen. Es ärgerte ihn maßlos, dass dieser dämliche Antiquar vor ihnen die Idee gehabt hatte, sich die Bilder der installierten Kameras am Haus dieses verrückten Uhren-Perbix anzusehen. Es ärgerte ihn noch mehr, dass er früher als sie selbst auf die Spur des Italieners gekommen war. Und es ärgerte ihn am allermeisten, dass sein Kollege Schaller niemals die Initiative in einem heiklen Fall wie diesem ergriff. Konnte er ihm nicht wenigstens ein einziges Mal – so wie Özil oder Schweini

– den Ball genial zupassen, sodass er ihn für ein Siegtor nutzen konnte? Aber nein! Es machte ihn fertig, dass er sich, statt auf geniale Pässe hoffen zu dürfen, ständig philosophische Verirrungen anhören musste – und das auch noch, ohne Schaller zum Dank dafür ab und an mal kräftig in den Hintern treten zu dürfen. Es ärgerte ihn ... ach, es ärgerte ihn viel zu viel.

„Warum haben Sie nur so furchtbar schlechte Laune?", fragte Schaller, ohne den Blick von seiner Kriminallektüre zu nehmen. „Wir haben den Mörder von Vluyn doch quasi schon in Ketten."

Kleinlützum glaubte nicht richtig gehört zu haben. „Quasi schon in Ketten? *Quasi schon in Ketten?* Was reden Sie da eigentlich für dummes Zeug, Schaller? Machen Sie die Augen auf! Der Kerl ist noch immer auf der Flucht. Wir haben keine Ahnung, wo er sich versteckt. Seine teure Familie in Neapel lässt höflich mitteilen, dass es sich bei dem von uns Gesuchten niemals um ihren geliebten Michele handeln könne. Der sei nämlich schon seit Monaten auf Geschäftsreise in den Vereinigten Staaten. Allerdings wüssten sie nicht, wo. Michele habe daraus ein großes Geheimnis gemacht. Haha! Wir haben ihn durch seine Fingerabdrücke zweifelsfrei identifiziert."

Kleinlützum durchkurvte wutschnaubend sein Büro wie ein angestochener Stier die Arena. „Verstehen Sie, Schaller, weshalb ich eine Scheiß-Laune habe? Ich will den Kerl vor mir haben, will ihm ins Gesicht sehen, will aus seinem Mund hören, worum es hier eigentlich geht! War das Museum vielleicht nur ein geeignetes Trainingsgebiet für einen aufstrebenden Mafiakiller? Aber Sie haben im Moment ja Besseres zu tun. Verfolgen einen Grizzly, der seit 30 Jahren junge Frauen auf einem Highway in handtellergroße Fetzen reißt!"

Er war so wütend, als hätte man ihm über Nacht die Miete für seine Dreieinhalb-Raum-Wohnung mit Balkon in Duisburg-Wedau vervierfacht. Er wollte diesen verflixten Fall endlich abschließen. Er wollte Erfolg haben, meinetwegen auch mit etwas Glück. Das Glück des Tüchtigen eben. Auf jeden Fall wollte er etwas Sicheres in der Hand haben. Kleinlützum war viel zu lange bei der Kripo, als dass er es nicht mit den feinen Härchen auf seiner Nasespitze hätte spüren können: Diesen Fall konnte er noch lange nicht zu den Akten legen. Da kam noch etwas. Etwas ganz Dickes. Das wusste er.

In diesem Augenblick klingelte sein Telefon. Er nahm ab, und eine freundliche, jedoch irgendwie aufgelöste Stimme begrüßte ihn sogar mit Vor- *und* Nachnamen. Was sie ihm dann erzählte, verschlug ihm die Sprache. Und das kam bei Kleinlützum höchst selten vor. So selten, wie er einen Kollegen wie Schaller umarmte und küsste.

Was ist Zufall? Wenn die Tür zufällt oder was?

Der Lauscher im Café

Manchmal war man einfach zum richtigen Zeitpunkt am richtigen Ort. Zufall oder Fügung? Das soll im Einzelfall bitte der Himmel entscheiden. Jedenfalls hatte Marengo damals in einem netten Straßencafé in Neapel gesessen und seinen Espresso geschlürft, als zwei ausgesprochen hübsche junge Italienerinnen am Nebentisch Platz nahmen. Sofort schnatterten sie drauflos, wie man es hier gerade bei wohlhabenden Damen in Cafés oder auf öffentlichen Plätzen kennt. Sie plapperten ungehemmt über teure Kleider, angesagte Fernsehstars, unbezahlbaren Schmuck und sowohl göttlich schöne als auch reiche Männer – und das alles in einer Lautstärke, mit der sie locker einen startenden Eurofighter hätten übertönen können.

Marengo beschloss zu zahlen, um sich anderswo einen ruhigeren Ort zu suchen. Er selbst sprach ausgezeichnet Italienisch, weil er diese Sprache neben dem Französischen am meisten liebte. Und was man liebt, das sollte man auch bis ins kleinste Detail beherrschen – so dachte er jedenfalls. Inzwischen wusste er auch, wie sie hießen, ohne dass er sich hätte nach ihren Namen erkundigen müssen, und er wollte eben den Kellner herbeiwinken, um die Rechnung zu verlangen. Da begann die Schönere von beiden, Aurelia – ein wirklich heißer Feger –, mit plötzlich gesenkter Stimme von etwas ganz anderem zu sprechen als Mode, Männern und

Moneten. *Warum redet die Frau jetzt nur noch halb so laut?* Der unfreiwillige Lauscher am Nebentisch wurde aufmerksam. Zuvor war es im Gespräch um eine teure Villa gegangen, die Aurelia unbedingt als Aussteuer haben wollte. Als ihre Freundin Estella sie darauf hinwies, dass dieses Anwesen am Meer mindestens seine 15 bis 20 Millionen Euro wert sei und der geizige Don Galvano höchstwahrscheinlich nicht so viel für ihr Hochzeitsgeschenk herausrücken werde, begann Aurelia, nun mit gesenkter Stimme, etwas höchst Interessantes zu erzählen – etwas, das offensichtlich weder für die Ohren der Freundin noch für die anderer Mithörer bestimmt war.

Don Galvano hätte seiner Tochter wahrscheinlich den Mund zunähen lassen, wie es in seinen Kreisen üblich war, hätte er von Aurelias unverzeihlicher Schwatzhaftigkeit bei dieser brisanten Sache erfahren. Marengo grinste und spitzte neugierig die Ohren, um nur ja kein Wort zu verpassen. *Wie gut es doch ist, sich manchmal unters Volk zu mischen*, dachte er. *Diese Aurelia geht davon aus, dass ich ein Tourist bin und kein Wort Italienisch verstehe.* Zwei Wörter vor allem waren es, die ihn hellhörig werden ließen: *Deutschland* und *Duisburg*. Duisburg aber hieß die Stadt, in der er seit einigen Jahren lebte. Neapel war neben Positano an der amalfitanischen Küste sein diesjähriges Ferienziel gewesen. Marengo reiste gern nach Italien und vor allem in den italienischen Süden, weil er die Lebensart dort besonders schätzte. Ehrgeizig wie er war, hatte er über Jahre hinweg fleißig die Landessprache geübt und konnte jetzt problemlos jeder Unterhaltung folgen.

Aurelia, die herausfordernd süß und puppenhaft unschuldig lächelte, plauderte sich also um Kopf und Kragen: „Du als meine beste Freundin darfst es natürlich wissen. Meine Familie wird schon bald frische Millionen zur Verfügung haben – also, genau genommen Papa. Deswegen wird Michele nach Deutschland geschickt in irgend so ein kleines Nest mit einem langen und komisch auszusprechenden Namen. Ich schaffe es nicht, mir den zu merken, jedenfalls ein Ort in der Nähe einer Stadt namens Duisburg. Anfang Januar geht Michele dorthin. Der Säbel von Antonio Galvano, einer unserer Vorfahren, ist wie aus dem Nichts wieder aufgetaucht. Antonio Galvano, Gott hab ihn selig, war Offizier unter Napoleon und seinem General Murat, du weißt schon, dem König von Neapel. Den Rest hab ich vergessen, obwohl Papa es uns als Kindern eingebläut hat wie kaum was anderes. Jedenfalls wurde Antonio damals dort in Deutschland ermordet. Einige Tage vor seinem Tod schrieb er der Familie einen Brief, in dem es um einen Plan ging, den er in seinem Säbel versteckt hat."

„Was für ein Plan soll das denn sein? Das klingt ja wirklich spannend", unterbrach ihre Freundin neugierig.

„Ach, lass mich ausreden, Estella. So genau weiß ich das doch auch nicht. Ich habe nur an der Tür gelauscht. Die Männer machen solche Dinge unter sich aus, das kennst du ja. Also, dieser General Murat hat etwas sehr

Kostbares versteckt. Etwas, das heute viel Geld wert ist. Antonio, unser Vorfahr, ist dabei gewesen und hat eine Skizze von dem Versteck angefertigt. Gott sei Dank hat er unserer Familie davon in dem Brief erzählt. Dann wurde er ermordet. Das vermuten wir zumindest. Antonio gilt als verschollen, denn seine Leiche wurde nie gefunden, und ohne den Brief hätte niemand jemals von dem Geheimnis erfahren. Aber der Plan steckt in seinem alten Säbel drin. Nun ist der wieder aufgetaucht und liegt in einem kleinen Museum in diesem Ort mit dem komischen Namen. Durch Zufall hat Don Galvano davon erfahren. Er hat Antonios Waffe sofort wiedererkannt, weil sie am Griff einen Löwenkopf zeigt mit einem unglaublich winzigen Buchstaben neben dem rechten Auge: A. ‚A' wie Antonio. Nun soll Michele diesen Säbel …" Sie brach hastig ab. „Hast du schon die tollen neuen Schuhe von Balenciaga anprobiert?" Und leiser: „Ich darf nicht weitersprechen, hörst du? Da vorne kommt nämlich Michele. Will mich offenbar abholen. Also, kein Wort zu ihm über das, was ich dir erzählt habe. Liebste Estella, kennst du diese unglaublich tollen Gladiator-Sandalen mit Zebramuster von Balenciaga? Selbst Salma Hayek trägt die … "

Sie schwatzte weiter über den neuesten Modeschrei für Füßchen von der Zartheit einer Grasmücke, und ihre Freundin machte sofort mit, als wäre nichts gewesen. Als Michele kam, ein Hengst reinsten Wassers, der zuvor wie ein Halbgott seinem teuren metallic-schwarzen Zweisitzer entstiegen war, fotografierte Marengo den jungen Mann heimlich mit seinem Smartphone. Was er da eben mitgehört hatte, war hochinteressant. Als Fan von Napoleon und dessen Zeit am Niederrhein wusste er sofort, wer dieser General Murat gewesen war. Und er ahnte augenblicklich, worum es sich bei dem wertvollen Gegenstand, der immer noch irgendwo verborgen lag, mit an Sicherheit grenzender Wahrscheinlichkeit handelte. Marengo war so klug und fantasievoll wie der Entdecker Trojas: Heinrich Schliemann hatte vor allem viel gelesen und nahm das für bare Münze, was andere für pure Phantasie hielten – und so wurde er mit einem Fund belohnt, der alle seine Vorstellungen überstieg.

Marengo war durch Zufall einer großen Sache auf die Spur gekommen, und er schaltete schneller als die meisten anderen Menschen. Bereits in dem Augenblick, in dem der großspurige Michele samt Schwester und stöckelnder Freundin im Schlepptau das Café verlassen hatten, war in ihm ein ungeheuerlicher Plan gereift.

Theodor Fontane findet die Franzosen gar nicht gut

Seit vielen Stunden war Boomi erneut tief eingetaucht in die Entschlüsselung des geheimnisvollen Pergaments. Dabei wollte er sich von nichts und niemandem stören lassen, denn sein Gehirn lief auf Hochtouren, bearbeitete das Rätsel wie die raue See den glatten Fels, und seine Hände griffen immer wieder nach verschiedenen Büchern, um darin bestimmte Texte nachzuschlagen. Er suchte, las, verglich und machte sich seine Gedanken zu dem, was er mehr und mehr herausfand. Es war klar, dass es sich um einen Plan handelte, genauer eine Karte. Aber wofür? Was bedeuteten die Buchstaben „Gen", „Joa" und „Mur"? Was die Buchstaben „Thes" und „Fries"? Was sollte man sich unter „Cell dieknip" vorstellen?

Boomi seufzte und lehnte sich müde in seinem Stuhl zurück. *Worum geht es hier?*, grübelte er. *Um einen Säbel und einen Kugelbeutel aus der Franzosenzeit. Beides wird in Vluyn auf einem Bauernhof entdeckt. Beides hat mit einem Plan zu tun, der auf etwas ganz Bestimmtes hinweist. Ein Plan, von dem ich nur die eine Hälfte, nämlich die rechte habe. Wegen dieses Plans wurde ein Killer aus Neapel geschickt, der zwei Menschen kaltblütig ermordet hat. Also muss es um sehr viel gehen. Um Geld? Um einen Schatz?*

Boomi stand auf und stapfte brütend im Zimmer hin und her. Wann war noch mal Napoleon am Niederrhein gewesen? Im Jahre 1805 besuchte der berühmte

Korse die Stadt Düsseldorf. Das hatte Boomi bereits als zehnjähriger Knirps in der Pestalozzi-Schule bei Frau Marten-Drews gelernt.

Boomi fuhr seinen Laptop hoch und surfte ein bisschen im Internet. Dabei erfuhr er eine ganze Menge mehr über die Franzosenzeit am Niederrhein, als er schon wusste. Ein Name, auf den er dabei immer wieder stieß, ließ ihn aufhorchen. Es ging um einen gewissen *Murat*, der für die gesamte Region und darüber hinaus ziemlich bedeutend gewesen war: Joachim Murat.

Gebannt las Boomi alles, was er über diesen Franzosen finden konnte: „Joachim Murat wurde 1767 in Labastide-Fortuniere, heute heißt die Stadt Labastide-Murat, geboren und war ein begabter und mutiger Kavallerieoffizier unter Napoleon. Er heiratete Caroline Bonaparte und wurde dadurch der Schwager des berühmten Korsen. Im Jahr 1804 ernannte ihn Napoleon wohl auch deshalb zum Marschall von Frankreich. Von 1806 bis 1808 durfte sich Murat als Joachim I. Großherzog von Berg und Kleve nennen, bevor er von 1808 bis 1815 ebenfalls als Joachim I. (ital.: Gioacchino I.) König von Neapel wurde. Als sich 1813 die Niederlage Napoleons abzeichnete, wechselte Murat die Fronten und somit ins Lager seiner Gegner. Später trat er allerdings wieder an die Seite Napoleons. Sein Versuch, durch eine Landung in Italien sein Königreich zurückzugewinnen, scheiterte. Daraufhin ließ ihn der siegreiche König Ferdinand I. am 13. Oktober 1815 in Pizzo standrechtlich erschießen. Seine Leiche gilt als verschollen."

Murat war also Großherzog von Berg und Kleve

gewesen. Was konnte das bedeutet haben? An anderer Stelle stand dazu geschrieben: „Am 15. März 1806 ernannte Kaiser Napoleon I. Murat zum Herzog von Berg und Kleve. Auf der Grundlage der Rheinbundakte nahm Murat im Sommer 1806 den Titel eines Großherzogs an. Das Herzogtum Berg und Kleve avancierte dadurch zu einem Großherzogtum. Hauptstadt des neuen Staates wurde Düsseldorf, seine Residenz Schloss Benrath." Und weiter: „Im Krieg gegen Preußen von 1806 war Murat an den Schlachten von Jena und Auerstedt (1806) sowie Preußisch-Eylau (1807) als Befehlshaber des Kavalleriekorps beteiligt. Am 15. Juli 1808 setzte Napoleon seinen Schwager Joachim Murat als König von Neapel ein."

Neapel? Neapel?, durchfuhr es Boomi heiß. Stand da wirklich *Neapel*? Murat war König von Neapel gewesen. Volltreffer. Denn dass der Killer von Vluyn ausgerechnet aus Neapel stammte, konnte kein Zufall sein. Das musste mit dem Säbel und diesem Murat zusammenhängen. Aber wie? Hatte dieser Murat vielleicht etwas am Niederrhein hinterlassen? Etwas Kostbares, Wertvolles? Etwas, worauf bislang noch kein Mensch gekommen war? Etwas, von dem dieser verdammte Giovanni aus Neapel – wie auch immer – erfahren hatte?

Boomi stöberte weiter und las: „Joachim Murat traf am 6. September 1808 in Neapel ein, um die Macht zu übernehmen. Seine Herrschaft in Italien wurde von den Zeitgenossen und von der späteren Geschichtsschreibung nach Jahrhunderten der Misswirtschaft als gut beurteilt. Er stützte sich wie sein Vorgänger Joseph Bonaparte dabei hauptsächlich auf italienische Beamte und war bestrebt, den sichtbaren französischen Einfluss möglichst klein zu halten. Daher wurde seine Regentschaft nicht als Fremdherrschaft angesehen. In seine Zeit fällt der Aufbau einer modernen Verwaltung. Murat soll in Neapel die den Freimaurern nahestehende Loge Murat gegründet haben. Von ihren Zielen, Statuten oder Inhalten ist allerdings im Laufe der Geschichte nichts bekannt geworden. Man vermutet, dass sich diese Loge kurz nach Murats Tod auflöste."

Da haben wir es ja! Die Freimaurer! Eine elitäre Loge, die von Murat gegründet wurde. Boomi schaute auf das Pergament und besonders auf die Säule, die er zuvor als Freimaurer-Symbol entschlüsselt hatte. „L M". „L M" vielleicht als Abkürzung für: „Loge Murat"? Gut möglich. *Allmählich verstehe ich das, was hier in Kürzeln, Symbolen und Bildern wiedergegeben ist*, jubelte er innerlich. Aber dann traf ihn beinahe der Schlag. Denn als er weiter nach Joachim Murat und seinem Leben forschte, stieß er auf eine längere Einlassung von Theodor Fontane. Fontane war schließlich nicht irgendjemand, sondern einer der größten Dichter und Geschichtenforscher seiner Zeit gewesen. Was aber Fontane über Joachim Murat mitzuteilen hatte, verschlug Boomi glatt die Sprache. Im Jahre 1806 war Murat mit seinen Soldaten nach Preußen gezogen. Dort ereignete sich etwas, das man im Nachhinein als „König-Murat-Affäre" bezeichnete: „Zu seiner Zeit fand die König-Murat-Affäre statt, worüber ich das Aktenstück besitze", schrieb Fontane. Und weiter:

„Im Jahre 1806 zogen die französischen Truppen unter Murat durch Preußen. Aus Angst vor Plünderungen hatte Friedrich Ludwig Wilhelm von Bredow in einem schwer zu bemerkenden Verschlag seines Weinkellers auf Gut Kleßen zwei Kisten versteckt. Eine Kiste seiner Mutter mit ihrem Schmuck, Silberzeug und sonstigen Wertsachen und die andere Kiste von Friedrich Ludwig Wilhelm von Bredow selbst mit Dokumenten und Bargeld. Im Herrenhaus derer von Bredow in Friesack nahm im November 1806 der französische Divisionsgeneral St. Hilaire mit seinem Stab Quartier. Von ihm erfuhr der Graf von Bredow, dass Prinz Murat persönlich nach Friesack kommen und sein Generalstab in Friesack Quartier nehmen wollte. Da bereits nach zwei Tagen durchziehender französischer Truppen und des Quartiernehmens des Divisionsgeneral St. Hilaire mit seinem Stab ein Mangel an Wein im Friesacker Herrenhause aufgetreten war und im Kleßener Gutshaus ebenso Einquartierungen erfolgt waren, wusste man von dem ansehnlichen Weinkeller in Kleßen. Vom Adjutanten von Murat, einem gewissen Colonel Manino, erfuhr der Graf von Bredow, dass bereits zwei Wagen nach Kleßen gesandt worden waren um dem Mangel an Wein ein Ende zu bereiten.

Als die Wagen vollgepackt in Friesack ankamen, hatten sie zum großen Schreck des Grafen von Bredow außer Wein auch die beiden versteckten Kisten geladen. Divisionsgeneral St. Hilaire nahm die Kisten sofort an sich und erklärte dem protestierenden Grafen von Bredow, dass es sich bei diesen um Staatseigentum und somit um Kriegsbeute handele. Durch seine Proteste erreichte er jedoch nur, dass die Kisten bis zum Eintreffen des Prinzen Murat ungeöffnet blieben.

Nach Eintreffen Murats gegen Mitternacht wurden die Kisten unter Androhung von Erschießung gegenüber dem Grafen von Bredow bzgl. falscher Angaben zum Eigentümer der Kisten geöffnet." Fontane weiter nach einem Gespräch mit von Bredow: „Ich besaß nur den einen Schlüssel, der andere war von meiner Mutter mitgenommen worden; man fand in dem einen Kasten die Familiendokumente, einige Obligationen und 298 Taler, 11 Silbergroschen Depositengeldes sowie auch 2735 Taler in Gold und 1250 Taler in Courant sowie auch einige alte Gold- und Silberstücke, deren Wert ich aber speziell nicht angeben kam."

Die Dokumente erhielt der Graf von Bredow nach deren Überprüfung zurück, das Geld wurde wieder in die Kiste gelegt. Die zweite Kiste der Mutter musste aufgrund des fehlenden Schlüssels gewaltsam geöffnet werden. Fontane gibt den genauen Inhalt an: „In diesem Kasten waren, laut Spezifikation, erstens an barem Geld: 1790 Taler in Golde – 850 Taler in Courant – 275 Taler in holländischen Dukaten – 83 Stück goldene Medaillen und seltene Münzen – 131 Stück silberne Schaumünzen, beider Wert kann ich nicht genau angeben. Zweitens an Juwelen und Schmuck:

1 großer Solitär-Brilliantring, den früher Juwelier Baudisson auf 2750 Taler taxiert.

1 dito, etwas kleiner, als Damenring, 1 Diademreif mit Brillianten, 1 Paar Brilliant-Ohrringe, 2 andere Brilliantringe à jour gefasst, 6 Schnur echter Zahlperlen, 1 goldene Tabatiere mit dem Bildnis Friedrichs des Großen, reich mit Brillianten und couleurten Steinen besetzt. Ein Geschenk des großen Monarchen an den Generalleutnant von Bredow, der sein Gouverneur gewesen war. 1 silbernes komplettes Tafelservice auf 18 Personen mit dem Kalenbergschen und Perkentinschen Wappen, ein Erbstück."

„Donnerwetter!", entfuhr es Boomi. Dafür konnte man schon mal töten. Jedenfalls innerhalb der kranken Vorstellungswelt, in der sich so ein Killer eingerichtet hatte. Wenn er dann noch einer ominösen Loge angehörte ...

Heutzutage dürfte dieser Schatz, von dem Fontane spricht, eine ganze Menge wert sein. Vermutlich mehrere Millionen! Boomi war wie elektrisiert. Er erfuhr aus einer weiteren Quelle, wie die Geschichte um den Diebstahl später weitergegangen war. Nach dem Krieg wandte sich Friedrich Ludwig Wilhelm von Bredow am 25. Oktober 1815 mittels eines Briefes, in dem eine genaue Darstellung des unerhörten „Friesacker Juwelenraubes" dokumentiert war, unter Zuhilfenahme des Geheimen Staatsrats von Quast an den Minister Freiherr von Altenstein mit der Bitte um Wiedergutmachung durch den französischen Staat. Die Antwort des Ministers von Altenstein auf diese Eingabe datiert vom 12. Januar 1816 und hat folgenden Wortlaut: „Die französische Regierung hat sich auf eine Entschuldigung für das, was französische Generale oder andere Militärs geraubt und geplündert haben, auf keine Weise einlassen wollen, und die verbündeten Mächte haben auf einer solchen Forderung auch nicht bestanden, weil bei der zahllosen Menge von Plünderungen, welche von den französischen Heeren durch ganz Europa während der Revolutionskriege verübt worden sind, ganz Frankreich nicht würde hingereicht haben, um den Schaden zu ersetzen."

Der detektivische Antiquar lehnte sich zufrieden zurück. Der Nebel hatte sich gelichtet. Das, was er da eben gelesen hatte, bedeutete auch, dass der erbeutete preußische Schatz seit jenen Tagen als verschollen galt. Niemand wusste, wohin Murat ihn gebracht hatte. Und nun tauchte plötzlich ein geheimnisvoller Plan auf, offensichtlich zu dem einzigen Zweck angefertigt, die genaue Lage dieses Schatzes wiederzugeben – den Ort, an dem General Murat ihn einst versteckt hatte.

„Mich tritt ein Pferd", sagte Boomi laut. „Dieser Schatz wurde irgendwo am Niederrhein vergraben." *Murat hat ihn einst hierher in Sicherheit bringen lassen, vermutlich bevor er nach Italien ging. Später ist er dann nicht mehr zurückgekommen. Einer seiner Männer muss einen Lageplan angefertigt haben – vielleicht auch, um sich später des Schatzes zu bemächtigen. Er hat den Plan in zwei Teile zerschnitten, den einen Teil im Säbelgriff versteckt und den anderen im Kugelbeutel. So wollte er es einem möglichen Finder schwer machen. Dann aber wurde dieser Soldat ermordet – und seine Gebeine ru-*

hen vermutlich immer noch irgendwo auf Lenterkamps Hof. Die Vorfahren von Wellfonder haben den Leichnam verscharrt und den Säbel und den Kugelbeutel versteckt, weil sie keine Verwendung dafür hatten. Vielleicht hatten sie auch Angst, dass man sie bestrafen könnte, wenn man die Sachen bei ihnen fand? Nun, so wird es wohl gewesen sein!

Er eilte an seinen Schreibtisch zurück, wo er erneut das Pergament studierte. „Thes Fries" konnte nur „Thesaurus", also übersetzt „Schatz aus Friesack" bedeuten. Friesack war das Stammhaus derer von Bredow in Preußen gewesen. „Gen Joa Mur" war klar: „General Joachim Murat". Was aber sollte er mit „Cell dieknip" anfangen?

Er wurde immer fiebriger und aufgeregter – und in diesem Augenblick geschah etwas Ungewöhnliches. Die Klappe seines Briefkastens draußen an der Hauswand scheppterte. Jemand hatte etwas hineingeworfen. Aber um diese Zeit? Es war schon reichlich spät. Etwas unsicher entriegelte Boomi die Tür – konnte es sich um eine Falle handeln? – und spähte angespannt hinaus in die Dunkelheit. Niemand war zu sehen.

„Hallo? Jemand da?"

Keine Antwort. Als er hastig den Briefkasten öffnete, fand er darin einen hellbraunen Umschlag ohne Adresse oder Absender. Er zog ihn hervor und riss ihn hastig auf. Darin befand sich eine an ihn gerichtete Nachricht, an die mit einer Büroklammer ein Zettel geheftet war. Ungläubig las er: „Lieber van den Boom. Bei großen Dingen bleibt man niemals so ganz allein. Meine Augen ruhen gespannt auf Ihrer Arbeit. Erfolg beim … f …… wünscht Marengo."

Angehängt war – und das war mit Abstand der größte Schock an diesem Tag – der andere, bislang noch fehlende Teil des Pergaments.

Kleinlützum rastet aus

"Fiktion ist eine Tatsache", murmelte Schaller, als er seinen ungläubig staunenden Chef betrachtete – Kleinlützum war leichenblass geworden. Er stand vor seinem Schreibtisch und starrte auf den Hörer, als hätte er soeben erfahren, dass man ihm die Pension aufgrund schlechter Leistung im Dienst bis auf 100 Euro monatlich gekürzt hatte. Ihm war übel. Was er da am Telefon erfahren hatte, war so ungeheuerlich, dass er sich erst einmal davon erholen musste. Aber dann kehrten seine Lebensgeister zurück. Er empfand eine unglaubliche Wut auf sich selbst und diesen Vluyner Mistkerl, der sie offenbar die ganze Zeit über fröhlich hintergangen hatte.

"Aber jetzt kriege ich dich, du Hurensohn", grollte der Kommissar. Schaller blickte von seinem Roman auf, dem er sich mal wieder zugewandt hatte. *Was ist bloß mit Kleinlützum los? Erst steht er eine geschlagene Minute wie eine Statue in der Gegend herum und dann geht er an die Decke.* Hatte er, Schaller, etwas nicht mitbekommen?

Kleinlützum stierte seinen Kollegen an, als ob er jeden Moment auf ihn losgehen wollte. "Sie ahnen nicht, wer mich eben angerufen hat! Da kommen Sie nie drauf! So etwas passiert nicht in Romanen. Das kann sich nämlich kein Autor ausdenken. So was passiert nur in Wirklichkeit!"

Er schnaufte erneut wie ein Stier in Pamplona, der von der Meute durch die Straßen gehetzt wird und am liebsten alle Zweibeiner der Welt auf die Hörner nehmen möchte. „Nicht mal in Ihren wildesten Träumen würden Sie ahnen, Schaller, wer da gerade unbedingt mit mir sprechen wollte!"

„Ich höre Ihnen bei vollem Bewusstsein zu", erwiderte sein Kollege sicherheitshalber, schob dabei demonstrativ sein Buch zur Seite und blickte zu Kleinlützum auf wie ein Schuljunge zu seinem Direktor.

„Das war diese dunkelhaarige Tante vom Museum in Vl …, diese Judith Dingsbums. Sie erzählte mir ganz ausgeregt, dass gestern Abend spät ihr Möchtegern-Liebhaber noch bei ihr gewesen sei. Er habe ihr einen Plan gezeigt."

„Was für einen Plan?"

„Weiß ich nicht. Ist mir aber auch völlig schnuppe. Dann haben die beiden Turteltäubchen eine Flasche Vogelbeerschnaps geleert."

„Vogelbeerschnaps? Igittigitt. Der schmeckt doch gar nicht."

„Egal, am Ende war dieser Antiquar jedenfalls voll wie eine Strandhaubitze, und dann hat er seiner Angebeteten etwas gebeichtet. Hatte wohl ein furchtbar schlechtes Gewissen. Ich fasse es nicht. Ich krieg's einfach nicht in die Birne. Sollte ich denn wirklich so falsch gelegen haben bei diesem verlogenen Kerl?" Kleinlützum schwieg und starrte ausdruckslos aus dem Fenster.

„Ich bin immer noch ganz bei Ihnen, Chef! Schütten Sie Ihr Herz aus!"

Kleinlützum drehte sich langsam um. „Diese Tante vom Museum hat mir schluchzend erzählt, Boomi hätte ihr verraten, dass er ein Komplize des Mörders sei. Das arme Mädchen hat am Telefon geheult wie ein Schlosshund. Sie könne nicht mit dieser schrecklichen Wahrheit weiterleben. Ihr Freund habe dem Italiener geholfen, sich in den Niederlanden zu verstecken. Und zwar in Arcen, in der Koestraat 7. Dort würden wir den Mörder aus Neapel zu fassen kriegen. Was sagen Sie jetzt, Schaller? Hätten Sie das diesem antiquarischen Wiesel in seiner komischen Thompskate zugetraut? Ich bin fertig, sage ich Ihnen, aber ich bin auch so wütend, das ich mir dieses miese Bürschchen augenblicklich vorknöpfen werde."

Schaller blickte seinen Chef nachdenklich an. „Und Sie glauben dieser Museumsleiterin? Vielleicht hat sie ja heute früh was genommen. Die Coffeeshops sind nicht weit weg von diesem mörderischen Vluyn."

Kleinlützum hatte sich wieder gefasst. Er klang einigermaßen ruhig, als er Schaller auftrug: „Teilen Sie die Kollegen ein. Zwei Wagen fahren zu diesem verdammten Boomi und nehmen den Kerl fest. Sie sollen ihn in Ketten legen! Ich kümmere mich derweil um die Kollegen in Holland, damit wir den Mörder in seiner Wohnung in Arcen zu fassen kriegen. Ach, ja, und einer schafft mir noch diese Museumstante herbei."

„Verstanden, Chef, so machen wir das!", bestätigte Schaller und merkte noch an: „Wir sind zur Stelle, wenn so etwas passiert, nicht wahr?"

Kleinlützum blickte seinen Kollegen wieder mal irritiert an, aber nur kurz, dann hellte sich sein Gesicht auf. „Genau! So ist es, mein Lieber. Wir sind zur Stelle, denn das Maß ist jetzt voll."

Ein niederrheinischer Bauer trifft Gott und erhält die einmalige Chance, den Schöpfer alles zu fragen, was er so auf dem Herzen hat.
„Also Gott, du bist allmächtig und ewig", fragt der Bauer. „Wie viel Zeit sind denn für dich, sagen wir mal, 500.000 Jahre?"
„Och", antwortet Gott, „etwa eine Sekunde, so ungefähr."
Hm, Donnerwetter, denkt der Vluyner Bauer. Dann fragt er: „Sag mal, Gott, wie viel Geld sind für dich 50 Millionen Euro?"
„Och", antwortet Gott, „etwa ein Cent, so ungefähr."
Wow, nicht schlecht, denkt der Bauer. Dann sagt er: „Du bist gütig, Gott, du verstößt niemanden, kannst du mir nicht einen Cent schenken?"
„Aber gern", antwortet Gott, „äh, wart' mal 'ne Sekunde."

Van den Boom geht ein Licht auf

Boomi war zutiefst geschockt. So geschockt, dass er begann, an seinem Verstand zu zweifeln. Was war jetzt los? Was passierte gerade? Ihm war das fehlende Puzzlestück zugespielt worden! So mir nichts dir nichts? Das gab's doch gar nicht. Wie war das möglich? Aber er hielt tatsächlich den zweiten Teil des Plans in seinen Händen. Unglaublich!

Ganz langsam setzte sein Verstand wieder ein. Und damit kam auch die Angst. Ein Fremder spielte auf übelste Weise mit ihm, einer, der die Unverfrorenheit besaß, ihm den zweiten Teil des Pergaments zu schicken und gleichzeitig zu erklären, dass er Boomi nicht aus den Augen lassen würde. Wobei beobachtete er ihn? Bei der Lösung des Rätsels? Und dann? Was würde danach geschehen? Dass es vermutlich um viel Geld ging, ahnte Boomi bereits. Doch wer sollte so selbstlos sein, ihm den Schatz oder was auch immer zu überlassen oder auch nur mit ihm zu teilen? Bestimmt kein Fremder.

Boomi befand sich in einer bösen Situation. Jemand, den er nicht kannte, hatte ihn im Visier und plante bestimmt nichts Gutes, jemand in der Nähe. Wer konnte das sein? Der Mörder? Konnte es der Mörder von Kreymann und der alten Bongards sein? Aber warum sollte Giovanni de Santis ihm seinen Teil des Pergaments schicken? Oder anders gefragt: Woher sollte er überhaupt wissen, dass er – Boomi – eine Rolle in der ganzen Angelegenheit spielte? Und dass er, Boomi, den zweiten Teil des Pergaments besaß?

Ihn schauderte, denn Mörder wie Giovanni fackelten nicht lange. Schließlich handelten sie im Auftrag und nicht im Affekt. Giovanni hätte sich Boomis Hälfte auf weit weniger subtile Weise angeeignet.

Giovanni de Santis konnte nicht hinter dieser Pergamentgeschichte stecken. Aber wer war es dann? Da kam ihm in den Sinn, dass es ja diesen rätselhaften Unfall auf der B 9 gegeben hatte. Jemand hatte den Reifen des Sportflitzers durch einen gezielten Schuss zum Platzen gebracht. Boomi fühlte sich zunehmend unwohler in seiner Haut. Wer auch immer der geheimnisvolle Schütze gewesen sein mochte – Boomi stand ebenfalls auf seiner Liste. Der Unbekannte hatte dem bewusstlosen de Santis das Pergament entweder in seinem Auto oder im Krankenhaus abgenommen. Und noch einmal: Woher zum Teufel wusste er, dass Boomi das fehlende Stück besaß?

Ich bin zum Spielball dunkler Interessen geworden, dachte er verzweifelt, *vielleicht hat mich dieser Marengo bereits beobachtet, als ich auf dem Lenterkamps Hof fündig geworden bin. Weiß der Henker, wie er mir auf die Spur gekommen ist.* Er befand sich in unmittelbarer Gefahr. Der Plan des geheimnisvollen Marengo ließ keine Wünsche offen: „Löse du gefälligst das Rätsel für mich. Was ich anschließend mit dir mache, behalte ich mir vor."

Boomi kramte noch einmal den Zettel hervor, auf dem der Unbekannte seine Nachricht hinterlassen hatte: „Erfolg beim ... f ...... wünscht Marengo." Was sollte das eigentlich heißen? Ein „f" und es fehlten noch sechs weitere Buchstaben? Doch der privateste Privatdetektiv der Region hatte weder Lust noch Zeit, sich auf solche blöden Spielchen einzulassen.

Also entschlüsselte Boomi den Namen „Marengo" numerologisch-kabbalistisch und mit Hilfe des Rider-Waite-Tarots. Die einzelnen Buchstaben ergaben die Zahl 32. Löste er diese kabbalistisch durch Bildung der Quersumme auf, so erhielt er die Zahl 5. Die fünfte Karte bei den Großen Arkana des Tarots der Zigeuner war der *Papst*, der *Hohepriester*, der *Schamane*. Ich lege mich mit keinem Niedrigen an, durchfuhr es Boomi heiß. Nach allem, was er bereits mit dem Unbekannten erlebt hatte, bestätigten die Karten seine schlimmsten Befürchtungen. Um sich abzulenken, wandte er sich seiner „Aufgabe" zu.

Beide Pergamente lagen nebeneinander. Sie passten zusammen wie ein perfektes Liebespaar. Was er erkannte, war ein großer Bogen von gleichmäßig gesetzten Punkten etwa in der Form eines Hufeisens. Auch auf dem neuen, linken Teil des Pergaments stand „cell dieknip", ebenfalls an einer bestimmten Stelle – ganz in der Nähe der als Hufeisen angelegten Pünktchen. Dieses Hufeisen machte einen großen Teil beider nun wieder vereinter Stücke aus.

Doch was stellte es überhaupt dar? Irgendwie kam Boomi das alles bekannt vor. Das hatte er schon mal gesehen – nicht wirklich so, wie es auf dem Pergament gezeichnet war, sondern anders, künstlerischer ... Wo hatte er das schon mal gesehen? Das kannte er doch. Und – es fiel ihm tatsächlich wieder ein.

Boomi musste lächeln, denn die wie flüchtig aufs Pergament aufgetragenen Zeichen, Schriften und Symbole erinnerten an eine ganz bestimmte Arbeit des Künstlers Ivica Matijevic. Matijevic hatte eine zeitlang in Neukirchen-Vluyn gelebt, bevor er sich endgültig mit seinem Atelier in Moers niedergelassen hatte. Matijevic war ein überaus begabter Maler und Bildhauer mit einer sehr eigenen Bildsprache, die sehr ästhetisch wirkte. Gero van Leyen hatte verschiedene Plastiken und Bilder des vom Balkan stammenden Künstlers im Laufe der Jahre mindestens dreimal in der Kulturhalle ausgestellt – mit großem Erfolg.

Eine seiner ungewöhnlichen Arbeiten hieß „Erinnerung". Sie ähnelte auf ihre Weise ein wenig dem geheimen Plan des unbekannten französischen Offiziers. Das Objektbild ließ den Betrachter in seiner schwach aufgetragenen Farbigkeit, dem als Firnis genutzten Weiß, dem Hauch von Grün und Rot, dem gepunkteten Fluss oder Sternenweg an eine geistige Landkarte denken. Wie auf dem Pergament waren auch hier alle Schriften kaum erkennbar, schwer entzifferbar, gaben die Zeichen und Zahlen dem Betrachter scheinbar unlösbare Rätsel auf.

Boomi fand sofort eine Abbildung des Werkes – denn er wusste genau, wo jedes einzelne Buch im Regal zu finden war – und legte dann den Druck neben das nun vollständige Pergament. Anschließend versenkte er sich in die rätselhaften Darstellungen, beide von Menschen angefertigt, die mit nichts anderem als Zeichen und Hinweisen auf etwas Verborgenes hinweisen wollten. Plötzlich verstand er. Das Kunstwerk hatte ihm eine Möglichkeit der Dechiffrierung des geheimen Schatzplans eröffnet.

„Ein Fluss, murmelte er ergriffen. „Es ist ein Fluss in seiner Biegung, so wie man die roten und gelben Punkte des Werkes von Matijevic, die in Wirklichkeit aus Buntstiften bestehen, auch als Sternen- oder Flussweg für sich deuten kann. Es ist ein Fluss. Ein Fluss." Er konnte es kaum fassen.

Wie wird das Wetter heute? Die Frage geht an die Bäuerin Agnes Hüsken aus Rheurdt. Die 88-Jährige blickt zum Himmel auf und antwortet: Den Wolken nach zwischen Weinen und Heulen.

Eine Verhaftung am Morgen

Sie führten ihn tatsächlich in Ketten ab – wie einen Schwerverbrecher. Die Polizisten hatten ihm Handschellen angelegt und deutlich gemacht, dass sie ihm am liebsten auch noch Fußeisen verpasst hätten.

„Was habe ich denn Schlimmes verbrochen?", fragte Boomi verzweifelt den Polizeibeamten mit dem Kreuz eines Wrestlers, der ihn unsanft in Richtung Einsatzwagen stieß.

„Schnauze! Wenn Sie Widerstand leisten, mache ich von der Schusswaffe Gebrauch."

Boomi schluckte. Es war gegen 10.30 Uhr gewesen, als sie mit vier Leuten wie ein Rollkommando über ihn hereingebrochen waren. Eigentlich konnten sie nur vermuten, dass unter seinem Dach ein mexikanischer Drogenbaron seine Urlaubstage verbrachte – so, wie sie sich benahmen. Geistesgegenwärtig hatte Boomi die Pergamentstücke noch so gerade eben zwischen die Blätter eines Wissenschaftsjournals auf seinem Schreibtisch schieben können. Da waren sie schon zu zweit über ihn hergefallen und hatten ihn ziemlich brutal auf den Boden geworfen. Dort wurde er rüde nach Waffen abgetastet. Ehe er sich's versah, klickten schon die Handschellen. Sie rissen ihn vom Fußboden hoch und führten ihn ab wie einen gefassten Schwerverbrecher. Dabei fuchtelte ein Mensch, der abends wahrscheinlich unentgeltlich (weil es ihm so viel Spaß machte) in der „Königsburg" in Krefeld als Türsteher arbeitete, mit seiner Waffe vor Boomis Knollennase herum. „Glauben Sie mir, wenn wir zum Einsatz kommen, dann hat einer richtig Dreck am Stecken. Also, Klappe halten und unseren Anweisungen direkt Folge leisten. Dann passiert Ihnen nichts."

Na, das kann ja heiter werden, dachte Boomi. Vermutlich steckte mal wieder dieser verrückte Kleinlützum dahinter. Offenbar glaubte der Kommissar, etwas gefunden zu haben, das Boomi schwer belastete. Aber das konnte doch um Himmels Willen nicht das Pergament sein? Sein Besitz war nicht strafbar. Oder doch? Auf dem Präsidium würde sich alles schnell aufklären, hoffte er. Mit neugewonnener Zuversicht lächelte Boomi den Muskelprotz an seiner Seite an, als dieser ihn unsanft in den Wagen beförderte. Aber der hünenhafte Polizist blickte nur finster zurück.

Sie rasten mit ihm über die A 40 Richtung Duisburg und brachten ihn unverzüglich zum Präsidium. Wenig später wurde Boomi aufgefordert, auf einem Stuhl im Vernehmungsraum in der zweiten Etage Platz zu nehmen. Kleinlützum und Schaller kamen kurz darauf herein. Grußlos und ohne Umschweife begann Kleinlützum mit dem Verhör: „Nun, Herr van den Boom, das Katz-und-Maus-Spiel findet hier und jetzt ein abruptes Ende. Wir wissen, dass Sie ein Komplize von

Giovanni de Santis oder besser Michele Galvano aus Neapel sind. Was haben Sie dazu zu sagen?"

Der Kommissar klang eher gelangweilt, so als würde er sich beim Reden die Fingernägel schneiden, maniküren und anschließend mit rosa Nagellack stilvoll bemalen, Quadratmillimeter für Quadratmillimeter.

„Mitzuteilen? Was? Wie bitte? Was soll ich sein? Ein Komplize des Mörders? Wie kommen Sie denn darauf?", ereiferte sich Boomi. Er war geschockt. Andererseits: Die Beamten mussten ihre Anschuldigungen ja auch belegen können. Vielleicht hatten sie ja diesen de Santis alias Galvano geschnappt? Kleinlützum und Schaller blickten ihn beinahe verständnisvoll an.

„Gestehen Sie einfach", riet Schaller. „Mitunter erleichtert es einen ungemein, vor allem, wenn man erst vor Kurzem zum Helfer des organisierten Verbrechens geworden ist und deren krude Moralvorstellungen noch nicht so ganz verinnerlicht hat. Sie müssen bei uns nicht schweigen, nein, Sie dürfen nach Herzenslust auspacken. Das wird auch dem Staatsanwalt sehr gefallen."

Boomi wusste nicht, was er tun sollte. *Jetzt schon nach dem Anwalt rufen?* So lief das doch im Fernsehen. „Hat dieser Galvano mich etwa angeschwärzt?"

„Das wird er noch, Herr van den Boom", klärte Kleinlützum ihn auf. „Wir befinden uns in der glücklichen Lage, noch einen zweiten Zeugen gegen Sie zu haben. Unsere Beamten sind gerade auf dem Weg, um ihn zu uns ins Präsidium zu bringen. Spätestens dann, Herr Antiquar, ist für Sie alles vorbei. Also reden Sie jetzt. Packen Sie aus! Das könnte Ihnen, wie Kollege Schaller richtig bemerkte, gewaltige Pluspunkte beim Staatsanwalt einbringen."

„Ich brauche keine Pluspunkte", ereiferte sich Boomi. „Ich habe mit den Morden und mit diesem de Santis, oder wie er heißt, überhaupt nichts zu tun. Ich weiß gar nicht, wie Sie darauf kommen. Wer immer so etwas von mir behauptet, lügt. Er lügt, hören Sie?"

Die beiden Beamten schauten ihn immer noch so mitfühlend an, als glaubten sie ihm kein Wort. Boomi wurde zusehends unwohl in seiner Haut. Er spürte, dass da etwas gegen ihn im Gange war. Auf einmal befiel ihn ein beängstigender Verdacht. Konnte es sein, dass dieser Marengo seine dreckigen Finger im Spiel hatte? Konnte es sein, dass der, wie auch immer, dem Kommissar etwas gesteckt hatte? Dass er, Boomi, etwas mit den beiden Morden zu tun hatte? Verdammt. Was könnte Marengo ihnen denn gesagt haben, das sich nicht widerlegen ließ?

Kleinlützum blickte Boomi kalt in die Augen. Er war sich seiner Sache ganz sicher und schien wirklich etwas gegen ihn in der Hand zu haben, einen Trumpf, den er, der Angeklagte, nicht kannte. Was konnte das sein? Er wollte schon einen Anwalt fordern, als der Kommissar zu sprechen begann. „Ich lasse mal die Katze ein wenig aus dem Sack", begann er und grinste. „Nur so ein Stückchen, dass Sie ihren hübschen Kopf sehen können."

Er wandte sich seinem Kollegen Schaller zu. „Das passt doch, nicht wahr? Habe ich doch treffend formuliert, nicht wahr?"

Schaller schlug mit der flachen Hand auf den Tisch. „Ja, das passt, Chef. Passt wie die Faust aufs Auge!"

Boomi verstand kein Wort. Hatten die zwei wieder ihre verrückten fünf Minuten?

„Also, Sie Möchtegern-Antiquar, ich sage Ihnen jetzt Folgendes. Passen Sie auf: Nun kommt der Katzenkopf zum Vorschein. Jemand hat uns mitgeteilt, wo der Mörder zu finden ist. Was soll ich Ihnen dazu sagen? Er hat nicht gelogen. Dort steckt er tatsächlich. Die holländische Polizei – na, klingelt es bei Ihnen? – umzingelt in diesem Augenblick das Haus, in dem er abgestiegen ist. Was fällt Ihnen dazu ein?"

Boomi zuckte hilflos die Achseln. „Es ist toll, dass Sie diesen Verbrecher endlich geschnappt haben. Aber dazu fällt mir rein gar nichts ein. Was habe ich denn damit zu tun? Ich verstehe wirklich nicht, was ich hier soll."

„Nein, verstehen Sie nicht? Sie sind wirklich ein harter Brocken, Herr Antiquar", stöhnte Schaller. „Aber das hilft Ihnen gar nichts. Denn derjenige, der uns auf die Sprünge geholfen und uns gesteckt hat, wo wir den Sauhund aufspüren können, hat noch etwas anderes ausgeplaudert." Er machte eine bedeutungsschwangere Pause.

„Und was?", fragte Boomi nach einer halben Ewigkeit.

„Dass Sie mitgeholfen haben, für den Kerl ein Versteck zu finden. In Arcen übrigens. Und bevor Sie wieder alles abstreiten, denken Sie doch mal einen Moment lang logisch."

„Logisch?", stammelte Boomi. Langsam verlor er den Überblick – die beiden machten ihn fertig.

„Ja, logisch. Wenn der Zeuge mit der einen Behauptung recht hat – nämlich der, dass sich der Täter in der Koestraat 7 in Arcen aufhält –, warum soll er dann mit der anderen Behauptung, dass Sie mit dem Mörder unter einer Decke stecken, unrecht haben? Das ist doch *logisch*, oder?"

„Nein, ist es nicht!", rief Boomi verzweifelt. Dabei sprang er auf und stieß seinen Stuhl um.

„Setzen Sie sich augenblicklich wieder hin!", forderte Kleinlützum ihn barsch auf. Doch Boomi hörte nicht auf ihn. „Er hat unrecht. Er hat einfach unrecht. Er lügt. Er mag mich beschuldigen, aber ich habe keine Ahnung, warum. Es stimmt einfach nicht. Wer ist denn Ihr ominöser Zeuge? Er soll es mir ins Gesicht sagen. Von Angesicht zu Angesicht. Zeigen Sie ihn mir. Ich will ihn vor mir sehen!"

„Das werden Sie. Das werden Sie bestimmt. Sie werden diesen Zeugen jetzt gleich vor sich haben, van den Boom", knurrte Kleinlützum. „Dann ist Schluss mit lustig. Glauben Sie mir. Ich habe Ihre Lügen ein für alle Mal satt. Sie wandern für Jahre in den Bau. Das kann ich Ihnen gerne schriftlich geben. So jemand wie Sie ist mir noch nicht untergekommen."

„Der Zeuge kommt hierher?", staunte Boomi. „Und will mir ins Gesicht sagen, dass ich … Wer soll das denn sein?"

„Sie kennen den Zeugen sogar recht gut", bemerkte Schaller.

In diesem Moment klopfte es an der Tür. Ein Polizist trat ein und deutete an, dass der Zeuge bereit sei.

„Dann mal hereinspaziert in die gute Stube", meinte Kleinlützum leutselig. „Hier wartet jemand schon ganz ungeduldig auf Sie."

Die Tür schwang weit auf – und Boomi wurde leichenblass. Augenblicklich begann er am ganzen Körper zu zittern.

„Volltreffer!", triumphierte der Kommissar.

Das Leben ist voll biologisch-abbaubarer Kunst.

Der Geruch der Gefahr

Seine Mutter hatte dem jungen Michele einst gesagt: „Gefahr kann man riechen. Wenn sie auf einen zukommt, kann man sie wittern. Allerdings muss man dafür wirklich sensibel sein." Sie hatte den damals dreijährigen Knirps fest in die Arme geschlossen und ihm ins Ohr geflüstert: „Als guter Junge solltest du derart sensibel sein."

Er hatte brav genickt. „Bin ich bestimmt. Aber wie riecht denn Gefahr, Mama?"

„Weißt du, mein Sohn, das ist, als stünde dir für einen Moment das Herz still, so als bewegte sich kein Lüftchen und als röchest du gleichzeitig deine Lieblingsspeise – Pastieri-Küchlein –, die wir nur ostersonntags essen."

„Was mache ich denn, Mama, wenn ich die Gefahr rieche?"

„Wenn du sie riechst – was immer du dann auch tust, es geht vor allem um die Ehre der Familie", hatte Mutters Antwort gelautet.

Die phantasievolle Beschreibung seiner Mutter, wie man Gefahr riechen kann, hatte der junge Michele nie mehr vergessen. Nie war in seinem späteren Leben dieser Augenblick eingetreten: dass sein Herz aufgehört hätte zu schlagen, dass kein Lüftchen mehr geblasen oder der herrliche Duft der Pastieri seine Nase umwehte hätte und vor allem, dass alle drei Dinge gleichzeitig stattgefunden hätten. Dabei war er mehr als einmal in Gefahr gewesen.

Aber an diesem Morgen, als er aufwachte und sich auf die Bettkante setzte, roch es in seinem niederländischen Zimmer nach Pastieri, der neapolitanischen Osterspeise. Es roch danach, obwohl das völlig unmöglich war. Michele war alarmiert. Er befand sich in großer Gefahr; das war die einzige Erklärung für diesen Duft.

Seit einigen Tagen hauste er nun hier in diesem engen Loch, wo er doch erheblich Besseres gewöhnt war. Seine Familie war immer reich gewesen; sie hatten sich alles leisten können. Michele war in dem Bewusstsein aufgewachsen, dass es nur zwei wichtige Dinge im Leben gab: die eigene Sippe und das Geld. Geld konnte man niemals genug haben, und deshalb hatte man dafür Sorge zu tragen, dass es einem niemals ausging. Gewalt war dabei die beste Methode und überdies Familientradition.

Geld besaß Michele, aber seine Leute hatte er enttäuscht. Längst hätte er sich bei ihnen melden müssen; längst hätte er wieder zurück in Neapel sein müssen. Weil das unmöglich war, hatte er sich in dieses muffige Loch verkrochen wie eine Ratte in ihren Bau. Versagen durfte man als Mitglied der Galvanos nicht.

Auch der große General, der einst ihre geheime Loge gegründet hatte, wäre von ihm enttäuscht gewesen. Ihm fühlten sie sich alle nach wie vor verpflichtet. Bislang hatte Michele angenommen, dass ihn Joachim Murat auserwählt hatte und sicher auf seinem Weg führen würde. Aber er hatte sich getäuscht. Der General führte ihn nicht. Er, Michele, hatte versagt, weil er das Pergament zwar gefunden, aber sich auch wieder wie ein dummer Junge hatte wegnehmen lassen. Das war etwas, was ihm sein Vater, Don Galvano, niemals verzeihen würde. Michele konnte den Don verstehen, aber er konnte ihn nicht einmal darüber aufklären, wer sich überhaupt in diese Sache eingemischt hatte. Ein anderer Clan? Ein verräterisches Logenmitglied? Er hatte keinerlei Anhaltspunkte. Seine Vermutung ging dahin, dass Aurelia etwas ausgeplaudert hatte. Doch wie sollte er das dem mächtigen Don erklären? Versagern schenkte sein Vater kein Gehör. Deshalb würde es unmöglich sein, ihm das Ganze zu erklären. So unmöglich wie der Duft von Pastieri in seinem niederländischen Zimmer.

Als Michele zum Fenster hinausschaute, nahm er staunend wahr, dass sich draußen kein einziges Lüftchen regte. Nicht ein Blatt bewegte sich an den Bäumen. Es war völlig windstill. Genau in diesem Moment glaubte er vorsichtige Schritte auf dem Flur vor seinem Zimmer zu hören. Der alte Jan Wouters konnte das nicht sein, denn Michele hatte ein feines Gespür für diese Art von Schritten: So klangen derbe Stiefel, und zwar mehr als nur ein Paar. Michele verzog das Gesicht. Sie hatten ihn also aufgespürt, auch wenn er nicht verstand, wie man ihn hatte finden können. „Mama", flüsterte er, „ich kann jetzt tatsächlich riechen, was du mir damals prophezeit hast. So also riecht die Gefahr."

Seit Tagen hatte er sein Zimmer kaum verlassen und wenn, dann nur abends, um sich etwas Essen zu besorgen. Sein Vermieter redete kaum ein Wort mit ihm, und er hatte sein Handy kein einziges Mal benutzt, es sogar ausgeschaltet, vor allem, weil er nicht mit Don Galvano oder einem seiner Vertrauten sprechen wollte. Wer gesteht schon gern gegenüber der eigenen Familie seine Niederlage ein?

Die Schritte kamen näher. Die Polizisten standen jetzt direkt vor seiner Zimmertür. Michele fasste blitzschnell einen Entschluss. *Denk daran, es geht vor allem um die Ehre deiner Familie* – die Worte seiner Mutter. In diesem Moment wurde die Tür mit Getöse eingetreten, zwei bewaffnete Männer in Polizeiuniform stürmten laut schreiend ins Zimmer und forderten ihn auf, sich sofort auf den Boden zu legen. Doch Michele griff rasch nach seinem Mantel. Für die Angreifer musste es so aussehen, als zeichnete sich der Lauf einer schweren Magnum durch den dünnen Stoff ab, und einer der Polizisten schoss sofort. Michele sank blutüberströmt auf seinem Bett zusammen. Er war auf der Stelle tot.

Und niemals vergessen! Ein Siebtel unseres Lebens ist ein Montag. (Schaller auf einem Betriebsausflug nach dem zehnten Pils)

Frau Kuckelmann zeigt die Zähne

Kleinlützum verdrehte die Augen und stöhnte innerlich. Schon wieder nichts als Nebel. Nebel, der frühmorgens im Herbst aus den Wiesen und Feldern am Niederrhein aufstieg und alles, was vorher noch klar und eindeutig gewesen war, unter einem dichten Schleier verbarg. Man konnte mal wieder nur Schemen erkennen. Dieser Boomi stritt wie immer alles ab, und seine Herzensdame konnte sich nicht erinnern, die Polizei jemals angerufen zu haben. Was war das bloß jetzt wieder? Meist geschah solch ein Mist angeblich montags, eine obskure Theorie, der Kollege Schaller begeistert anhing. Diesmal schien er allerdings richtig zu liegen. Nichts als Rückschläge. *Ich will ins Jammertal, in mein geliebtes Jammertal, sofort*, dachte der Kommissar verzweifelt.

Das bekannte Wellness-Hotel im Jammertal bei Datteln war seit Jahren beliebter Fluchtpunkt vieler gestresster Niederrheiner, auch für Polizeibeamte. Allerdings blieb man auch im paradiesischen Jammertal nicht von unangenehmen Erlebnissen verschont. Kleinlützum erinnerte sich an den letzten Aufenthalt dort, als er es gewagt hatte, den fehlenden Löffel zur Suppe zu monieren. Und was hatte die junge Bedienung geantwortet? Ihn in markantem Sopran zurechtgewiesen: „Junger Mann, am Ausgang des Speisesaals steht ein Korb. Dort finden Sie bestimmt einen Löffel für Ihre Suppe."

„Ach ja", seufzte Kleinlützum, „nix klappt." Dann wandte er sich wieder seinem Delinquenten zu.

Boomi hatte Judith angestarrt, als sähe er ein Gespenst, und nur ein fassungsloses „Du hier?" stammeln können, als seine Angebetete den Verhörraum betreten hatte und aufgefordert worden war, Platz zu nehmen. *Seine* Judith sollte gegen ihn, den Beschuldigten, aussagen! Boomi verstand die Welt nicht mehr. War das jetzt „Versteckte Kamera"? Er kauerte auf seinem Stuhl wie ein geprügelter Hund und bekam keinen Ton mehr heraus. Judith blickte ihn an, als ob sie ihn zum ersten Mal im Leben sähe. *Das wird ja immer irrer*, dachte Boomi entsetzt. Befinde ich mich vielleicht in einem Paralleluniversum? Er versuchte sich zusammenzureißen, was ihm nur in Maßen gelang. Mit belegter Stimme und einem Kloß im Hals, der sekündlich größer wurde, stieß er hervor: „Judith, stimmt das? Hast du dem Kommissar gegenüber erklärt, ich sei ein Komplize des Mörders und wüsste, wo er sich versteckt hält?" Er war den Tränen nahe. Denn wenn seine Angebetete jetzt den Mund aufmachte und ihre Aussage in Gegenwart dieser beiden Hyänen im Polizeidienst wiederholte, dann saß er in der Tinte. Aber Gott ist gnädig, und Frauen können sich meist gut daran erinnern, was sie getan oder zu wem sie was gesagt haben. Anders als Männer.

„Wer hat das behauptet?", fragte Judith mit großen, staunenden Augen. „Ich soll gesagt haben, dass du mit dem Mörder unter einer Decke steckst? Was ist das denn für ein übler Scherz?"

Boomi fiel vor lauter Erleichterung in sich zusammen wie ein Soufflé. Er fand sie großartig. In ihrem enganliegenden dunkelblauen Polokleid, dem breiten, dazu passenden lackblauen Gürtel und den hochhackigen Pumps sah sie zum Anbeißen aus. Durchströmt von neuer Energie, fasste er einen Entschluss: Sobald dieser Albtraum hier zu Ende war, würde er noch einmal mit seinem Vogelbeerschnaps bei ihr anrücken, um ihr triumphierend das vollständige Pergament in die schönen, feingliedrigen Hände zu legen. Was würde dann wohl passieren?

Die wütende Stimme von Kleinlützum riss ihn aus seinem schönen Tagtraum. „Moment, Frau Kuckelmann, Moment! Sie haben mich heute früh hier angerufen, mich beinahe in einem Meer von Tränen ertränkt und mir erklärt, dass Herr Leo van den Boom gestern Abend bei Ihnen im Museum gewesen sei. Gemeinsam hätten Sie etwas getrunken, vielleicht auch ein bisschen zu viel. Jedenfalls habe Ihnen Leo van den Boom irgendwann im Laufe des Abends unter dem Siegel der Verschwiegenheit verraten, dass er ein Komplize des Mörders sei und diesem geholfen habe, sich in Arcen zu verstecken. Ich habe Ihre Aussage noch gut im Ohr, und die niederländischen Kollegen haben den Gesuchten an genau diesem Ort gefunden. Was soll das also? Leiden Sie an Gedächtnisschwund? Nehmen Sie

Drogen? Erklären Sie mir gefälligst diesen Sinneswandel!"

„Mein lieber Herr Kommissar!" Die so von ihm Angesprochene richtete sich empört auf. „Ich leide weder an Gedächtnisschwund noch stehe ich unter Drogeneinfluss. Ich habe heute Morgen nicht mit Ihnen telefoniert. Ich habe niemals erklärt, was Sie mir da unterstellen. Außerdem lässt sich das doch ganz leicht überprüfen. Ich gehe davon aus, dass es für die Polizei ein Leichtes ist, den Anrufer oder die Anruferin zu ermitteln, mit dem oder der Sie heute Morgen gesprochen haben. Ich war es jedenfalls nicht."

„Es war eindeutig Ihre Stimme", beharrte Kleinlützum. „Ich bin doch nicht blöd. Sie haben mit mir geredet, so wie jetzt – nur völlig aufgelöst."

„Und ich habe noch alle Tassen im Schrank, Herr Kleinlützum. Stimmenimitatoren gibt es wie Sand am Meer. Vielleicht wollten Sie unbedingt hören, was Ihnen am Telefon aufgetischt wurde. Beweisen Sie mir erst einmal, dass ich es gewesen bin, dann können wir weiterreden."

Boomi betrachtete Judith vollkommen verzückt. Das war sein Mädchen! Sie kämpfte elegant wie eine Florettfechterin gegen den finstern Kleinlützum mit seinem Polizeiknüppel. Wie sie das machte, war einfach ein Genuss. Aber Kleinlützum war noch längst nicht bereit, klein beizugeben. Er hatte doch die Stimme von dieser Kuckelmann eindeutig am Telefon erkannt! Was redete die denn jetzt für dummes Zeug?

„Ich glaube Ihnen kein Wort, Frau Kuckelmann.

Sie wollen bloß Ihre Haut retten und die Ihres Gspusis dazu. Aber so läuft das hier nicht – nicht mit mir. Vor Gericht bin ich jederzeit bereit auszusagen, dass Sie es waren, die mich angerufen hat. Sie persönlich. Verstanden?"

Judith blickte den Mann, der ihr am Tisch gegenüber saß, herablassend an, als zweifelte sie an seinem Geisteszustand. „Dann erzählen Sie dem Gericht eben Unsinn. Ich wiederhole es gern noch einmal und bin auch bereit, einen Eid darauf zu leisten: Ich war es nicht! Übrigens: Wann genau soll denn dieses Gespräch stattgefunden haben? Verraten Sie mir die Uhrzeit?"

„Warten Sie, das kann ich Ihnen gerne sagen", erwiderte Kleinlützum. Er überlegte kurz. „Das war …", er dachte an Schallers allmorgendliche Saurer-Apfel-Pause, „… so gegen 11 Uhr heute Vormittag."

„Tja, Herr Kommissar, da haben Sie jetzt aber Pech, fürchte ich." An Boomi gewandt, raunte sie: „Nimm schon mal deine Jacke, wir gehen gleich."

„Wie bitte? Warum sollte ich Pech haben?", empörte sich Kleinlützum.

„Weil ich genau um diese Uhrzeit mit mehreren Leuten des Museumsvorstandes beim Bürgermeister gesessen habe. Das ging so um 10.30 Uhr los, und gegen 11.45 Uhr waren wir fertig. Sie können gerne im Rathaus von Neukirchen-Vluyn anrufen. Im Vorzimmer sitzt Jenny van Tendick. Die Dame kann ebenfalls bestätigen, dass ich um diese Uhrzeit dort war. Und sie verbindet Sie gern mit dem Verwaltungschef und Vorsitzenden des Museumsvereins."

Der Kommissar wurde blass wie frisch gefallener Schnee. „Das werde ich, das werde ich, Frau Kuckelmann", stammelte er. „Bestimmt!"

„Und wenn Sie schon dabei sind, können Sie ja einfach mal professionell überprüfen lassen, mit wem Sie da wirklich telefoniert haben. Das lässt sich herausfinden, glauben Sie mir. Im Übrigen wäre es jetzt angebracht, wenn Sie mich und Herrn van den Boom gehen ließen. Sie haben uns mit Ihren haarsträubenden Verdächtigungen schon genug Zeit gestohlen."

In diesem Moment klopfte es energisch an der Tür, und ein junger Polizist mit flottem Haarschnitt trat ein. Er flüsterte Kleinlützum etwas ins Ohr, der ihn daraufhin sofort anschnauzte: „Wie, Krings braucht jetzt den Raum? Ich bin hier bei einer wichtigen Befragung. Sie sehen doch, dass wir hier zu tun haben."

„Der Chef braucht den Raum aber unbedingt für eine wichtige Demonstration für die Presse. Alle sind da: die WAZ ..."

„Dann soll Krings doch VR 2 nehmen."

„Den Raum mag Herr Krings nicht sonderlich. Der ist ihm zu unmodern. Das ist doch bekannt, Herr Kleinlützum."

Der Kommissar verkniff sich eine weitere Bemerkung und gab sich geschlagen – wer kam schon an gegen Kriminaldirektor Krings? „Okay, okay. Nur die Ruhe. Wir gehen jetzt alle hinauf in mein Büro. Noch ist diese Geschichte nicht ausgestanden. Weder für Sie, Frau Kuckelmann, noch für Sie, Herr van den Boom!" Er klang furchtbar wütend. „Don't smile before christmas, wie es im amerikanischen Managementtraining heißt." *Was für ein Montag! Was für ein Wochenbeginn!*

Die ersten drei Minuten im Leben eines Menschen können sehr gefährlich sein. Allerdings sind auch seine letzten drei ziemlich kritisch zu sehen.
(Schaller, wer sonst?)

Die Segnungen des World Wide Web

Die beiden Kommissare trieben ihre Opfer durchs Treppenhaus bis zu ihrem Büro. Dort wollten sie die Befragung fortsetzen. Doch Judith hatte offenbar genug von diesem „völlig unprofessionellen Umgang mit unbescholtenen Bürgern", einem Vorgehen, das ihrer Meinung nach die Folge einer „völlig missratenen und erfolglosen Polizeiarbeit im Hinblick auf die Aufklärung zweier Morde" war und nun dazu geführt hatte, dass die Polizei „auf die verrückte Idee gekommen war, einen völlig willkürlich herausgepickten Täter präsentieren zu wollen".

Schaller schien von der Wortwahl der Museumsleiterin tief beeindruckt zu sein, während Kleinlützum nur grimmig am Ende seines ohnehin schon malträtierten Bleistifts kaute.

„Kennen Sie die Geschichte von den Bloeten, meine Herren?", fragte Judith in täuschend sanftem Ton. Kleinlützum starrte sie an, als hätte sie ihn gefragt, ob er Pommes mit irischem Gras essen würde. „Nie gehört!", gestand Schaller.

„Es gibt ein altes Märchen, eines, das früher jedes Kind im Dreieck zwischen Vluyn, Rheurdt und Krefeld auswendig kannte. Es handelt von den letzten Tagen des tapferen Zwergenvolks der Bloeten, die einst bei Schloss Bloemersheim lebten. Irgendwann verließen die Bloeten das Schloss, in dem sie Jahrhunderte lang gelebt hatten. Sie gingen fort, weil ihnen die hohen Herrschaften nach so vielen Jahren unterstellten, sie würden stehlen. Offenbar waren Silberleuchter und Besteck aus dem Schloss verschwunden. Tja, da verdächtigt man schnell die kleinen Kerle, die verborgen im Keller leben. Nur die können es ja gewesen sein! Wer auch sonst? Und genau wie die Bloeten werde ich jetzt auch handeln, meine Herren." Ihre Augen blitzten gefährlich.

Was hat sie vor?, fragte sich Boomi.

„Ich werde jetzt gehen. Eine große Ausstellung wartet auf mich. An der muss immer noch gearbeitet werden. Sie geben mir jetzt ein Schriftstück, auf dem ich bestätige, dass ich niemals mit Ihnen telefoniert und Ihnen gegenüber nie eine Aussage gegen Herrn Leo van den Boom gemacht habe. Das werde ich unterschreiben. Sonst nichts. Und damit ist dieser Spuk für mich vorbei."

Sie steht aufrecht da wie die keltische Königin Boudicca, die einst mit dem Schwert in der Hand den Römern die Stirn bot, durchfuhr es Boomi. Judiths Haltung zeigte auch bei Schaller und Kleinlützum Wirkung.

„Wie Sie meinen, Frau Kuckelmann", knurrte der Kommissar wütend. „ Aber wenn ich herausfinde, dass Sie …"

„Sie werden gar nichts herausfinden", fiel ihm Judith drohend ins Wort. „Außer, dass Sie sich bei mir zu entschuldigen haben."

Kleinlützum setzte sich grimmig an seinen Computer und schrieb das Verlangte auf. Nach dem Ausdrucken reichte er das Blatt wortlos an Judith weiter, die es sich genau durchlas. Mit einem Lächeln auf den Lippen, als würde sie die Verurteilung zweier Polizeibeamter zum Tode durch den Strang durchaus gutheißen, setzte sie ihre elegante Unterschrift unter das Dokument. „Wenn ich dir einen Rat geben darf, Boomi: Ruf einen Anwalt an. Das hier ist menschenunwürdig. Faenger in Moers ist der Richtige für dich. Der hat genügend Biss, ist stur wie ein Bullterrier. Den würde ich an deiner Stelle auf die zwei Deppen hier loslassen." Sie schenkte ihm noch ein warmes Lächeln, bevor sie die Tür des Büros hinter sich schloss.

Kleinlützum murmelte ihr gerade etwas sehr Unfreundliches hinterher, als das Telefon auf seinem Schreibtisch läutete. „Wir kommen runter!" Dabei fixierte er streng sein einziges noch verbliebenes Opfer. „Keine Sorge! Wir sind gleich wieder bei Ihnen, und dann reden wir Klartext, Herr van den Boom. Lassen Sie uns wissen, wenn Sie einen Anwalt brauchen. Wen immer Sie auch wünschen." Zusammen mit Schaller verließ er schnurstracks das Büro.

Boomi hockte zusammengesunken auf seinem Stuhl und wusste nicht, was er tun sollte. Kleinlützum wollte ihm unbedingt nachweisen, an den Verbrechen beteiligt gewesen zu sein. Das war bedrohlich. Anwalt, ja oder nein? Offenbar hatten sie ihn im Visier. Doch wie es für Boomi typisch war, verdrängte er zunächst einmal die Gefahr, in der er sich befand. Etwas ganz anderes beschäftigte ihn.

Was war mit dem geheimnisvollen Plan? Wie ließ er sich entziffern? Er war doch so nah dran. Und dann ging es dabei auch noch um richtig viel Geld. Er konnte bestimmt herausbekommen, wo der Schatz vergraben lag. Aber er wurde festgehalten. Er musste nach Hause, brauchte unbedingt einen Computer. Was konnte bloß mit „dieknip" gemeint sein? Wasser, ein Strom, eine Flussbiegung, ein verborgener Schatz, etwas, was in der Nähe sein musste, eine Stelle, die in napoleonischer Zeit existiert hatte. Heute auch noch? *Dieknip. Dieknip. Dieknip.* Was war das nur? Sein Blick fiel auf den Computer des Kommissars. Warum eigentlich nicht? Der Kerl war gegangen. Sein Arbeitsgerät stand an Ort und Stelle.

Wenn sie mich hier schon festhalten, dachte Boomi grimmig, *dann kann ich auch an ihre Computer gehen.* Ohne noch länger zu überlegen, stand er auf, eilte an den Schreibtisch von Kleinlützum und stürzte sich ins World Wide Web. „Was ist *dieknip*?", lautete die Preisfrage an diesem Vormittag! Und die Antwort kam sofort. Ein, zwei weitere Klicks, und er hatte eine alte Karte von Meiderich und Umgebung von 1805 vor sich, also genau der Zeit, in der sich die Geschichte vom Säbel des Franzosen abgespielt hatte.

Boomi las die Namen bekannter Stadtteile: Ruhrort, Meiderich, Beeck, Alsum, Homberg. Linker Hand auf der Karte sah man den Rhein, der damals an dieser Stelle in der Form eines großen „U" verlief. Und genau dort, wo der Kartograf in die Wellen von Deutschlands mächtigstem Fluss das Wort „Strom" eingezeichnet hatte, stand nur ein wenig oberhalb davon „dieknip" neben einem kleinen Flecken. Boomi war wie elektrisiert. Er schaltete rasch den Rechner ab, als er sich nähernde Stimmen und Schritte hörte, und nahm hastig wieder auf seinem Stuhl Platz. Genau im richtigen Moment – Kleinlützum und Schaller kehrten von ihrem kleinen Ausflug zurück.

Der folgende Satz ist falsch. Der vorangehende Satz ist richtig. (Epimenides)

Van den Boom hat's kapiert

Kleinlützum machte ein Gesicht, als hätte man ihm kurz zuvor die eigene Ehefrau als neue Duisburger Polizeipräsidentin präsentiert. Schaller wühlte deprimiert in irgendwelchen Papieren auf seinem Schreibtisch und sah aus, als sollte er im nächsten „Tatort" eine unendlich traurige Leiche spielen. Beide Beamte schienen ihren Verdächtigen auf seinem Stuhl gar nicht wahrzunehmen. Boomi wurde vollkommen ignoriert – was ihm nur recht sein konnte. Jetzt hatte er Zeit, sich das, was er gerade gefunden hatte, gründlich durch den Kopf gehen zu lassen. Praktischerweise funktionierte sein Gedächtnis so gut, dass er sich einmal Gesehenes nahezu wie fotografiert in Erinnerung rufen konnte.

„Dieknip" war der Name eines einstigen herrschaftlichen Hauses. Nach ihm hatte man in der Neuzeit eine Eisenbahnbrücke über den Rhein benannt – die „Haus-Knipp-Eisenbahnbrücke". Sie wurde 1912 erbaut, 1945 im Zweiten Weltkrieg gesprengt und 1946 wiederhergestellt. Diese Brücke führte keine zwei Kilometer nördlich des ursprünglichen Standorts des Hauses Knipp über den Rhein und erinnert seither an das herrschaftliche Gebäude.

Boomi kannte diese Brücke nur zu gut, weil sie in Sichtweite der A 42 über den Rhein führte. Doch welche Verbindung gab es zwischen Haus Knipp und dem Schatz aus Preußen? Das Netz hatte auch hier Auskunft gegeben: Haus Knipp war viele Jahrhunderte lang ein mittelalterliches Festes Haus und Schloss im heutigen Duisburger Stadtteil Beeckerwerth gewesen. Das große Gebäude war vom Adelsgeschlecht Stecke unmittelbar rechts des Rheins errichtet worden, und zwar schon im 13. Jahrhundert. Urkundlich zum ersten Mal erwähnt im Jahr 1292, wurde Haus Knipp 1428 landesherrlicher Besitz.

Im Jahr 1571 wurde das Haus durch ein Rheinhochwasser vollständig zerstört und erst 1620 wieder neu errichtet. Unter französischer Herrschaft wurde Haus Knipp durch eine in Madrid von Joachim Murat, Großherzog von Berg, ausgestellte Urkunde dessen Nichte Antoinette von Hohenzollern-Sigmaringen geschenkt. Nach weiteren Besitzern kaufte am 11. Februar 1841 der Landwirt Johann Wilhelm Bernsau das Gut. Weitere vier Jahre später gelangte es in den Besitz von Prosper Ludwig von Arenberg. 1914 wurden Haus Knipp und der dazugehörige Grundbesitz zusammen mit weiteren Ländereien in Beeckerwerth von dem Industriellen August Thyssen gekauft. Haus Knipp, ehemals „dieknip" genannt, wurde im September 1939 im Zuge einer Rheindeicherhöhung vollständig abgerissen.

Murat hat also das Haus seiner Nichte Antoinette geschenkt, überlegte Boomi. Folglich kannte der General die herrschaftliche Immobilie am Rhein bestens und wollte sichergehen, dass sie im Familienbesitz blieb.

Den dem guten Grafen Bredow in Preußen abgeknöpften Schatz hatte Murat zuvor nach Haus Knipp schaffen und dort gut verstecken lassen. Boomi lächelte. Damit kam die Dechiffrierung der rätselhaften Inschriften und Kürzel auf der Karte zu einem endgültigen Ende. Den Schatz aus dem preußischen Friesack hatte General Joachim Murat nach 1806, vielleicht Anfang 1807, in den „Cell dieknip" verbergen lassen. 1808 erhielt die Nichte die Schenkungsurkunde. Kein schlechter Plan. „Cell dieknip" stand auf dem Plan. Das wiederum konnte nur eines bedeuten: „Keller des Hauses Knipp". Wenn der Schatz dort versteckt worden war, dann hatte ihn in den folgenden Jahrzehnten nur deshalb niemand entdecken können, weil er vermutlich in einem kleinen Kellerraum deponiert worden war, den man nachher sorgfältig zugemauert hatte.

Das war die einzig logische Erklärung. Aber vielleicht ließen sich ja noch detailliertere Hinweise auf dem Plan des französischen Offiziers entdecken. Es konnte ja sein, dass er etwas Wichtiges übersehen hatte. *Ich muss unbedingt nach Hause, um weiterzumachen.* Sein Jagdinstinkt war geweckt. *Wenn es den Schatz noch gibt, dann ...*

In diesem Moment wandte sich überraschend Schaller an ihn. Offenbar hatte er sich seiner wieder erinnert. „Wir haben eine gute und eine schlechte Nachricht für Sie, Herr van den Boom", begann er in unheilschwangerem Ton. Boomi zuckte zusammen, weil er gar nicht mehr an die beiden Polizisten gedacht hatte. Zudem riss ihn Schallers Stimme aus seinen Gedanken, was ihm überhaupt nicht recht war. „Dann bitte zuerst die schlechte", murmelte er.

„Nun denn", übernahm Kleinlützum. Er räusperte sich, dann fuhr er fort: „In der Zwischenzeit haben wir Ihr Haus auf dem Kopf gestellt. Bevor Sie jetzt nach einem Anwalt schreien und rumnerven – ja, wir haben einen Durchsuchungsbeschluss des Staatsanwalts. Das für Sie Beunruhigende sollte etwas ganz anderes sein." Er machte eine Pause und schien dabei Boomi mit Blicken durchbohren zu wollen. Der wiederum saß vor ihm, wie er einst vor dem Direktor des Julius-Stursberg-Gymnasiums gesessen hatte, weil er dabei erwischt worden war, wie er an eine Wand des Schulgebäudes gepinkelt hatte. Damals war er in der Sexta gewesen und hatte keine Lust gehabt, die Toiletten aufzusuchen – dort stank es immer so penetrant.

„Ja, und weiter?", forderte Boomi den Kommissar ungeduldig auf.

„Eine unangenehme Überraschung. Vor uns hatte schon jemand Ihr Haus durchsucht. Unsere Beamten waren überrascht, als sie die Eingangstür sperrangelweit geöffnet vorfanden. Alles war durchwühlt, ganz besonders aber Ihr Schreibtisch. Ein Einbrecher? Einer, der Geld suchte? Weit gefehlt. Denn erstaunt mussten unsere Beamten zur Kenntnis nehmen, dass Ihr Portemonnaie unangetastet mit 85 Euro darin auf dem Küchentisch lag. Haben Sie dafür eine ..."

„Oh, nein!", entfuhr es Boomu entsetzt.

„Oh, ja", erwiderte Kleinlützum lakonisch. „Schon wieder so eine Sache, die ich nicht begreife. Was hat der unbekannte Einbrecher bei Ihnen gesucht? Sagen Sie es mir. Ich bin ganz Ohr!"

Boomi war der Schreck gehörig in die Glieder gefahren. Er ahnte, worum es hier ging. Und das bedeutete: Er war hereingelegt worden. Und nicht nur er. „Sind Ihre Leute noch vor Ort?" Seine Stimme zitterte ein wenig.

Kleinlützum zog die Nase hoch. Dann betrachtete er den Verdächtigen interessiert. „Warum wollen Sie das wissen?"

Boomi fing an, vor Aufregung zu schwitzen. Immer wieder wischte er sich mit der Hand über Stirn und Schläfen. „Wenn sie noch vor Ort sind, fragen Sie sie, ob das neueste PM-Magazin noch auf dem Schreibtisch liegt."

Kleinlützum griff zum Handy und gab eine Nummer ein. Keine 20 Sekunden später sagte er: „Das Magazin liegt noch dort. Und jetzt?"

„Sie sollen es sorgfältig durchblättern. Darin muss ein Plan liegen, nicht ganz so groß wie eine halbe Din-A-4-Seite. Er ist gelblich, so wie altes Pergament."

Kleinlützum stutzte kurz, dann gab er dem Beamten vor Ort die Anweisung, das Heft gründlich durchzusehen, und es dauerte nicht lange, bis die unerfreuliche Auskunft kam. „Da ist nichts drin. Sie haben das Heft zweimal untersucht. Und jetzt? Worum geht es hier überhaupt?"

„Scheiße!", stieß Boomi hervor.

„Manchmal ist es sinnvoll, was rauszulassen", kommentierte Schaller lakonisch.

„Ich höre!", forderte Kleinlützum in einem Tonfall, der keinen Widerspruch zuließ.

„Sie werden mich für verrückt erklären."

„Ach, was? Wie kommen Sie denn darauf?", fragte Kleinlützum, ohne eine Miene zu verziehen.

„Aber ich habe herausgefunden, dass es um einen Schatz geht. Einen wirklichen Schatz. Im Säbel des Franzosen lag Jahrhunderte lang ein Plan versteckt. Den hätte der Italiener besorgen sollen. Aber jemand ist ihm zuvorgekommen."

„Sie?"

„Nein, nicht ich, jemand, den ich nicht kenne, nie gesehen habe. Aber dieser Unbekannte hat mir den Plan des Franzosen ... es geht dabei um Schmuck und Gold, das General Murat in Preußen gestohlen hat."

„Was Sie nicht sagen, bemerkenswert", meinte Kleinlützum und gähnte demonstrativ.

„Es ist wahr, ich erzähle Ihnen keine Märchen. Dieser Plan, den der ehemalige Besitzer des Säbels gezeichnet hat, ein Soldat Napoleons, wurde mir nachts in den Briefkasten gesteckt."

„Ach nein!", entfuhr es Schaller.

„Also, darauf wäre ich jetzt niemals gekommen", gab Kleinlützum zu. „Und ich habe in diesem Zimmer schon jede Menge phantasievoller Geschichten gehört, glauben Sie mir."

„Damit ich den Plan entschlüssele. Ich bin doch der Fachmann. Ich kenne mich gut mit Geheiminschriften und Geheimkulten aus. Das war der Plan des Unbekannten. Ich sollte das Rätsel für ihn knacken. Habe ich auch. Aber dann kamen Ihre Leute und führten mich ab wie einen Verbrecher. Ich hatte keine Gelegenheit, den Plan richtig zu verstecken und habe ihn deshalb eilig zwischen die Seiten des Magazins geschoben. Der Unbekannte hatte mich zuvor bei Ihnen angeschwärzt. Er hat Ihnen eingeredet, dass ich mit dem Mörder, den Sie in Arcen gestellt haben, unter einer Decke stecke. Er hat dabei so getan, als wäre er Judith Kuckelmann, und er hat Sie, Herr Kleinlützum, mit verstellter Stimme angerufen. Hat Sie täuschen können. Hat danach mein Haus aufgesucht, ist dort eingebrochen, nachdem ich abgeführt worden war. Hat alles ganz genau geplant. Hat …"

Sein Wortschwall stockte, denn er bemerkte, dass ihn die Beamten so mitleidig ansahen wie damals seine Oma, als er unter Bauchkrämpfen beichtete, den frisch gemachten Vanillepudding für sechs Personen heimlich aufgegessen zu haben.

„Wer so viel Phantasie besitzt wie Sie, Herr van den Boom, dreht irgendwann mal durch", meinte Kleinlützum. „Sie sollten sich mal selbst zuhören. Was Sie uns da auftischen, das fällt keinem Krimiautor ein. Das ist so großer Mist, dass einem um Ihre geistige Gesundheit angst und bange werden kann. Ich gebe Ihnen jetzt schnell noch die gute Nachricht mit auf den Weg. Und dann verschwinden Sie aus meinem Büro, und zwar schnellstens. Die gute Nachricht ist, dass wir weder in Ihrem Haus noch bei dem Mafioso irgendwelche Hinweise finden konnten, die Sie belasten. Weder Handynummern noch Notizen oder andere Spuren führen zu

Ihnen. Machen Sie den Abgang. Ich will Sie nie wieder sehen."

Boomi saß mit offenem Mund da. Das kam jetzt etwas überraschend für ihn. Er wirkte, als brauchte er dringend einen Übersetzer. Die Rettung war schneller gekommen als gedacht, doch was in seinem Haus geschehen war – das war eine Katastrophe. Der Plan war weg. Gestohlen. Verschwunden. Unwiederbringlich.

„Und der Täter?", hauchte er.

„Ist tot", brüllte Kleinlützum. „Hauen Sie endlich ab!"

Boomi machte, dass er fortkam.

Gesagt, getan

Ein Streifenwagen brachte ihn über die A 40 zurück nach Rayen. Boomi schloss die Tür auf und betrat mit gemischten Gefühlen sein Zuhause, das gründlich von rechts auf links gedreht worden war. Einerseits war er froh, wieder hier zu sein, anderseits sah Thompskate aus, als wäre eine Herde von Wasserbüffeln quer durchs Haus getrampelt. Trotzdem galt sein erster Blick dem Schreibtisch. Das PM-Magazin mit dem gelb-roten Cover befand sich zuoberst auf einem Stapel von allen möglichen Papieren, Zeitungen und Büchern, die vorher getrennt voneinander an verschiedenen Stellen im Haus gelegen hatten. Boomi seufzte und blätterte dann das Magazin durch – wie erwartet, enthielt es nicht mehr das, was er darin versteckt hatte.

Zum Glück war auf sein Gedächtnis Verlass. Auch ohne den Plan des Soldaten real vor Augen zu haben, konnte er sich an fast alle Einzelheiten darauf erinnern. Am besten war es, sich vor Ort ein Bild zu machen. Und der Einbrecher? War er jetzt in der Lage, das Rätsel zu lösen? Nun, wo er das vollständige Manuskript besaß? Boomi hatte erhebliche Zweifel daran. Auch wenn der Verbrecher nun beide Teile des Pergaments besaß, bedeutete das immer noch nicht, dass er den Gesamtplan richtig lesen konnte. Dazu gehörte erheblich mehr. *Ich werde mir die Gegend an der Rheinbiegung mal anschauen*, dachte Boomi. *Und am besten sofort!*

Er zog festere Schuhe an, schlüpfte in eine Regenjacke und eilte zu seinem Auto im Hof. Wenig später fuhr er an der Halde vorbei in Richtung Autobahn. Überall hingen bereits „Dong-Open-Air-Plakate". Sie machten auf eine von den Fans sehnsüchtig erwartete Heavy-Metal-Veranstaltung im Juli aufmerksam, die es bereits seit vielen Jahren gab. Neben Wacken in Norddeutschland entwickelte sich auch Neukirchen-Vluyn eindeutig zum Mekka für schwarz gekleidete Metal-Fans.

Bei Hülsdonk ging es auf die A 42. Boomi fuhr schneller als sonst. Er wollte unbedingt als Erster vor Ort sein – vor diesem anderen, ihm unbekannten Mitspieler. Als gäbe es einen unsichtbaren Wettlauf. Er gab Gas, und seine Gedanken rasten ebenfalls. Wer zum Henker konnte der Unbekannte sein, der ihn und die Polizei so an der Nase herumgeführt hatte?

Während er in Richtung Rheinbrücke raste, rief er sich den Brief, den der Fremde ihm geschrieben hatte, in Erinnerung: „Lieber van den Boom. Bei großen Dingen bleibt man niemals so ganz allein. Meine Augen ruhen gespannt auf Ihrer Arbeit. Erfolg beim … f …… wünscht Marengo." Marengo? Welcher Idiot nannte sich denn freiwillig *Marengo*? Dennoch durfte er seinen Gegner keineswegs unterschätzen.

Und was sollten die geheimnisvollen Pünktchen mit dem „f" an dritter Position? Allem Anschein nach standen sie für Buchstaben. Nur welche? Der Unbekannte versteckte sich hinter Rätseln, weil er es liebte, mit seinen Opfern zu spielen. Ein gefährliches Spiel, weil solche Typen es gar nicht ausstehen konnten, wenn man ihnen trotzdem auf die Schliche kam. Sie betrachteten allein sich selbst als den Größten und Klügsten.

Marengo? Boomi zog sein Handy zu Rate. Während er mit der einen Hand lenkte, suchte er mit der anderen im Netz nach einer Antwort. Er bekam sie schneller als erwartet.

„Napos Gaul!", rief er überrascht aus. Der Typ hatte sich nach dem Lieblingspferd des berühmten Korsen benannt. Na, da schau her! Aber das passte. Der Name von Old Shatterhands Pferd wäre dagegen wirklich verfehlt gewesen. Schließlich ging es in der Sache nicht um Indianer, sondern um die Armee Napoleons. Was aber war mit den fehlenden Buchstaben? Boomi setzte wahllos ein paar Begriffe ein, die ihm in den Sinn kamen. Mittlerweile hatte er die Ausfahrt Duisburg-Beeckerwerth erreicht, gleich hinter der Rheinbrücke. Er setzte den Blinker, fuhr von der Autobahn ab und spann sich dabei kreativ in das Rätsel ein: „Erfolg beim ... f ......" „Affenba ..., aufmHof ..., Luftsch ..., Raffzah ..., Kiffer ..., Kaffee ..., Rufmord ..."

Letzteres würde sogar passen. Aber das war alles falsch, zu lang, zu blöd, zu ungenau, zu simpel. Boomi hatte das vage Gefühl, dass er etwas mehr über die Identität des Unbekannten herausbekäme, sobald er das Rätsel ganz gelöst hatte. Aber wie konnte das gehen? Warum sollte er den geheimnisvollen Dritten im Hintergrund irgendwie kennen? Und woher? Aber der Unbekannte deutete gerade durch die fehlenden Buchstaben auf etwas Bestimmtes hin, an das er sich erinnern sollte. Nur was konnte das sein? *Ich muss noch intensiver nachdenken*, dachte er und versuchte, sich noch stärker zu konzentrieren. Dabei lenkte er den Wagen durch die

Haus-Knipp-Straße. Vorbei ging es an dreigeschossigen Backsteinhäusern aus den frühen 1960er Jahren, die einen eher trostlosen Anblick boten. Boomi kam an einen Kreisverkehr und fuhr weiter geradeaus. Danach begann eine Neubausiedlung, die den zuvor gesehenen Bauten in ihrer Gesichtslosigkeit in nichts nachstand. Boomi parkte seinen Wagen schließlich am Ende der Sackgasse neben einer weiß verputzten Garagenwand. Ein mit schmutzigrotem Kies bedeckter Fußweg führte zum Deich hoch. Niemand war zu sehen – er war allein.

Boomi folgte dem Weg bis hinauf auf die Deichkrone. Lastschiffe fuhren auf dem Rhein und mussten den Bogen, den der Fluss hier beschrieb, erheblich langsamer nehmen, als es die Strecke von Düsseldorf bis Duisburg und vorbei am größten Binnenhafen der Welt bisher erlaubt hatte. Boomi schaute sich nach allen Seiten um. Eine hübsche Stelle, fand er, wenn er sich das viele Grün, die Bäume und den Pfad längs der Deichkrone so betrachtete. Etwas für Hundemenschen und Sonntagsspaziergänger, für Flaneure und verliebte Paare bei Sonnenschein. Im Hintergrund konnte er die Halde Rheinpreußen mit ihrer markanten, riesengroßen Bergmannslampe – ein Otto-Piene-Kunstprojekt – gut ausmachen. Nicht weit davon war ein Kraftwerk zu sehen, dann die nach dem ehemaligen herrschaftlichen Haus benannte Eisenbahnbrücke, ansonsten Wiesen, Felder und kleinere Baumgruppen. Von seiner Position aus, dort, wo die Haus-Knipp-Straße am Deich endete, blickte Boomi hinunter auf einen eingezäunten Bereich. Was ihm sofort auffiel, waren mehrere ziemlich große Kanaldeckel, die sich auch auf der anderen Seite des Weges längs des Deiches befanden. Boomi zählte mehr als acht dieser Deckel, die sich über dem Boden auf einem runden, vielleicht einen halben Meter hohen Zementsockel wölbten. Eingänge in die Unterwelt des Deiches? Boomi musste schmunzeln, aber er hatte solche auffälligen Bauten bislang noch nie gesehen. Wofür waren sie gut?

An einer Stelle innerhalb des umzäunten Bereichs schien jenseits von fünf frisch eingepflanzten Bäumen gearbeitet zu werden. Jedenfalls war ein Kanaldeckel von mannshohen Absperrgittern umzäunt und durch Plastikplanen vor neugierigen Blicken verborgen worden. Außerhalb des Geländes entdeckte Boomi ein Fahrzeug, das er aufgrund seines orange-weißen Aufklebers den Stadtwerken Duisburg zuordnete. Boomi seufzte. Wenn hier irgendwo ein Schatz seit 200 Jahren darauf wartete, endlich gehoben zu werden, so war das ein schier aussichtsloses Unterfangen. Wo anfangen und wo nach ihm suchen? Boomi hatte nur eine ungefähre Ahnung, wo Haus Knipp überhaupt gestanden haben konnte. Wie mochte es hier wohl zu Murats Zeiten ausgesehen haben? Vermutlich so vollkommen anders, dass der Soldat, der einst den Plan gezeichnet hatte, sich heute überhaupt nicht mehr zurechtfinden würde.

Laut der alten Karte von der Gegend, die Boomi im Internet gesehen hatte, hatte es im weiten Umkreis um Haus Knipp im Jahre 1805 keinerlei Bebauung gegeben.

Felder, Wiesen, sogar ein kleiner Wald hatten das herrschaftliche Anwesen umgeben. Nur zwei Wege führten damals zum Haus, einer aus Richtung Alsum, der andere aus Richtung Beeck. Einsam musste Haus Knipp in unmittelbarer Nähe des Stroms gelegen haben und somit ein bestens geeigneter Ort gewesen sein, um etwas Kostbares zu verstecken. Alles, was einst über den Rhein transportiert worden sein mochte, hatte man wegen der günstigen Lage des Hauses bestimmt sehr schnell dorthin bringen können. Boomi hielt diesen Transportweg deshalb für den wahrscheinlichsten. Er war davon überzeugt, dass Murat sein preußisches Beutegut über das Wasser nach Haus Knipp hatte verschiffen lassen.

Je länger Boomi das tiefer gelegene Gelände unterhalb des Deiches betrachtete, desto mehr vertiefte sich bei ihm der Eindruck, dass genau dort im eingezäunten Gelände das ursprüngliche Anwesen gestanden haben musste. Und die Kanaldeckel? Die hatten vermutlich mit dem Grundwasserspiegel, dem Deich im Ganzen und dem Schutz der gesamten Anlage zu tun. Gut möglich, dass die alten Grundmauern des Hauses, eventuell sogar noch einige alte Kellerräume und Gänge erhalten waren. Aber vermutlich waren sie bei der Deicherhöhung vor mehr als 70 Jahren zugeschüttet worden. Das war's dann wohl, dachte Boomi enttäuscht, drehte sich auf dem Absatz um und schritt den schmutzigroten Kiesweg hinunter zu seinem Auto.

Schicht am Schacht

Doch noch bevor Boomi dort ankam, packte ihn die Neugierde, denn das Tor zum Gelände stand einladend weit offen. Er ging ein paar Schritte hinein und prüfte dabei sorgfältig, ob ihn jemand beobachtete. Keine 20 Meter entfernt befand sich der von den Männern der Stadtwerke abgesperrte Bereich. Von dort, wo er stand, konnte er erkennen, dass der Deckel des Schachtes abgehoben worden war. Boomi wollte nur einen kurzen Blick in das Loch werfen. Vielleicht hatte er ja Glück und blieb unbemerkt.

Vorsichtig näherte er sich dem geöffneten Schacht.

Kurz bevor er die Absperrung erreichte, spürte er jedoch plötzlich einen harten Gegenstand im Rücken. Es fühlte sich an wie ein fingerdickes Rohr. „Nicht umdrehen, mein Lieber. Sonst mach ich dir ein kleines hässliches Loch in die hübsche Regenjacke." Die Stimme eines Mannes.

Boomi zuckte erschrocken zusammen. Ihm wurde so flau im Magen, dass er meinte, sich übergeben zu müssen. Dann spürte er, wie ihm der Unbekannte blitzschnell und äußerst geschickt die Augen mit einer Klappe bedeckte, wie sie manchmal in bestimmten Fernsehsendungen benutzt werden. Ziemlich roh packte der Unbekannte seinen Arm und forderte ihn auf weiterzugehen. „Ganz langsam vorwärts jetzt. Ich halte dich fest, damit du nicht hinfällst." Boomi meinte die Stimme schon einmal gehört zu haben, war sich aber nicht ganz sicher.

„Auf dich ist wirklich Verlass, Leo van den Boom", sagte der Mann in hämischem Tonfall. „Ich beobachte dich die ganze Zeit über, wie du dort oben auf dem Deich stehst und gaffst. Mir war von Anfang an klar, dass du neugierig genug bist, auch hierher zu kommen. Du willst ja schließlich wissen, wie tief der Schacht ist, nicht wahr?"

„Und was haben Sie nun mit mir vor?", fragte Boomi mit zittriger Stimme. „Wollen Sie mich da jetzt reinwerfen?"

Der Unbekannte lachte höhnisch. „Bin ich etwa ein Unmensch? Nein! Du willst doch wissen, wie es da drin aussieht. Das sollst du jetzt erfahren. Du kletterst hinunter und suchst das, wegen dem du gekommen bist."

„Ich soll dort unten suchen?", stammelte Boomi. „Das ist doch nicht Ihr Ernst!"

„Doch. Du suchst. Du bekommst Werkzeug von mir, wenn du unten angekommen bist. Dann hackst du rechts von dir die Wand auf. Dahinter befindet sich ein Keller, ein großer Hohlraum. Dort gräbst du nach meinem Schatz."

„Das ist doch totaler Wahnsinn", versuchte Boomi aufzubegehren. „Warum sollte der Schatz gerade dort liegen? Niemand weiß, wo genau er versteckt wurde. Unter Umständen ist er schon seit Jahrhunderten verschwunden."

„Nein. Ist er nicht. Im Gegensatz zu dir habe ich meine Hausaufgaben gemacht. Es gibt im Stadtarchiv alte Aufzeichnungen von den ehemaligen Kellern, geheimen Gängen und Schlupflöchern des Hauses Knipp.

Die habe ich genauestens studiert. Und ich sage dir, dank deiner Hilfe werden wir zwei fündig."

„Dann sind Sie dieser Marengo? Haben Sie mich mit verstellter Stimme bei der Polizei angeschwärzt?"

„So ist es, mein Guter. Du kletterst jetzt da runter. Ich helfe dir beim Einstieg in den Schacht. Gut festhalten, es ist tief. Dann lasse ich dein Werkzeug, Spaten und Spitzhacke, runter. Und dann legst du los."

„Und wenn ich mich weigere?"

„Mache ich die Klappe wieder zu und gehe."

„Das wagen Sie nicht."

„Hier kommt nur zweimal im Jahr jemand vorbei. An deiner Stelle würde ich die Warnung ernst nehmen."

Auf einmal durchzuckte Boomi ein Gedanke. Wann hatte er diese Stimme schon einmal gehört? Bei sich zu Hause. Das war der Unbekannte, der ihn besucht hatte, um nach einem bestimmten esoterischen Buch zu fragen!

„Jetzt weiß ich, wer Sie sind. Sie waren bei mir und haben sich nach dem Buch von Evola erkundigt."

„Du erinnerst dich also."

„Und mir fällt auch wieder Ihr Name ein," redete Boomi trotzig weiter. „Sie nannten sich Ingo Mahr."

„Tja. Ingo Mahr oder Marengo. So heiße ich. Was soll dir das nützen?"

Aber Boomi war nicht zu bremsen. „Das dämliche Rätsel mit den fehlenden Buchstaben ist auch gelöst. Erfolg beim … f …… Das erwähnten Sie nämlich beim Gehen. Sie sagten damals ‚tüfteln', nicht wahr?

‚Tüfteln' ist das gesuchte Wort. Daran sollte ich Sie im Nachhinein erkennen, oder?"

Boomis Peiniger stieß ihm derbe die Faust in den Rücken. „Heh, du! Wenn jetzt die Polizei jeden Moment käme, würde ich fast glauben, dass du bloß Zeit schinden willst. Aber nein, mein Lieber. Da kommt nichts und niemand, um dich zu retten. Und ausgetüftelt hat es sich auch. Denn ab jetzt wird gehackt. Ab mit dir in die Grube."

Er stieß Boomi brutal zu Boden, sodass dieser fast in den Schacht hineinstürzte. Der Antiquar schrie entsetzt auf, als er neben sich die gähnende Leere spürte, und wollte sich von dem Loch fortwälzen, aber Marengo hielt ihn mit dem Fuß zurück.

„Zu spät, mein Lieber. Du steigst jetzt dort hinunter. Ich liebe Spaß nur begrenzt, hörst du? Irgendwann unterwegs, so auf halber Strecke, darfst du dir die Augenbinde abziehen. Und du kommst erst wieder hoch, wenn du die Wand zum Keller durchbrochen hast. Verstanden?"

Boomi nickte heftig. „Ja. Aber wenn da nichts ist?"

„Hast du eben Pech gehabt. Die Ratten werden sich freuen." Marengo kicherte, und das klang ein bisschen irre. Boomi verwünschte sich dafür, so überhastet nach Beeckerwerth gefahren zu sein. Offenbar war er für diesen gefährlichen Mann allzu berechenbar gewesen.

*Dass ich also erschrak, da ich erwachte, dass mir all
mein Leichnam zitterte und ich lang nit recht zu mir
selber kam ... (Albrecht Dürers Kommentar zu einem
schrecklichen Traumgesicht, das ihn gequält hatte)*

Ein Detektiv tappt im Dunkeln

Er zitterte am ganzen Körper, als er sich auf den unsicheren Weg hinunter in die Tiefe machte. Marengo hatte ihm zuletzt noch einen Helm aufgesetzt, wie ihn Bergleute tragen. Daran befand sich eine kleine Lampe. Boomi klammerte sich verzweifelt an den Eisenstufen fest, während er sich – nahezu blind wie er war – mit den Füßen mühsam eine Leitersprosse nach der nächsten ertastete. So ging es langsam abwärts. Er wusste: Wenn er losließe, wäre das sein Ende, denn auch nachdem er sich die Binde vom Gesicht gezerrt hatte, konnte er in der mittlerweile dichten Finsternis nicht erkennen, wo der Schacht aufhörte.

„Und immer schön festhalten. Sonst muss ich einen neuen Arbeiter rekrutieren", rief ihm Marengo gut gelaunt von oben zu.

„Arschloch", flüsterte Boomi verzweifelt und versuchte wieder einmal ohne Erfolg, im kümmerlichen Schein seiner Helmlampe das Ende seines Weges in die Tiefe zu erkennen. Aber letztlich hatte er sich selbst in diese Situation hineinmanövriert. Hilfe war nicht zu erwarten. Woher auch? Niemand wusste, dass er sich hier befand – weder Judith noch Kleinlützum oder Schaller. Seine einzige Hoffnung bestand darin, dass Marengo ihn später laufen ließ. Doch das glaubte er nicht. Sein Leben hing am seidenen Faden. Denn selbst gesetzt den Fall, er würde den Durchgang zum richtigen Keller öffnen können – was eher unwahrscheinlich war –, gesetzt den Fall, er fände den Schatz tatsächlich, hatte Marengo keinen Anlass, ihn als Mitwisser leben zu lassen.

Doch Boomi war niemand, der aufgab. Das hatte er von seiner verstorbenen Großmutter gelernt. Selbst als sie im Sterben lag, ganz kurz vor ihrem Tod, und der Arzt im Krankenhaus sie fragte, wie es ihr gehe, antwortete sie leise: „Es geht, Herr Doktor."

So stark würde er auch sein. „Oma", sagte er laut, „es geht, aber steh mir verdammt noch mal bei. Bitte!"

„Also, Chef, ich habe da, jetzt, wo alles mehr oder weniger vorbei ist, noch einen netten kleinen Witz parat", begann Schaller. Die beiden Polizisten waren unterwegs zum Polizeipräsidenten, der auf den neuesten Sachstand gebracht werden wollte. Kleinlützum blieb auf dem Gang stehen und betrachtete seinen Kollegen misstrauisch von oben bis unten: „Und der wäre diesmal?"

„Er wird Ihnen gefallen. Ganz bestimmt, Chef! Er ist so niederrheinisch wie Boomi und seine heiße Angebetete."

Der Blick von Kleinlützum verfinsterte sich: „Muss das sein? Haben Sie nicht zur Abwechslung mal was wirklich Schönes auf Lager?"

Schaller nickte eifrig. „Der ist schön! Glauben Sie mir, wirklich – also, passen Sie auf. Ein junges Mädchen aus Saelhuysen fragt seine Mutter: ‚Mama, was soll ich in der Hochzeitsnacht anziehen?' Die Mutter denkt kurz nach und antwortet: ‚Weiße Spitze ist gut. Zieh so etwas an.'

Das Mädchen nickt, aber zur Sicherheit will es die Großmutter auch noch befragen: ‚Oma! Was soll ich in der Hochzeitsnacht anziehen?' Die alte Frau überlegt und sagt: ‚Schwarze Spitze ist nicht schlecht. Zieh so etwas an, Kind.'

Hm, denkt das Mädchen. Auch eine gute Antwort. Doch um sich rundum abzusichern, will das Mädchen noch den Vorschlag der Urgroßmutter einholen: ‚Uroma. Was soll ich in der Hochzeitsnacht anziehen?' Und die alte Frau, die gebeugt auf ihrem Stock in der Diele steht, antwortet kurz und bündig: ‚Die Knie, Kind, die Knie.'"

Kleinlützum wandte sich mit stillem Grausen und konnte nur ergeben nicken. Plötzlich jedoch klingelte sein Handy, und ein Streifenpolizist meldete sich. Kleinlützum gab seinem Kollegen, der an ihm vorbeigehen wollte, abrupt ein Zeichen, stehen zu bleiben. Seinem Gesichtsausdruck nach zu urteilen, schien das, was die Streife mitzuteilen hatte, sehr wichtig zu sein.

Als Boomi die letzte Sprosse erreichte, spähte er besorgt nach unten. Was er dort sah und roch, ließ ihn schaudern: Wasser, eine stinkende, dunkle Brühe, von der er nicht wusste, wie tief sie war. Während er noch überlegte, was er jetzt tun sollte, plumpsten neben ihm ein Spaten und eine Spitzhacke ins aufspritzende Wasser, sodass er noch nasser wurde, als er ohnehin schon war. Allerdings war der Spaten so in den Schacht gefallen, dass er jetzt aufrecht an der Mauerrundung des Schachtes lehnte, und Boomi erkannte, dass ihm das Wasser höchstens bis an die Knie reichen würde. Dennoch zögerte er.

„Rein mit dir ins kühle Nass", brüllte Marengo. „Leg los! Etwa einen Meter rechts neben den Stufen haust du die Wand auf. Wird's bald? Sonst feuere ich einfach mal wahllos in die Tiefe. Im besten Fall zerreißt es dir die Trommelfelle, im schlimmsten trifft dich eine Kugel."

Boomi sprang hastig ins Wasser, wobei er sich mit beiden Händen an der letzten Eisenstufe festhielt. Die Brühe war erbärmlich kalt. Mit dem Spaten suchte er in der kalten, stinkenden Suppe nach der Spitzhacke. Schließlich schaffte er es, sie so aufzurichten, dass er nach ihr greifen konnte. Danach lehnte er den Spaten gegen die Rundung links von den Stufen, ergriff zögerlich die Hacke und schlug damit auf die Wand ein. Beton. *Oh Gott*, dachte Boomi, *damit kann ich noch Tage zubringen, damit erreiche ich bei Beton rein gar nichts.*

„Schlag fester zu, du Schwächling", hörte er die Stimme seines Kerkermeisters. „Nicht so zart! Mit aller Kraft musst du auf die Wand einschlagen, zuerst immer auf dieselbe Stelle, so geht das."

„Versuch's doch selber", knurrte Boomi, aber das war eher ein stiller Protest. Monoton schlug er einige Male auf die gewölbte Wand ein. *Das ist doch völliger Blödsinn*, dachte er. Doch was sollte er tun? Es gab keinen Ausweg. Mit jedem ungeschickten Hieb schienen ihn seine Kräfte mehr und mehr zu verlassen. Boomi war körperlich anstrengende Arbeit überhaupt nicht gewöhnt.

„Weiter! Nicht nachlassen!", schrie Marengo über ihm.

Boomi schwang die Spitzhacke ein ums andere Mal und dachte plötzlich an ganz etwas Anderes ...

... am Anfang der freimaurerischen Ideenwelt steht eine uralte Legende. Es ist die Geschichte des ermordeten Hiram Abif, eines Mannes aus dem phönizischen Tyrus, Sohn einer Witwe. Ihn hatte König Salomon nur deshalb zu sich an den Hof holen lassen, weil Hiram Abif voll Weisheit und Verstand und ein „Meister im Erz" war. Dieser geniale Handwerker und Künstler fertigte ein riesiges Bronzebecken an, das im Tempelhof von Jerusalem stand, zudem die zwei bereits erwähnten ehernen Säulen – Jachin und Boas – und noch allerlei Töpfe und Gefäße.

Gemäß der Überlieferung war Hiram von drei Gesellen begleitet worden, die ihn kurz nach Vollendung der Metallarbeiten am Tempel ermordeten. An dieses Ereignis wird jedes Mal während des Initiationsritus für den Meistergrad in einer freimaurerischen Loge erinnert. Jeder neue Meister muss dabei die Rolle des Mordopfers spielen und dessen Tod symbolisch durchleiden. Der zu initiierende Meister liegt mit verbundenen Augen auf dem Boden und hört, wie seine drei Mörder beschließen, ihn bis Mitternacht unter einem Schutthaufen zu verbergen und seinen Leichnam sodann aus dem Tempel fortzuschaffen. Der Kandidat wird in eine Decke gewickelt und an die Seite des Raumes gebracht, womit das Begräbnis des Hiram Abif symbolisiert wird. Dann hört er die Glocke zwölfmal schlagen, man schafft ihn zum Abhang eines Hügels in der Nähe des Tempels von König Salomon und legt ihn anschließend in ein eigens für ihn geschaufeltes Grab. Aber das ist nicht sein Ende ... *Jedenfalls laut Legende und freimaurerischem Ritual*, machte sich Boomi trotz seiner Verzweiflung Mut. Erneut schlug er mit der Spitzhacke gegen die Betonwand. *Aber das hier ist zwecklos.*

Aphrodite kümmert sich

Während Boomi zunehmend die schiere Verzweiflung packte und er wüst und immer ungezielter mit der Spitzhacke auf die Wand einschlug, hatte Aphrodite, die Göttin der Liebe, Schönheit und sinnlichen Begierde, einen genialen Einfall – denn wir Menschen werden, ob wir wollen oder nicht, ob wir daran glauben oder nicht, von himmlischen und unsichtbaren Mächten begleitet. Und Aphrodite, die einst Paris so sehr den Kopf verdrehte, dass er König Menelaos seine sterbensschöne Helena raubte, hatte gerade blendende Laune und göttliche Lust, Boomi einen kleinen, nicht zu unterschätzenden Trumpf in die Hände spielen. Bei Paris, Helena und König Menelaos war wegen ihr der Krieg um Troja entbrannt. Und bei Boomi? Na, man würde sehen!

Der allerdings glaubte in seinem Elend schon längst nicht mehr an den Schatz. Eher würde Judith ihm einen Heiratsantrag machen, als dass er das verfluchte Ding am Ende doch noch entdeckte. Er fürchtete um sein Leben – und das nicht zu Unrecht. Was, wenn sich endgültig herausstellte, dass hier, in den Tiefen der Erde, nichts zu finden war außer Steinen, Schutt und schmutzigem Wasser? Der Verrückte da oben war sich ja absolut sicher, dass das nicht passieren würde, dass der Schatz hinter der Wand verborgen lag – nur ein paar Schläge mit der Spitzhacke entfernt. Enttäuschte Boomi ihn, sah es übel für ihn aus. Und fand er etwas, sogar noch übler, denn Marengo ließ einen Mitwisser ganz sicher nicht am Leben. Was für ein Dilemma!

Während der arme Antiquar jedoch immer wieder auf eine bestimmte Stelle der Wand einschlug, geschah etwas wirklich Wundersames und Unerwartetes. Der Schacht war nämlich nicht gänzlich aus modernen dicken Betonringen errichtet worden. Der letzte untere Meter bestand noch aus den alten Backsteinen des ehemaligen Kellers von Haus Knipp, was der Vluyner Antiquar und Gelegenheitsdetektiv aber zunächst nicht hatte erkennen können. Denn die alten Steine waren sorgfältig verputzt und mit in den darauf errichteten Schacht – der ausschließlich der Entwässerung des nahen Deiches diente – einbezogen worden. Marengo hatte nichts Falsches gesagt, als er vom genauen Studium der Unterlagen zu den ehemaligen Kellerräumen des herrschaftlichen Hauses schwadronierte und getönt hatte, er wisse nun, wo nach dem Gold und den Juwelen des General Murat zu graben sei.

Denn mit einem Mal fuhr die Spitzhacke wie ein heißes Messer durch Butter, und die Stelle, auf die Boomi bislang vergeblich eingeschlagen hatte, gab überraschend nach. Nur ein wenig, aber immerhin so, dass sich eine kleine Öffnung auftat, ein Spalt, so groß wie ein Mauseloch. Verblüfft hielt Boomi inne. Neugierig steckte er einen Finger in den Spalt – und berührte dabei mit der Fingerspitze etwas Hartes. Als er die Hand zurückzog, fiel ein kaum fingernagelgroßer Gegenstand aus dem Loch. Und hätte Boomi nicht geistesgegenwärtig danach gehascht, wäre das kleine Ding unweigerlich ins Wasser gefallen, wo es in der Brühe vermutlich unauffindbar geblieben wäre. Boomi wollte sich seinen Fund gerade ansehen, als etwas noch Seltsameres geschah…

… nach der rituellen Auffindung des toten Meisters durch die Mitglieder der Loge – das Fleisch von Hiram hat sich bereits von den Knochen gelöst –, befiehlt der Meister vom Stuhl den Anwesenden, eine lebende Kette zu bilden, indem sie sich alle an den Händen fassen, um so die höchsten Kräfte einzusetzen. In tiefem Schweigen ergreift er sodann die Hand des Toten, welchen die Aufseher an den Schultern fassen und aufrichten. Aufrecht stehend begegnet der Initiant den fünf Punkten der Vollkommenheit: Gesicht an Gesicht, rechten Fuß gegen rechten Fuß gesetzt, Knie gegen Knie, Brust gegen Brust, die rechten Hände – seine und die des Meisters – verschlungen, den linken Arm über die Schulter gelegt. In dieser Stellung flüstert der Meister ihm das geheime Meisterwort zu und spricht ihn an: „Moabon – Sohn der Verwesung!" Dann strömt plötzlich Helligkeit in den Tempel. Helligkeit! Helligkeit aus lichten Höhen. Hiram ist wieder auferstanden. Er lebt neu in dem Eingeweihten, dem neuen Meister.

„Na, wie gefällt es Ihnen dort unten in der schlammigen Tiefe?", drang eine ihm wohlbekannte Stimme durch die Dunkelheit an seine Ohren. „Wir hoffen mal, dass Sie Lust haben, sich aus Ihrem stinkenden Loch zu erheben. Aber so richtig vermag ich Sie in diesem Punkt nicht einschätzen, Herr van den Boom."

Niemals hätte Boomi gedacht, dass er sich einmal so

darüber freuen würde, die Stimme von Kleinlützum zu hören. Ohne näher hinzusehen, steckte er seinen Fund aus dem Mauerloch hastig in seine Hosentasche. „Ich komme hoch", schrie er, völlig außer sich. „Sofort! Gott sei Dank, dass Sie mich gefunden haben. Ich komme schon. Gott, bin ich froh … Gott … oh, mein Gott!"

„Ja, ja. Immer für Sie zur Stelle. Hier oben, wenn ich bitten darf", meinte Kleinlützum lakonisch und grinste ein bisschen schadenfroh.

„Hockt wie ein dicker Frosch in einem tiefen Brunnen und piekst dabei mit einer Nagelpfeile ununterbrochen auf eine dicke Betonmauer ein. Was ist das?"

„Ein durchgeknallter Vluyner Antiquar auf Schatzsuche?"

„Oder der privateste Privatdetektiv der Region", hatte Kleinlützum zu Schaller gesagt, nachdem Boomi wieder ans Tageslicht geklettert war. Ja, die beiden Kommissare hatten sich über ihn lustig gemacht, aber wichtiger als alles andere und einfach wunderbar war, dass sie ihn überhaupt gerettet hatten.

Die Streife, die ihn von Duisburg zur Thompskate gebracht hatte, war neugierig geworden, als Boomi nur wenig später wie von der Tarantel gestochen wieder aus seinem Haus herausgerannt, in sein Auto gehüpft und dann wie ein Verrückter Richtung Autobahn gerast war. „Dranbleiben!", hatte Kleinlützum gefordert. „Nicht aus den Augen verlieren!"

Und sie waren drangeblieben – zu Boomis Glück. Marengo alias Ingo Mahr wurde festgenommen, und zwar mit allem Drum und Dran. Freiheitsberaubung war das Mindeste, was sie ihm nachweisen konnten. Boomi fuhr zurück in sein geliebtes Zuhause in Rayen – ein Ort der Geborgenheit und des Rückzugs, gerade weil dort auch seine Bücher auf ihn warteten. Der Fall war gelöst, der Schatz nicht gefunden – aber er war am Leben, und mehr interessierte ihn im Augenblick nicht.

Liebe ist das, was bleibt. (Sibylle Berg)

Die Liebesgabe

Einen Tag nach seinem unfreiwilligen Abstieg in die Unterwelt kehrte bei Boomi so langsam der Alltag wieder ein. Nach wie vor machte ihm das Erlebte zu schaffen, aber er war dickköpfig und hart im Nehmen – so wie die meisten Niederrheiner.

Zuerst wollte er mittags wie gewohnt sein Lieblingsrestaurant aufsuchen, um dort in aller Ruhe einen Happen zu essen. Aber dann teilte Radio KW in einer Sendung überraschend mit, dass es an diesem Tag bei „Achterath's" Haggis mit polnischem Flaki als Vorspeise gäbe. Das war ein nicht ganz unverdächtig klingendes Angebot, das es in dieser Kombination wohl noch nie auf die Speisekarte eines deutschen Restaurants geschafft hatte, denn „Flaki" war Pansensuppe und „Haggis", das schottische Nationalgericht, sah ein bisschen so aus wie ein Unfall – und von Blut hatte Boomi fürs Erste die Nase gestrichen voll. Folglich schlug er den Weg zur Kulturhalle in Vluyn ein. Dort gab es auch eine gute Mittagskarte. *Warum nicht mal bei Walter Scherbs Restaurant vorbeischauen?*, dachte Boomi amüsiert.

Etwa auf der Höhe des Ortsteils Hochkamer stieß er auf der Lintforter Straße auf einen alten blassgrauen Golf, der ausgesprochen langsam vor ihm herzockelte. Überholen ging nicht, weil auf der Gegenfahrbahn mehrere Lkws in geringem Abstand hintereinander herfuhren. Boomi betrachtete das Heck des Golfs und las auf einem rosafarbenen Aufkleber: „Wie findest du meinen Fahrstil? Tel. 017730054!"

Als er schließlich überholen konnte, saß hinterm Steuer ein Mädel mit hübschem Gesicht und einer schwarzen Baskenmütze auf dem Kopf. Sie lachte, als sie seinen wütenden Blick sah, und fuhr weiter geradeaus, während er nach rechts abbog. Der Aufkleber mit der Frage und der Telefonnummer war schon unglaublich. Ob sie so hoffte, möglichst viele Männer zu erobern?

Boomi hatte Hunger, aber er wollte vor allem unbedingt zu Judith. Er musste sie sehen. *Ich will ihr Gesicht, ihre Lippen betrachten*, sagte er sich. Ihre Lippen, so wusste er, waren nicht nur zum Küssen da. Judith war nicht lieblos, sie war eben ... sie war halt nicht in der Stimmung, sich gefühlsmäßig ..., sie war nicht wirklich kalt, nein, nur eben, so wie er selbst, nicht fähig, sich zu öffnen, sich ihm zu offenbaren. Ach, was sollte das denn. Heute war der richtige Zeitpunkt, ihr etwas sehr Wichtiges zu sagen. Das nahm er sich fest vor, als er den Wagen vor der Kulturhalle parkte. Aber als er vor ihr stand, verließ ihn wieder einmal der Mut.

„Hallöchen", flötete sie, schob ihm dann einen Stuhl hin, auf dem er Platz nehmen sollte, und sah ihm erwartungsvoll und tief in die Augen. „Ich bin so erleichtert, dass alles ein gutes Ende gefunden hat!"

„Ja, das bin ich auch. Genauso wie du", lautete seine überaus schlagfertige Antwort. Sollte er vielleicht jetzt ...? „Wie weit bist du mit deinen Ausstellungsvorbereitungen?"

„Ich habe endlich eine neue Mitarbeiterin bewilligt bekommen. Jedenfalls für ein halbes Jahr", frohlockte sie.

„Wie das? Der Verein ist doch eher geizig."

„Ulf Grillmann hat sich letztlich erweichen lassen. Der Kämmereileiter der Stadt, der ja auch so engagiert im Vorstand mitarbeitet, musste zugeben, dass ich das alles allein nicht schaffen kann."

„Das ist schön für dich", stimmte Boomi ihr zu. Das war genau der richtige Moment. *Jetzt oder nie. Ich muss es tun.*

Judith nieste, und er wollte ihr – ganz Kavalier – geschwind ein Taschentuch reichen. Während seine Gedanken hektisch um das finale und für ihn so unendlich bedeutsame Liebesgeständnis kreisten, kramte er umständlich in seiner Hosentasche. Schließlich zog er ein Tempo hervor, von dem er hoffte, dass es frisch war – aber als er es ihr hinhielt, fiel etwas Goldenes, Feines und Kleines auf den Tisch. Boomi stutzte, denn er erinnerte sich erst jetzt wieder an den geheimnisvollen Fund aus dem Schacht. Er hatte ihn bis zu diesem Augenblick vollkommen vergessen – denn dass man ihn in letzter Sekunde gerettet hatte, war weiß Gott wichtiger gewesen! Nun lag das winzige Ding funkelnd vor den beiden auf dem Tisch, und sie betrachteten es voller Neugierde.

„Ist das für mich?", flüsterte Judith überrascht und hob es vorsichtig hoch. „Was für eine nette Überraschung! Ein kleiner Ohrring!"

„Hä?" Boomi und schluckte heftig. Eigentlich war

es nicht für seine Liebste bestimmt gewesen, uneigentlich aber irgendwie doch. Er hatte es sich ja noch nicht einmal richtig anschauen können. *Wie konnte ich das Fundstück nur vergessen?*, schimpfte er in Gedanken. Aber nun war es passiert. Das kleine, ehemals völlig verdreckte Schmuckstück lag nun offen auf dem Tisch, glänzte verlockend golden – und Judith glaubte, dass es ein Geschenk war. Konnte er jetzt noch Nein sagen? Konnte er jetzt noch sagen: „Halt, es ist mir so aus der Tasche gefallen, ich wusste selbst nicht mehr, dass es da drin war, und ich wusste übrigens auch nicht, dass es sich dabei um einen Ohrring handelt ..." Wie klang das denn? Genau – total und vollkommen bescheuert!

„Willst du mir wirklich einen niedlichen, süßen, etwas schmutzigen Ohrring schenken?", fragte Judith verzückt.

„Nun ... ich", stammelte er ratlos, „ich, ich habe ihn bei meinen schwierigen ..." Er unterbrach sich, weil er nicht wusste, was genau er ihr eigentlich sagen sollte. Die Situation war mal wieder blöder als blöd. Sie war sozusagen „voll blöd", wie Gero van Leyen manchmal gern bemerkte. Doch Judith glaubte, seinen angefangen Satz richtig ergänzen zu können.

„Ich verstehe, mein Lieber. Du hast diesen einen Ohrring bei deinen gefährlichen Nachforschungen irgendwo im Schmutz entdeckt, nicht wahr?" Neugierig betrachtete sie das goldene Schmuckstück von allen Seiten. „Muss noch gründlich gereinigt werden. Sieht aber richtig alt aus. Wenn diese Steine echt sein sollten, ist es ein kleines Vermögen wert. Aber vermutlich ..." Sie schwieg und schien angestrengt zu überlegen.

Boomi hatte sich mittlerweile wieder gefangen. Ihm war eingefallen, dass zu dem gestohlenen Schatz aus Friesack auch ein Paar Brillant-Ohrringe gehört hatten. Jedenfalls hatte es Fontane so vermerkt. *Wenn sich also herausstellen sollte, dass dieser Ohrring aus genau jener Zeit stammt, dann ... ja, dann habe ich doch unmissverständlich bewiesen, dass General Murats Schatz einst wirklich im Keller des Hauses Knipp versteckt worden ist. Wo sich aber dieser Ohrring hat finden lassen, dort könnte also ...* Er wagte nicht, den Satz zu Ende zu denken. Das war zu unglaublich und allzu abenteuerlich.

„Ich nehme dein Geschenk gern an, mein lieber Boomi", sagte Judith ernst. „Ich freue mich sehr darüber und werde diesen schönen Ohrring immer als Erinnerung an unser –"

Jetzt ist es soweit, dachte Boomi aufgeregt. *Jetzt oder nie muss ich handeln. Sonst ist es wirklich zu spät. Das ist der Moment!* Hastig fiel er seiner Liebsten ins Wort: „Ja, behalte ihn bitte als Zeichen für unsere gemeinsamen ..." Er verschluckte sich an seinen eigenen, viel zu schnell gesprochenen Worten. Dann stieß er hervor: „Judith, ich hab da was ganz, ganz Wichtiges auf dem Herzen."

„Ja?"

Diese Augen. Zum Dahinschmelzen!

In diesem Moment öffnete sich die Tür, und ein Mädchen von knapp 20 Jahren kam herein. Sie trug eine schwarze Baskenmütze, die wunderbar zu ihren dunklen Locken und dem fein geschnittenen Gesicht passte. Boomi erkannte sie sofort. Die Kleine mit dem Aufkleber auf ihrem Golf.

„Darf ich dir Lilia vorstellen?", begann Judith. „Lilia ist meine neue Hilfskraft für die nächsten Monate."

Lilia?, dachte Boomi. *Heißt so nicht die Bedienung in der Kellerkamer?*

Lilia schien seine Gedanken erraten zu haben: „Ja, wir sind uns schon zweimal über den Weg gelaufen, Herr van den Boom", sagte sie und lächelte ihn an. „Einmal bei Speis und Trank und heute beim Überholen. Tja, so spielt nun mal das Leben. – Äh, Leute, ich hab' heute was Abgefahrenes im Netz gefunden: ‚Gott erschuf die Katze, damit der Mensch einen Tiger zum Streicheln hat.' Gut, nicht? Ich mag nämlich Katzen, müsst ihr wissen."

Sie war wirklich nicht zu übersehen und auch nicht zu überhören. Jung, nett, unkompliziert, ein bisschen zu laut, aber mit einem schönen Gesicht und einer aufregenden Figur. Judith starrte das Mädchen an, als hätte sie eine Erscheinung. Sie schüttelte sich. „Ja, nett, Lilia. Entschuldigung. Du hattest noch nicht zu Ende geredet, Boomi", unterbrach sie seine Gedanken. „Was hast du Wichtiges auf dem Herzen? Sag schon."

„Also, nun", begann er und schaute dabei ein wenig hilflos zu Lilia, die es sich gerade auf einem alten Klavierschemel gemütlich gemacht hatte. Sowohl sie als auch Judith blickten ihn erwartungsvoll an. *Schon wieder alles verpatzt*, seufzte Boomi stumm. Wie blöd war das denn? Wann würde er es endlich schaffen, sich seiner Angebeteten zu erklären?

Heute war jedenfalls nicht der Tag dafür. „Ich wollte dich bloß fragen, ob wir irgendwann noch einmal zusammen eine Flasche Vogelbeerschnaps trinken wollen? Was meinst du, Judith?"

Nachwort

Befragt man Zeugen eines Geschehens zu dem, was sie gesehen haben, dann tritt oft der sonderbare Effekt ein, dass ein und derselbe Vorgang ganz unterschiedlich wiedergegeben wird. Geht da nur mit einigen Zeitgenossen die Phantasie durch, oder beweist dieses regelmäßig wiederkehrende Phänomen nur, dass wir die Realität nie objektiv wahrnehmen? Offenbar müssen wir zur Kenntnis nehmen, dass unser Gehirn Teile der Wirklichkeit einfach ausblendet und dafür Neues hinzufügt, und zwar nach Mustern, die besser zu unserer persönlichen Vorstellung von der Wirklichkeit passen. So entsteht ein komplettes Gefüge. Wir werden also von unserem Gehirn hereingelegt, ohne es zu bemerken.

So arbeitet auch ein Schriftsteller.

In meinem Fall bedeutet das: Neukirchen-Vluyn ist nicht das Neukirchen-Vluyn, das man zu kennen glaubt, sondern es bleibt mein persönliches und damit für alle anderen verfälschtes Neukirchen-Vluyn. Alle Menschen, die ich in meinem Roman beschreibe, sind ausschließlich meiner Phantasie entsprungen, und sollte sich trotzdem jemand in einer der Figuren erkennen, so war das nicht meine Absicht. Auch alles andere, was ich erzähle, spielt in einem von mir erdachten niederrheinischen Paralleluniversum.

Aber der Säbel des Franzosen existiert wirklich, und er kann im Museum von Neukirchen-Vluyn besichtigt werden. Wenn Sie diese Geschichte so gelesen haben, wie ich mir das von meinen Lesern wünsche – nämlich als eine Mischung aus Abenteuerbuch, Krimi, Satire und Komödie –, und er zudem noch Ihre Phantasie angeregt und Sie gut unterhalten hat, dann denke ich, habe ich meine Arbeit gar nicht so schlecht gemacht. In diesem Sinne bis zum nächsten Mal!

Franjo Terhart

Mercator

NEBEL ÜBER DER NIERS – PHANTASTISCHE GESCHICHTEN
Bartholomäus Figatowski (Hrsg.)

Still erstreckt sich die Landschaft in die flachen Weiten des Niederrheins, alles scheint friedlich und überschaubar.
Doch gibt es Geschichten über geheimnisvolle und phantastische Geschehnisse, die sich hier abgespielt haben, manche schon vor langer Zeit, andere erst kürzlich.
15 solcher Geschichten enthält dieser Band, erzählt von 15 Autoren vom Niederrhein und anderswo. In „Pandoras Krug" fördert das Niedrigwasser des Rheins bei Kleve eine griechische Pelike zutage, an der Hinweistafeln angebracht sind, die eindringlich vor dem Öffnen warnen. Doch die Neugier bei den Archäologen obsiegt – mit unheilvollen Folgen. In „Bolzen Alt" hat das von Zwergen auf dem Hülser Berg gebraute Bier ungeahnte Auswirkungen auf das (Liebes-) leben des jungen Dennis. Und in Kevelaer wird ein kleiner Junge am Karsamstag Opfer eines schönen weiblichen Vampirs...

Der Herausgeber Bartholomäus Figatowski, Literatur- und Sozialwissenschaftler, hat an der Universität Köln über Science-Fiction-Literatur für junge Leser promoviert. Als Herausgeber hat er bereits Phantastische Geschichten aus Schleswig-Holstein und aus dem Ruhrgebiet veröffentlicht.

264 Seiten, kartoniert
ISBN 978-3-87463-510-3

Mercator

FRAU EDEKA MACHT MITTAG
KURZGESCHICHTEN
Andrea Reichert

Dirk kriegt nichts geregelt. Seine Wohnung versinkt im Chaos. Als Vater ist er ein Totalausfall. Das sagt jedenfalls seine Ex. Doch dann passiert es. Dirk kauft sich ein Regal.
Marie macht mal wieder den Test. Schwanger oder nicht? Sie hat alles probiert. Aber was, wenn es niemals klappt? Soll sie noch länger hoffen oder sich lieber gleich einen Hund anschaffen?
Und was wird aus Vivien, die so gerne Wodka trinkt und plötzlich das Jugendamt im Haus hat?
Die Geschichten von Andrea Reichert erzählen vom Glück und Unglück des Familienlebens, von Zusammenhalt und von Verletzungen, von Zuneigung und jeder Menge Wut im Bauch. Aber sie tun das in der festen Überzeugung, dass ohne die Familie alles noch viel schlimmer wäre.

Andrea Reichert, geboren 1970 in Essen, lebt seit vielen Jahren mit ihrer Familie in Moers. Sie studierte Romanistik, Anglistik und Wirtschaftswissenschaften und arbeitet als Übersetzerin und Autorin. 2010 erhielt sie den Moerser Literaturpreis. www.fraureichert.de

184 Seiten, kartoniert
ISBN 978-3-87463-510-3

Mercator

WIE SOLLET SEIN?
NÄHERES VOM NIEDERRHEIN UND ANDERSWOHER
Okko Herlyn

„Also: Ich weiß nicht, ob Ihnen das schon mal aufgefallen ist. Aber jeder Mensch liebt ja bekanntlich irgendwas. Tja, Beispiel, Beispiel, Beispiel. Wo soll ich jetzt so schnell ein Beispiel hernehmen? Also, sagen wir mal so: Der eine liebt seine Frau … gut, war jetzt ein bisschen weit hergeholt. Der andere liebt seine Bierhumpensammlung. Und Pastor Venneken sein akademisches Mittagsschläfchen. Und der Niederrheiner? Kann ich Ihnen sagen …"

In lockerem Wechsel von kurzen Prosatexten, Gedichten und Liedern verrät Okko Herlyn Erheiterndes und unbedingt Wissenswertes über den Niederrhein und Duisburg. Oft humoristisch, manchmal bissig und stets ein wenig nachdenklich, bietet der Autor sich als idealer Reisenbegleiter an und führt den Leser sicher durch die interessante Landschaft der niederrheinischen Seele.

Okko Herlyn, Jahrgang 1946, zunächst Gemeindepfarrer in Duisburg-Wanheim und später Professor für Theologie in Bochum, ist häufig unterwegs als Kabarettist und literarischer Kleinkünstler. Für seine Texte und Lieder wurde Herlyn verschiedentlich ausgezeichnet, und mehrfach war er in Funk und Fernsehen zu hören und zu sehen. „Publik-Forum" nannte ihn „einen begnadeten Nachfahren des großen Hanns Dieter Hüsch."

136 Seiten, kartoniert
ISBN 978-3-87463-516-5

Mercator

LISA –
EINE SPANIERIN AM NIEDERRHEIN
Susanne Schulten

Als Welpe wird Lisa zusammen mit ihren Geschwistern nach Deutschland gebracht. Hier findet der Mischling rasch ein neues Zuhause bei einer engagierten Duisburger Familie. Die weiß zu diesem Zeitpunkt allerdings noch nicht, auf welches Abenteuer sie sich damit eingelassen hat ...
Lisa bringt das Leben der Familie Schulten mächtig durcheinander, doch Eltern wie Kinder stellen sich der neuen Herausforderung und finden durch Lisa viel über sich selbst heraus – und über die ganz besondere und unvergleichliche Beziehung zwischen Mensch und Hund im Allgemeinen.

„Vielleicht schätzen wir Hunde, weil sie so wild entschlossen sind, uns möglichst oft zum Lachen zu bringen – und sogar gegen unseren Willen, wenn sie ihren Job richtig gut machen. Ganz sicher aber brauchen wir sie, weil ihre Liebe zu uns so alt, so tief, so wild und so ewig ist wie das Meer."

Die Autorin Susanne Schulten ist, obwohl in Köln geboren, waschechte Niederrheinerin, denn ihre Kindheit verbrachte sie in Krefeld und lebt nun schon seit vielen Jahren mit ihrer Familie am Duisburger Kaiserberg. Sie arbeitet als Verlagslektorin und Autorin.
„Lisa – eine Spanierin am Niederrhein" ist ihr erstes Buch, das sie mit vielen Zeichnungen illustriert hat.

336 Seiten, viele Zeichnungen, kartoniert
ISBN 978-3-87463-499-1